ROGUE BEAST - VERSION FRANÇAISE

KYLIE GILMORE

Traduction par
LAURE VALENTIN

Rogue Beast © 2020 par Kylie Gilmore

Couverture par : Michele Catalano Creative

Traduction par : Laure Valentin Translation

Publié par : Extra Fancy Books

ISBN-13 : 978-1-64658-063-7

1

Harper

Mon téléphone vibre, annonçant l'arrivée du message que j'ai attendu toute la journée : *Ton garde du corps est en chemin.*

Je sors du studio en trombe, marchant aussi vite que je peux dans mes bottes à hauts talons pour traverser le parking de caravanes clôturé. Bien qu'il fasse chaud, en ce jour de septembre à Manhattan, la chair de poule me recouvre la peau. Je me réfrène d'engager un garde du corps depuis longtemps – je suis quelqu'un d'attaché à son intimité – mais quand un homme s'est infiltré dans mon appartement il y a deux semaines, me réveillant d'un profond sommeil pour me demander de le fouetter, ça a été la goutte de trop. Depuis que j'ai joué le rôle de cette PDG dure à cuire dans ma précédente série, j'ai connu mon lot de harcèlement de la part des hommes. Soit ils sont attirés par ce tempérament coriace, soit ils ont envie de me remettre à ma place.

C'est de la comédie, les gars !

Sérieusement, c'est une chose qu'un homme vous hurle dessus dans la rue ou vous attrape par les cheveux et les vêtements dans une foule – tout ça, je peux gérer – et une toute autre de se retrouver avec un intrus chez soi. Le plus perturbant, c'est que je me demande comment il a réussi à déjouer la vigilance du gardien de nuit du lobby et à désactiver le système de sécurité de mon appartement. Mon nouveau garde du corps est la clef pour recommencer à dormir sur mes deux oreilles.

Oh, Trina est en train de lui parler. Elle le dirige vers ma caravane et repart dans la direction opposée. Mes genoux chancellent quand je vois mon nouveau garde du corps s'avancer vers moi d'une démarche chaloupée. C'est un vrai ours. Ma bouche devient sèche et mon pouls se met à battre plus fort. Il a la vingtaine, il est grand, plus d'un mètre quatre-vingt, et couvert de muscles. Son physique est souligné à la perfection par un T-shirt noir moulant et un jean élimé. Ses cheveux brun foncé sont coupés court, soulignant ses pommettes aiguisées et sa mâchoire carrée. Ses yeux sont dissimulés derrière des lunettes de soleil noires. *Costaud. Canon. Sexy.* Je ne m'attendais *pas* à ça.

Je prends une grande inspiration et ralentis le pas. Je dois rester calme, composée et professionnelle quand je le rencontrerai. Joe Sullivan et moi allons passer *beaucoup* de temps ensemble. Il va emménager dans l'appartement à côté du mien demain, à ma demande. Il faut absolument qu'on parte du bon pied, tous les deux. Aujourd'hui, on tourne des scènes de notre nouvelle sitcom, *Living Gold*, devant un public. Je suis rassurée de savoir que mon nouveau garde du corps est sur le tournage avec moi, au cas où il y ait des hommes agressifs et obsédés par mon ancien personnage, Amanda, dans le public.

Le plus drôle, c'est que je n'ai rien d'une dure à cuire. C'est une faiblesse que je me suis efforcée d'effacer toute ma vie. Je peux faire semblant d'être une dure, grâce au Général Joan Ellis, ma grand-mère, qui m'a élevée. *Harper ! Lève le menton, redresse les épaules et ne montre jamais tes faiblesses !*

Chef, oui, chef !

Sauf que je m'en serais prise plein la tête, si j'avais répondu. Elle a raté sa vocation, en tant qu'institutrice d'école primaire. L'armée aurait pu la mettre aux commandes des troupes, elle aurait été plus utile là-bas qu'à tenter d'élever une fille timide et sensible à la hauteur de ses exigences. Ce pour quoi elle a misérablement échoué.

Joe dépasse ma caravane sans s'arrêter et je me précipite pour l'accueillir, un sourire professionnel collé sur les lèvres pour dissimuler mon accès de désir.

— Salut, je suis Harper. Ravie de vous rencontrer. La mienne est ici, expliqué-je avec un geste vers la caravane. Suivez-moi. J'aimerais qu'on bavarde un peu avant le début du tournage.

Je pars devant, déverrouille la porte et rentre, avant de lui tenir la porte en métal ouverte.

Il ne me rejoint pas. Au lieu de ça, il remonte ses lunettes de soleil sur sa tête et se contente de me dévisager. Ses yeux sont d'une couleur aigue-marine saisissante. *Mon Dieu. Il pourrait jouer dans des films.* Mon estomac fait un petit saut périlleux et une chaleur me parcourt tout le corps. Je n'ai jamais éprouvé une réaction aussi viscérale devant un homme, dès le premier regard. Ça risque de poser problème. Je suis sa patronne. Et puis, j'ai un petit ami. Colton est en Angleterre pendant trois semaines pour tourner un film. Je devrais l'appeler.

— Entrez, je vous en prie, dis-je.

— Vous êtes Harper Ellis.

Il a la voix grave et onctueuse, comme mon chocolat noir préféré, et cela me provoque une autre décharge de plaisir. Encore plus agréable que la précédente, pour être honnête.

— Oui. Bienvenue.

Je réalise qu'il semble un peu surpris. Je croyais qu'il savait qui l'avait embauché, même si mon apparence est différente de celle du personnage que je jouais autrefois. Amanda Boxer portait des costumes d'affaires et des escarpins. Mon nouveau personnage, Lexi Gold, est une femme riche passionnée par la mode, je porte donc une robe fourreau noire sans manche Vera Wang avec un haut transparent au niveau du décolleté, qui s'ar-rête à mi-cuisses, et j'ai des bottines à talons de designer aux pieds. La plus grosse différence, ce sont mes cheveux. Quand je jouais Amanda, je portais une perruque marron foncé et aux cheveux droits, parce que c'était trop de boulot de faire lisser mes cheveux bouclés par la coiffeuse de la série, et ça les abîmait trop, de toute façon. J'ai joué dans cette série pendant trois ans, je suis donc reconnaissante que la styliste ait eu la prévoyance de préserver mes cheveux. Apparemment, mes boucles qui m'arrivent aux épaules ne correspondent pas à une PDG dure à cuire.

Mon nouveau garde monte les deux marches pour entrer dans ma caravane et l'espace semble soudain rapetisser, en sa large présence. Il étudie ma caravane pendant que je l'étudie, lui. Il est *tout à fait* ce dont j'ai besoin pour faire fuir les sales types. Son cou est épais et musclé, ses épaules larges et ses biceps si larges que ses bras ne retombent pas à plat le long de ses flancs. Ses cuisses ont l'air fermes et fortes, ses longues jambes se terminent par des bottes de travail noires. Le bout est sûrement en métal, pour maximiser sa puissance de combat. *Parfait.*

— Eh bien… ravi de vous rencontrer, dit-il en se frottant les mains. Je suis déjà tombé sur quelques épisodes de *Capital Asset.*

C'est le nom de mon ancienne série. Amanda Boxer était une PDG de fonds d'investissement impitoyable.

J'étire les lèvres d'un air approbateur. Pas parce qu'il a regardé ma série. À cause de son accent rugueux de Brooklyn. (Je m'y connais très bien en accent, ça fait partie de ma formation). Je n'aurais pu rêver mieux pour ce job. Quand ces pervers locaux essaieront de m'approcher, ils auront affaire à l'un des leurs.

Soudain, je réalise que je me montre impolie, en l'examinant pour vérifier s'il correspond à mes besoins. Il a évidemment déjà été approuvé par mon assistant, qui a passé en revue tous les CV. Mes seules exigences étaient qu'il soit fort, compétent et pas trop âgé.

— Je peux vous servir un verre ? proposé-je avec un geste vers le mini-frigo. J'ai de l'eau en bouteille et du thé glacé light.

— D'accord, je veux bien de l'eau.

Je l'effleure pour rejoindre le mini-frigo et capte une odeur d'eau de Cologne sexy et musquée. *Je dois rester professionnelle.* Je récupère l'eau en bouteille et la lui tends, en prenant garde de ne pas le toucher durant l'échange.

— Merci, dit-il en débouchant la bouteille d'un geste vif.

Il est fort, si fort, avec ces larges mains.

Il hausse les sourcils et me scrute tout en avalant l'eau. Je le regarde peut-être un peu trop fixement.

Je détourne les yeux. On va travailler très près l'un de l'autre, je ne devrais donc pas lésiner sur l'hospitalité. C'est une occasion importante. Mon premier garde du corps va risquer sa peau pour me garder en sécurité. Le moins que je puisse faire, c'est partager ma réserve secrète avec lui. Pas les boissons, la bonne came. On est en train de bâtir une relation professionnelle, après tout.

C'est ça. Ignore son odeur sexy, son corps incroyable et ses beaux yeux. J'ouvre le placard au-dessus du micro-ondes et repousse prudemment les gobelets en plastique rouge disposés sur l'étagère du haut en guise de camouflage. Puis je récupère un petit sac de congélation. L'étagère est branlante. Je devrais appeler la maintenance pour qu'elle répare ça.

J'ouvre le sac tout en lui expliquant :

— Je ne suis pas censée avoir ça. Ma garde-robe est remplie de tenues de designers conçues exactement à ma taille. C'est très grave, quand quelque chose ne me va pas.

Je lève les yeux vers lui et sens une décharge me parcourir quand nos regards se croisent.

— Vous en voulez un ?

J'ai trois carrés de chocolat noir à la cerise enveloppés individuellement. En temps normal, je m'efforce de les faire durer pendant le tournage de toute la saison, mais il est plus important que mon amour du chocolat.

Joe secoue la tête.

— C'est très gentil à vous de proposer, mais ça ne fait pas partie de mon régime non plus. J'essaie de manger sain.

— Bien sûr, c'est parfaitement compréhensible.

Je m'empresse de ranger le chocolat dans le sac, même s'il

sent si bon que j'ai juste envie de le fourrer dans ma bouche. C'est bientôt l'heure du dîner, mais je ne pourrai pas manger avant la fin du tournage. Autrement, je serai léthargique et ma performance en pâtira. Je remets le sac sur l'étagère si vite que je l'incline accidentellement, renversant des gobelets en plastique rouges partout.

— Oups ! L'étagère est branlante.

— Je pourrais la réparer.

J'écarquille les yeux.

— Oh. Vous avez les bons outils ?

Il possède peut-être l'un de ses couteaux suisses qui se transforment en une douzaine de gadgets utiles.

Il étire un coin des lèvres tout en se penchant pour inspecter l'étagère. Mon souffle se coince dans ma gorge à sa proximité. *Ridicule.* Je ferais mieux de me détendre. Dès qu'il reporte son attention sur le placard vide à côté de celui où je cache mes réserves, je retire le sac hermétique pour lui permettre de travailler.

Il tend la main à l'intérieur et fait quelque chose au niveau de l'étagère de l'autre placard, puis, d'un autre mouvement vif, il répare mon étagère branlante. Il se tourne vers moi.

— J'ai emprunté quelques crochets de support à l'autre placard, puisque vous ne vous en serviez pas. Je vous en apporterai d'autres. Vous n'aurez qu'à les placer juste ici. Vous voyez les trous prépercés ?

Il pointe du doigt lesdits trous dans le placard.

Je me penche pour regarder derrière lui.

— Oui.

— Vous n'aurez qu'à fourrer ces petits trucs là-dedans. Tenez, je vais remettre votre sac à sa place.

Il fait un geste vers le sac hermétique que j'ai toujours à la main. Je le dévisage, surprise par ce M. Bricoleur. Non seulement il est sublime, mais il est aussi serviable et sincèrement sympathique. Je m'attendais plutôt à un instinct de tueur, venant d'un garde du corps.

Je lui tends le sac et il le remet exactement à la bonne place.

— Merci.

— Aucun problème. Autre chose à réparer, ici ?

Je cligne des paupières. Mon nouveau garde du corps pourrait aussi être mon nouvel homme à tout faire. Je n'aurais plus jamais à laisser un étranger entrer dans mon appartement ou ma caravane. *Génial.* Puis je me ressaisis. On est censé se débarrasser de la gêne initiale – ma gêne – en ayant une conversation professionnelle, de client à garde du corps.

— C'est tout, merci, dis-je en lui indiquant le canapé. Asseyez-vous.

Il se dirige vers le canapé d'une démarche détendue. *J'aimerais être aussi calme.* En général, je suis un peu tendue avant un tournage, mais cette situation est aussi inhabituelle, pour moi. Je vais travailler avec mon premier garde du corps. Même si je dois admettre qu'il n'est pas du tout ce à quoi je m'attendais. Je croyais que ce serait un homme dur et effrayant, et qu'il me faudrait un peu de temps avant de me sentir à l'aise en sa présence. Cet homme-là ne renvoie aucune onde effrayante.

Je l'apprécie déjà.

Je m'assois à côté de lui et croise une jambe sur l'autre. Il est en train de prendre une autre gorgée d'eau, sa pomme d'Adam rebondissant de manière hypnotique. *Arrête de le reluquer !*

Je me concentre sur son sourcil, en évitant de me noyer à nouveau dans ses yeux aigue-marine.

— Alors, je ne sais pas si Trina vous a expliqué, mais c'est la première fois que je prends un garde du corps. Essayez d'être patient avec moi le temps que je m'habitue à ce que quelqu'un me suive comme mon ombre. Ce dont je suis certaine, c'est que je vous veux sur le lieu de tournage quand on amènera le public en studio, les vendredis. Je ne sais pas encore quels rôles j'accepterai à l'avenir, tout dépend si une deuxième saison de cette série est commandée. Mais si ça fonctionne bien entre nous, je me demandais si vous seriez prêts à voyager ?

Il se frotte la nuque.

— Je vais devoir y réfléchir.

— Désolée, lancé-je en levant la paume. Je mets la charrue avant les bœufs. On improvisera en allant. Restez près de moi les jours de tournage et accompagnez-moi durant mes trajets entre chez moi et le boulot. Je sais que je dormirai mieux la nuit sachant que vous êtes juste à côté.

J'ai récemment acheté l'appartement à côté du mieux dans l'intention d'abattre le mur qui les sépare et d'agrandir le mien, et cet espace libre tout proche va m'être bien utile.

Il étire les lèvres en un petit sourire et mon pouls se met à palpiter.

— On dirait qu'on va passer beaucoup de temps ensemble. C'est une bonne idée d'apprendre à mieux nous connaître. Je dois dire que vous n'avez pas l'air aussi opiniâtre qu'à la télé.

Living Gold n'est pas encore passé à la télévision, il doit donc parler de mon personnage de PDG.

Je m'efforce de réfréner l'irritation dans ma voix.

— C'est parce qu'Amanda Boxer était un rôle que je jouais, et pas moi.

Je ne sais pas pourquoi les gens ont tant de mal à comprendre ça.

— Ça me fait réaliser quelle excellente actrice vous êtes, répond-il en se penchant vers moi.

— Oh.

Je fais courir mon doigt le long de la couture du coussin du canapé, les yeux rivés sur elle. Je ne suis pas douée pour accepter les compliments, en ayant reçu si peu étant jeune. Le Général Joan n'était pas du genre à vous cajoler.

Il se renfonce sur le canapé et continue :

— Vous avez l'air très gentille, dans la vraie vie.

— Eh bien, être gentille ne sert pas à grand-chose dans un combat.

Il sourit, ses yeux aigue-marine pétillants. Mon estomac fait un autre saut périlleux.

— Sûrement pas, mais ça me plaît.

Mes joues se réchauffent, mon cœur se met à battre la

chamade et mon cerveau cesse totalement de fonctionner. Je suis toute chamboulée par ces compliments et cette apparence sexy. *Professionnelle. Reste professionnelle.*

— Vous êtes exactement comme je l'espérais, dis-je.

Mis à part que vous êtes sublime. J'aurais dû être plus prudente, avec ma liste d'exigences en termes de garde du corps, et demander quelqu'un n'étant pas sublime.

Il incline la tête.

— En quoi suis-je comme vous l'espériez ?

Je fais un geste vers ses épaules et ses biceps massifs.

— Vous êtes un vrai gorille.

— C'est drôle. Mes frères disent que je suis un fauve.

Je ris un peu.

— Je voulais dire…

— Je sais ce que vous vouliez dire. J'aime me maintenir en forme, compte tenu de mon métier. Ça m'évite d'être blessé.

Je hoche la tête.

— C'est tout à fait logique. J'espère ne pas vous avoir mis mal à l'aise, en parlant de vos muscles.

Mes joues s'enflamment. *Bon Dieu, Harper, tu es la pire des patronnes, à baver sur ton employé.*

Il m'adresse un sourire propre à faire fondre ma culotte, ses dents blanches étincelant en contraste avec sa barbe de trois jours.

— Je suis parfaitement à l'aise.

— Tant mieux, dis-je doucement.

Nos regards se croisent. Je suis captivée, et je meurs d'envie de me rapprocher de lui. Je n'ai jamais éprouvé une telle attirance. Si on faisait un test pour vérifier notre niveau d'alchimie à l'écran, le réalisateur ferait tout pour nous mettre en couple. *Tu as besoin de lui. Ne fais pas tout foirer.* Je suis incapable de détourner les yeux, prise dans un sentiment plus fort que moi. *Oh mon Dieu, c'est mutuel. L'attirance est mutuelle. Et zut.*

Je détourne les yeux et m'efforce de déterminer comment gérer une relation professionnelle alors que je suis aussi concupiscente qu'une adolescente face à son béguin. Et que le béguin en question est intéressé aussi.

— Qu'est-ce que vous aimez faire, quand vous ne travaillez pas ? me demande-t-il.

Je tente de prendre un ton aussi décontracté que possible.

— J'aime les livres et la musique, surtout les performances en live.

Il se tourne vers moi.

— Vraiment ? Moi aussi. Je vais à autant de festivals de musique que possible.

Je souris.

— Super.

J'ai entendu dire que les festivals de musique étaient marrants, mais compte tenu des grandes foules, il m'est impossible d'y assister comme une personne normale. Je n'y suis allée qu'une fois, quand l'une des têtes d'affiche, qui est un ami à moi, m'a invitée. J'ai regardé depuis les coulisses, avec son service de sécurité.

Un coup frappé à la porte de ma caravane me fait sursauter.

— Ils veulent sûrement que je rejoigne le tournage. On devrait y aller.

Je me dirige vers la porte et l'ouvre, m'attendant à trouver l'un des assistants de production. Au lieu de ça, je me retrouve face à un homme à l'air effrayant, au crâne rasé et avec un tatouage dans le cou, portant une chemise blanche ouverte jusqu'à mi-poitrine et révélant un autre tatouage sur l'un de ses pectoraux. Heureusement que Joe est ici. Comment ce type terrifiant a-t-il pu passer la sécurité ?

Ses yeux marron rivés aux miens, il me tend la main.

— Harper Ellis, je suis Joe Sullivan.

Mon garde du corps.

Mon estomac se serre.

— Quoi ? murmuré-je, le sang rugissant dans mes oreilles.

— Votre nouveau garde du corps, précise-t-il. Je me suis un peu perdu en cherchant votre caravane. Eh, vous allez bien ? Vous avez l'air un peu pâle.

Le parfait étranger que j'ai laissé entrer dans ma caravane me dépasse en m'effleurant et sort.

— C'était un plaisir de vous rencontrer, Harper. Gardez un peu de ce chocolat pour Joe.

Il me fait un clin d'œil, se retourne et s'éloigne.

Je retourne dans ma caravane, me dirige vers le canapé et m'y laisse tomber, une sueur froide me parcourant. Mon vrai garde du corps attend dehors.

Qui pouvait bien être ce type que j'ai laissé entrer dans ma caravane ?

2

Dans le genre sortie de scène, celle-là n'était pas mal, mais l'expression d'horreur sur le visage d'Harper me fait faire demi-tour. Je sais que j'ai eu tort de faire ça. Mais je n'avais pas envie de gâcher ce moment en admettant que je n'étais pas son garde du corps. En plus, l'alchimie entre nous est électrique. Elle a envie de moi. Et je ne dis pas ça pour me vanter. Je l'ai senti, je l'ai vu dans ses yeux et je l'ai entendu dans sa voix. Je suis doué pour lire les gens. J'ai envie d'elle aussi, alors si on arrive à dépasser ce malentendu…

Je discute avec son garde, lui expliquant que je suis sur le tournage parce que ma belle-sœur Josie est la star de *Living Gold*. Je suis sûr qu'il n'a pas envie de se mettre à dos l'actrice principale de son nouveau lieu de travail. Après avoir confirmé mes dires auprès du chef de la sécurité, il me laisse passer. Je frappe à la porte de sa caravane et attends, le sang affluant dans mes veines.

Jusqu'ici, ma première fois sur un plateau de tournage a été une sacrée aventure. Avec le potentiel pour…

La porte s'ouvre brusquement. Les yeux noisette d'Harper étincellent de fureur pure. Bon Dieu, ce qu'elle est belle. De sa masse de cheveux bruns bouclés à son corps sexy, dans cette robe, sans oublier ses jambes athlétiques à tomber.

— Qui êtes-vous ? demande-t-elle. Comment êtes-vous entré sur le plateau ?

— Il y a un problème ? demande son garde du corps en se rapprochant.

— Je suis sur la liste, lui assuré-je. Je peux entrer ? Je vais tout vous expliquer.

Elle fait un geste impatient de la main pour m'inviter à entrer.

— Tout va bien, assure-t-elle à son garde.

J'entre et laisse la porte se refermer doucement derrière moi.

Elle plaque les mains sur les hanches.

— Alors ? Expliquez-vous.

— Je suis Garrett Rourke, répondis-je en levant les mains devant moi. Ma belle-sœur est Josie Abbott, et j'étais en chemin vers mon siège réservé dans le public du studio quand je suis tombé sur vous.

Et vous m'avez invité à entrer.

Elle pince les lèvres.

— Et si je lui posais la question dès maintenant, hein ?

Elle prend son téléphone sur le canapé et envoie un message rapide, sourcils froncés de concentration. Elle finit par relever la tête.

— Pas de réponse pour l'instant.

— Elle est sûrement distraite par Sean.

Plus précisément, il doit être en train de fricoter avec elle, mais bon, ils sont fous amoureux et mariés, alors pourquoi pas ?

— Vous avez déjà rencontré mon frère, Sean ? On se ressemble beaucoup.

Les gens de notre quartier affirment qu'on reconnaît bien les fils Rourke, parce qu'on ressemble à notre père : même cheveux brun foncé, mêmes pommettes anguleuses et même carrure. Je suis le seul à avoir hérité de ses yeux aigue-marine, ce qui est censé être le signe d'un véritable dirigeant de Vill-roy. Ouais, j'ai du sang royal. Mon père a abdiqué le trône de Villroy pour épouser ma mère, une roturière. Même s'il n'avait pas été banni du royaume toutes ces années plus tôt, je n'aurais jamais régné, étant le plus jeune de six fils. Eh oui, je suis le bébé de la famille, même à vingt-six ans.

Elle baisse son téléphone et m'étudie un instant.

— C'est vrai que vous ressemblez à Sean. Beaucoup, admet-elle, avant de porter une main à son front. Argh, je me sens si stupide. J'ai supposé que vous étiez mon garde du corps en voyant mon assistante vous parler. J'ai cru qu'elle vous dirigeait vers ma caravane, alors qu'elle vous indiquait sûrement juste celle de Josie.

— Ouais.

— Et je vous ai quasiment traîné ici. Tout est de ma faute.

— Non, c'est une erreur compréhensible.

Je souris, ce qui la fait rougir. Elle est gentille et un peu timide, une combinaison attirante, et à laquelle je ne m'attendais pas venant d'une actrice. Josie, elle, est bruyante et très extravertie.

Elle secoue la tête.

— Si ça peut vous rassurer, je serais ravi d'être votre garde du corps. Si je n'avais pas déjà un emploi, en tout cas. Je travaille pour l'entreprise de construction et de développement immobilier de ma famille.

Ça paraît plus impressionnant que ça ne l'est en réalité. Je suis l'un des ouvriers du bâtiment, je n'ai pas de titre chic comme mes grands frères. Quand mon oncle nous a transmis son entreprise, mon frère aîné a été nommé PDG. Quand on s'est développés et qu'on est entrés dans le domaine de l'immobilier, il a distribué les postes d'entreprise à mes grands frères. Tout le monde sauf moi. Je sais qu'il me voit comme le plus jeune et le moins expérimenté, même après huit ans de dur travail. Une partie de moi pense que c'est peut-être aussi parce que je suis le meilleur dans mon domaine. Je peux me charger de tous les aspects de la construction, avec une attention aux détails qui garantit des clients heureux.

Harper se laisse tomber sur le canapé. Elle regarde son téléphone, lit ce qu'il y a sur l'écran, puis croise mon regard.

— Josie est contente que tu sois là et ravie qu'on se soit rencontrés. Elle a mis un tas d'émoticônes de célébration.

Elle lève son téléphone pour me montrer une cheerleader qui danse, des feux d'artifice et une bouteille de champagne.

Je souris.

— Ça ressemble bien à Josie.

Elle repose son téléphone à côté d'elle sur le canapé et se couvre le visage des mains, me regardant entre ses doigts.

— Je suis si embarrassée.

— Ne le soyez pas, assuré-je en faisant un pas vers elle. J'aurais dû dire quelque chose, mais j'ai eu le sentiment qu'on accrochait bien, vous voyez ? Je ne voulais pas tout gâcher en admettant que je n'étais pas celui que vous pensiez.

Elle laisse retomber ses mains, révélant ses joues écarlates. On ne la voit jamais rougir, à la télé. Est-elle capable de le faire sur commande ? Le métier d'acteur est un monde si étrange et fascinant, je n'arrive pas à me faire à l'idée qu'elle soit si différente de son personnage d'Amanda dans la vraie vie.

Elle pousse un soupir.

— OK, eh bien je suppose que je suis la seule à blâmer, après vous avoir accosté et refilé de l'eau et du chocolat.

J'émets un petit rire.

— C'est ce qui m'a fait comprendre que vous étiez quelqu'un de gentil. Vous n'aviez que trois morceaux de chocolat, et pourtant vous m'en avez offert un.

Elle a les yeux fixés sur ma poitrine.

— J'essayais juste d'être accueillante avec un nouveau membre de mon petit entourage.

— Qui d'autre en fait partie ?

— Personne à plein temps, comme le garde du corps, répond-elle avec un geste désinvolte. C'est pour ça que j'essayais de me montrer agréable. J'ai une publiciste, un agent, un manager et une assistante qui se démène pour moi.

— Cool.

— Je suppose que je devrais laisser entrer le vrai Joe pour l'accueillir dans l'équipe, annonce-t-elle en se levant.

Puis elle secoue la tête et marmonne :

— Je suis en train de tout rater avec cette histoire de garde.

— Laissez-moi vous donner mon numéro. Je ne vis pas loin de Josie et Sean. En fait, je garde leur maison quand elle s'absente pour le boulot.

Je voulais qu'elle sache que Josie me faisait confiance, et qu'elle comprenne qu'elle pouvait aussi.

— Oh. Euh…

Elle rougit encore plus, si c'est seulement possible, et cela s'étend jusqu'à son cou.

— En fait, j'ai un petit ami. Colton Young. Il est absent en ce mo…

Son téléphone sonne, la mélodie de « I can't get no satis-faction » des Rolling Stones. Elle m'adresse un petit sourire d'excuse.

— C'est lui. Il tourne un biopic sur les Rolling Stones. Désolée. Je dois répondre. Euh, n'hésitez pas à prendre une bouteille d'eau avant de partir.

Même en me repoussant, elle tient à me donner quelque chose.

— D'accord, merci.

J'ai toujours besoin d'eau après avoir travaillé une chaude journée. On a commencé tôt sur le site de construction, aujourd'hui, pour éviter le plus gros de la chaleur. Je m'avance, ouvre le mini-frigo et découvre une rangée soignée d'eau en bouteille sur l'une des étagères, et une autre de thé glacé sans sucre sur l'autre. Je prends de l'eau et lui jette un œil. Elle écoute ce que lui dit Colton avec attention, sourcils froncés.

Je me dirige vers la porte et m'arrête, la main sur la poignée. Je ne peux résister à l'envie de lui jeter un dernier coup d'œil par-dessus mon épaule. Quelque chose m'attire, chez elle. Elle a les yeux dans le vague et le front plissé. Puis, d'une voix glaciale, elle lâche :

— Venons-en au fait et mettons fin à tout ça maintenant. Au revoir, Colton.

Elle lève les yeux au plafond et cligne des paupières pour repousser ses larmes. Je ne peux pas la laisser ainsi en détresse.

— Vous allez bien ?

Elle carre les épaules et lève le menton, son visage prenant une expression inflexible. Ça me rappelle la PDG coriace qu'elle a jouée, et je comprends qu'elle joue la comédie.

— Vous avez l'air…

— Je vais bien, articule-t-elle entre ses dents. Colton a juste eu la gentillesse – selon ses propres mots – de me prévenir qu'il sortait désormais avec sa partenaire de tournage.

Elle pince les lèvres et ajoute :

— Il ne voulait pas que je sois prise au dépourvu en l'apprenant.

Connard infidèle. Il ne mérite pas sa gentillesse.

— Ça craint.

Elle croise les bras.

— Oui, eh bien, la bonne nouvelle, c'est qu'il espère qu'une fois qu'on sera tous les deux sortis avec d'autres gens, on saura vraiment si on est prêts à s'engager. Quelle idiote. Après six mois de relation, je croyais qu'on était déjà dans un engagement sérieux.

Un vrai coup en traître.

— Les ruptures sont toujours difficiles à encaisser.

Elle hoche la tête de manière saccadée.

— Il dit qu'ils sont sortis en public, ce qui veut dire que ça sortira bientôt dans la presse et partout sur internet, soupire-t-elle. Je vais devoir appeler mon publiciste pour limiter les dégâts. Ce n'est pas la première fois qu'un homme… Seigneur, j'en ai tellement *marre* de… désolée.

Elle lève la paume et ajoute :

— Vous ne méritez pas de m'entendre décharger ma colère sur vous.

— Déchargez tout ce que vous voulez, assuré-je.

Elle pince les lèvres et secoue lentement la tête.

Je n'avais jamais réfléchi à la nature publique des relations amoureuses, pour les acteurs célèbres.

Ça doit craindre encore plus.

La porte de la caravane s'ouvre et son garde du corps passe la tête à l'intérieur.

— On vient de me dire que vous étiez attendue sur le plateau. Ils amènent le public dans vingt minutes.

Elle prend une grande inspiration.

— OK, merci, Joe, répond-elle, avant de se tourner vers moi. Je dois partir.

— Moi aussi. Josie m'a fait inscrire sur une liste spéciale, qui m'autorisait à entrer sur le plateau plus tôt.

Elle me dévisage un instant, puis secoue la tête.

— Quelle journée.

Je la suis dehors et elle verrouille la porte derrière elle. Nous nous dirigeons tous les trois vers le lieu de tournage, sur Chelsea Piers. Joe est silencieux, alerte, et scrute la zone quand nous traversons le bitume, enjambant des câbles scotchés au sol et courant jusqu'aux caravanes. Une femme avec un casque sur la tête fait un signe empressé à Harper pour lui intimer d'entrer sur le plateau. Elle presse le pas et Joe cale son rythme sur le sien. Elle me fait un signe de la main par-dessus son épaule.

— Ravie de vous avoir rencontré. Au revoir !

— Ouais, au revoir.

Elle est poussée à l'intérieur et je suis arrêté et interrogé par la femme au casque. Quelques secondes plus tard, elle me fait signe d'entrer.

Je me dirige vers mon siège réservé au premier rang des gradins réservés au public, et je repère Josie sur le plateau, en train de parler avec Harper et un autre type. Josie se démarque toujours, avec ses cheveux roux, sa personnalité pétillante et ses gestes enthousiastes. Quand ils ont fini leur conversation, je lui fais un signe de la main.

— Josie.

Elle lève les bras en forme de V comme une cheerleader.

— Garrett ! Tu es venu !

Elle se précipite vers moi et je la rejoins à mi-chemin. Elle m'étreint, puis s'écarte, ses yeux bleus étincelants.

— Je suis si contente que tu aies pu venir. Ça va être un excellent épisode. Sean est parti chercher quelque chose dans ma caravane. Il va s'asseoir avec toi.

Elle désigne le plateau d'un geste du bras. C'est l'intérieur d'un manoir : salon, escaliers ne menant nulle part et cuisine attenante.

— Alors, qu'est-ce que tu en penses ?

Mon regard se pose sur Harper, qui est en train de descendre du plateau.

— Je passe un moment incroyable, jusqu'ici.

— Ah oui ? J'ai l'impression d'entendre un « j'ai pu rencontrer Harper Ellis » quelque part là-dedans, remarque-t-elle d'une voix taquine. Tu es un fan ? Je l'*adore* ! C'est l'une des meilleures partenaires de tournage au monde.

— Ouais, elle est très talentueuse, mais je crois qu'elle est un peu secouée. Elle vient de rompre avec quelqu'un au bout de six mois.

Josie écarquille les yeux.

— Elle et Colton ont rompu ? Je ne savais pas. C'est arrivé sous tes yeux ?

— Je l'ai entendue parler au téléphone. Tu devrais peut-être aller la voir ?

— C'est vrai. Je vais le faire. Mais quand la scène sera tournée. Je n'ai pas envie de la perturber.

Elle fronce les sourcils et ajoute :

— La pauvre.

Elle se met sur la pointe des pieds et dépose un baiser sur ma joue.

— Je dois y aller avant qu'ils fassent entrer le public. Profite bien !

Elle s'en va, et est interceptée par mon frère. Elle l'accueille avec enthousiasme, comme s'il venait tout juste d'arriver, alors qu'il est sûrement là depuis le début. Elle est toujours comme ça, avec lui. Sean a bien de la chance d'avoir une femme qui l'adore de toute son âme.

Je suis prêt à trouver ce genre de grand amour. Si seulement je trouvais la femme qu'il me faut. Harper me paraît avoir du potentiel. Mais je sais que je ne dois pas être sa relation de rebond. Ce genre de relation ne fonctionne jamais. C'est surtout une question de chance et de timing. Même si secrètement, j'aimerais que ce soit plutôt le destin, parce que comme ça, ça arriverait et rien de ce que je ferais, aucun de mes choix ne pourrait être mauvais. Le destin prendrait les commandes et m'amènerait jusqu'à mon âme sœur. Traitez-moi de romantique si vous voulez.

Mais j'ai une bonne raison de l'être. Les âmes sœurs existent vraiment. Je l'ai vu avec mes parents. Mon père aurait pu être roi et avoir la belle vie dans un palais, sur une île magnifique. Au lieu de ça, il a tout abandonné pour épouser « la meilleure femme au monde ». Ce sont ses propres mots, qu'il lui répète souvent, ainsi qu'à tous ceux qui veulent bien l'écouter.

Voilà ce que je cherche. Quand je saurai avec une absolue certitude que je suis prêt à tout donner pour être avec celle qui est la meilleure femme au monde à mes yeux, je saurai qu'elle est mon âme sœur.

Sean grimpe les marches jusqu'aux gradins et me donne une tape sur le dos avant de s'asseoir à côté de moi. Il me ressemble, avec ses cheveux brun sombre et courts et sa mâchoire mal rasée. La seule différence, c'est qu'il a les yeux bleus de notre mère.

— Salut, le Fauve, j'ai entendu dire que tu avais rencontré Harper. Petit chanceux, tu rencontres une star dès ton premier jour sur le tournage.

Mes grands frères m'ont surnommé le Fauve à cause de mes muscles. Oui, je tiens à me garder en forme, et alors ? C'est toujours mieux que mon ancien surnom. Ma mère m'appelait son ours en peluche.

— Ouais, quelle chance, dis-je.

— Qu'est-ce qu'il y a ? Elle t'a envoyé promener ?

Je manque de m'étrangler à ces mots. L'attirance était si intense. Si elle ne m'avait pas dit qu'elle avait un petit ami, j'aurais pu jurer qu'elle était autant intéressée par moi que moi par elle.

— Non, on a eu une conversation agréable.

— Agréable, hein ? me nargue-t-il avec un coup de coude.

C'est ta manière codée de dire que tu es attiré par elle. Tu aimes les filles gentilles.

— Comme tout le monde, non ?

Il se renfonce sur son siège.

— Elles sont pas mal. Tu devrais inviter Harper à sortir. Elle et Josie s'entendent bien, on pourrait faire un double rencard.

— Elle a un petit ami. Enfin, elle en avait un. Ils viennent de rompre.

— Parfait. Tente ta chance.

Je lui lance un regard en coin.

— Tu as déjà entendu parler des relations de rebond ?

— Et toi, tu sais que si tu ne l'invites pas à sortir, un autre acteur sexy va passer et lui faire tourner la tête ? réplique-t-il, avant de se pencher pour prendre un ton conspirateur. C'est un monde différent, rempli de gens beaux et riches. Tu dois agir vite.

Il est bien placé pour le savoir. Il dirige la branche américaine de la Fondation Royale Rourke, et noue en grande partie des contacts à travers les connexions de Josie à Hollywood, de manière à lever des fonds pour améliorer les quartiers de Brooklyn où nous travaillons. Ça fait partie de la mission de notre entreprise familiale : nous mettre au service de la communauté en créant des parcs, des terrains de jeux et ainsi de suite. Nous tenons à enrichir le quartier à chaque projet de développement qu'on entreprend.

Mais cette histoire de *gens beaux et riches* ne signifie pas grand-chose pour moi.

— Si c'est ce qu'elle aime, alors je ne suis pas fait pour elle.

Je suis un ouvrier du bâtiment, ni plus ni moins. Même si parfois, quand je regarde la vie merveilleuse de Sean, j'ai envie de quelque chose de différent pour moi-même. Je travaille dans l'entreprise de construction de ma famille depuis ma sortie du lycée, et ces derniers temps, je me sens anxieux. J'aime travailler avec mes frères, mais je ne peux m'empêcher de me demander si c'est tout ce à quoi je peux aspirer.

Mais que pourrais-je faire d'autre, avec un simple BAC, et aucune compétence professionnelle mis à part avec des outils ? Je ne m'imagine pas faire la même chose que Sean, et passer mon temps à réseauter pour collecter de l'argent pour la branche charitable de notre entreprise familiale. Non pas qu'il ait besoin de mon aide. Et puis, ma famille est importante, à mes yeux. Seul un de mes frères a quitté l'entreprise, et il y reviendra sûrement. La famille se serre les coudes quoi qu'il arrive. C'est ce que mon père nous a inculqué. Il a perdu sa famille après son bannissement, et il tenait à ce que sa nouvelle famille, nous, reste proche. Je ne le décevrai pas.

Sean me donne un coup dans l'épaule.

— Depuis quand tu es aussi mature ? Tu n'es pas censé faire les quatre cents coups ?

— On finit par se lasser.

— Ouais, je vois ce que tu veux dire. Quand j'ai atteint cette étape, je suis devenu plus difficile concernant les personnes avec qui je passais du temps.´

Je sens quelqu'un me regarder et quand je tourne la tête, je vois Harper, derrière le plateau du salon. Elle fait volte-face et se cogne dans Joe, qui se tient juste derrière elle. Elle n'est pas habituée à avoir un garde du corps. Je la vois rougir d'ici. Elle lui dit quelque chose et disparaît rapidement derrière un long mur de couloir. Joe la suit. Je devrais peut-être venir à ces tournages plus souvent. Rien que le fait de l'observer est très divertissant.

Ouais, c'est ma seule raison.

3

Garrett

Le lendemain matin est un samedi. Je prends une douche après mon jogging habituel, m'habille, me laisse tomber sur mon canapé et prends mon téléphone pour regarder si j'ai reçu des messages. Mon cœur accélère. Harper m'en a envoyé un tard dans la soirée, après que j'avais éteint mon téléphone. Plusieurs, même. Josie a dû lui donner mon numéro. Je fais toujours mon sport le matin, avant de me reconnecter au monde, je n'en savais donc rien. Merde alors.

Harper : *Un journaliste m'a surprise devant mon immeuble pour me poser des questions sur Colton et sa nouvelle petite amie. J'ai paniqué et affirmé qu'on avait tous les deux décidé de voir quelqu'un d'autre, et que j'étais ravie de t'avoir rencontré.*

J'ai donné ton nom complet. C'est sorti comme ça. Je suis vraiment désolée. C'était vraiment pas cool de ma part.

Je m'en veux terriblement.

Ils vont en parler dans les médias. Ignore-les, d'accord ? Mon publiciste va se charger de tout faire disparaître.

Désolée.

Je regarde l'écran, ne sachant trop quoi répondre. Je suis encore assis là à tenter de comprendre ce que tout ça veut dire quand je reçois un message de Sean.

Petit filou. Tu m'as dit que tu ne tenterais rien avec Harper.

Il a ajouté un lien vers un article. C'est un site de magazine people, et il y a une grande photo d'Harper et Colton, avec une grosse ligne irrégulière les séparant. Juste à côté, il y a Colton, le bras passé autour d'une autre femme, une jolie petite blonde. L'article explique avec force détails que le couple parfait d'Hollywood s'est séparé parce qu'un amour plus fort s'est déclaré entre Colton et sa nouvelle partenaire de tournage, Taylor. Je parcours l'article, cherchant mon rapport avec tout ça. Pour finir, je le trouve, dans une citation d'Harper. « Je vais bien. On a pris la décision mutuelle de voir d'autres personnes il y a quelques semaines, et je suis très heureuse d'avoir rencontré Garrett Rourke. »

Je repose le téléphone sur la table basse et l'observe d'un air hébété pendant un instant. Elle a impliqué mon nom dans cette histoire sans me demander mon avis. C'est grave.

Je me lève et me mets à faire les cent pas dans le salon. D'un autre côté, elle s'est excusée, et elle n'a fait que dire qu'elle était heureuse de m'avoir rencontré. Elle n'a jamais dit qu'on sortait ensemble. Mais c'était sous-entendu, hein ?

Je m'arrête devant l'affreux tableau d'art moderne accroché au mur, avec lequel je me suis retrouvé coincé, et je le fusille du regard. Cette « œuvre d'art » – des gribouillis violets et rouges avec un point jaune au milieu – appartient à mon frère Connor, qui l'a laissé derrière lui à son départ. Il refuse de me laisser la jeter parce que c'était un cadeau d'anniversaire de notre frère Jack, et il ne veut pas non plus la récupérer parce que la femme de Con affirme que ça ne va pas avec leur déco. Je me retrouve donc coincé avec. Je décroche le tableau du mur et le retourne.

Puis je me remets à faire les cent pas. Je devrais peut-être me sentir flatté que Harper m'ait mentionné. Elle est peut-être vraiment contente de m'avoir rencontré. Ce pourrait être une opportunité. Le destin est-il intervenu pour nous rapprocher l'un de l'autre ?

Je me raccroche à de faux espoirs. Je prends mon téléphone et lui réponds.

Je viens de recevoir ton message. Merci de m'avoir prévenu.

Harper : *Je suis vraiment désolée. Tu es en colère ?*

Je réfléchis un moment. Je suis trop attiré par elle pour être en colère, et qu'est-ce que ça dit de moi ? C'est une situation si bizarre. Je n'avais été mentionné dans un article qu'une seule fois, avant ça, quand mon grand frère, Dylan, s'est marié à Villroy. C'était la première fois que notre famille organisait un mariage au royaume après le bannissement de mon père, c'était donc un événement important. La réconciliation entre les Rourke de Villroy et ceux de Brooklyn est assez récente. Je lui réponds :

Non, c'est rien.

Je dois parler à Josie avant d'aller plus loin avec Harper. Josie est très douée pour cerner les gens, elle sait comment fonctionne l'industrie de la presse et elle sera franche avec moi. Je lui envoie un message et elle m'invite aussitôt à dîner. J'accepte.

Je m'assois sur le canapé et décide d'enquêter un peu. J'ouvre Google sur mon téléphone et entre mon nom pour voir jusqu'où cette histoire avec Harper s'est transmise. Je laisse échapper un petit sifflement. Elle doit être encore plus célèbre que je le pensais, parce qu'il y a des *tonnes* d'articles sur sa rupture. Quelques-uns se demandent qui je suis et il y a un cliché de moi sur une photo de groupe tirée du mariage de Dylan. Une flèche rouge pointe sur ma tête pour me distinguer de mes frères. C'est très étrange.

Quand j'arrive pour le dîner dans l'appartement de Sean et Josie dans le quartier de Park Slope de Brooklyn, une bouteille de vin rouge à la main, c'est Josie qui m'ouvre la porte.

— Entre ! Je suis si heureuse que tu aies pu venir, s'exclame-t-elle en prenant la bouteille que je lui tends. Tu es si gentil ! C'est mon préféré.

Elle incline la tête pour me tendre sa joue. Je me penche pour l'embrasser.

— Merci pour l'invitation.

Elle me fait signe de la suivre à la cuisine.

— C'est Sean qui fait la cuisine, ce soir.

Super ! Josie est un désastre ambulant, en cuisine. Mais elle continue quand même d'essayer.

Cette fille est d'un optimisme acharné.

— Qu'est-ce qu'il prépare ? l'interrogé-je.

— C'est un plat de poisson très chouette, enveloppé dans du papier sulfurisé et cuit avec des légumes.

— Du poisson méditerranéen en papillote, précise Sean d'un ton très sophistiqué.

Le plus drôle, c'est qu'autrefois, Sean était exactement comme moi : un ouvrier du bâtiment. Mais il n'a pas laissé ce métier le définir. Il s'est impliqué à fond dans les levées de fonds pour Habitat pour l'Humanité, et s'est mis à frayer dans des cercles différents – des professionnels éduqués et riches. C'est un peu un caméléon, qui s'adapte selon les circonstances. Quand il est en ville, il lui arrive encore de travailler avec les ouvriers si on a besoin de lui, mais autrement, il est plongé jusqu'au cou dans son travail pour la fondation Rourke, ou bien il accompagne Josie sur ses tournages. Elle gagne bien assez d'argent pour eux deux.

— Assieds-toi, me dit Josie en me montrant l'un des tabourets pivotants en fer situés devant l'îlot de la cuisine.

— Tu veux un verre de ce vin délicieux, ou tu préfères une des bières de Sean ?

Je souris.

— Tu dois vraiment poser la question ?

Sean me fait un signe du menton depuis l'îlot, où il est occupé à couper des légumes.

— Comment ça va ?

— Bien.

Je lui étreins l'épaule en passant et m'assois. Josie secoue la tête en souriant.

— Tu n'es pas obligé d'amener du vin rien que pour moi, remarque-t-elle.

Elle récupère une bière, l'ouvre et cherche un verre.

— Donne, lancé-je en agitant les doigts vers elle. Je la boirai à la bouteille.

Elle me la tend, puis débouche le vin. Du jazz joue en arrière-plan, émanant des haut-parleurs au plafond. Sean a sorti le grand-jeu quand il a rénové cet endroit. L'électroménager est lui aussi haut de gamme.

Quelques instants plus tard, Josie me rejoint autour de l'îlot et fait tinter son verre contre ma bouteille.

— Santé !

— Santé.

J'essaie de trouver la meilleure façon d'obtenir son avis sur ma situation avec Harper, sans avoir l'air *trop* intéressé. Josie est le genre de personne à s'enthousiasmer un peu trop et à vouloir jouer les entremetteuses. Je ne suis pas sûr de vouloir que ça arrive avec Harper. Je suis encore en partie en colère qu'elle ait impliqué mon nom dans tout ça sans me le demander, et en partie flatté qu'elle veuille se lier à moi aux yeux du public. Est-elle le genre de personne à mettre les autres dans le pétrin pour se donner le beau rôle, ou n'était-ce qu'une réponse paniquée ? J'ai envie de croire que c'est quelqu'un de bien.

Josie me donne un petit coup d'épaule.

— J'ai envoyé ton numéro à Harper après le tournage d'hier, et maintenant j'apprends que vous sortez ensemble. Je suis si heureuse pour toi. Je savais que vous iriez bien ensemble.

— Josie, lâche Sean avec une pointe d'exaspération. Tu ne m'avais pas dit que tu avais fait ça.

— Quoi ? réplique-t-elle, nous regardant tour à tour. Ils sont tous les deux célibataires et séduisants. Pourquoi n'aurais-je pas envie qu'ils se rapprochent ?

Je crispe la mâchoire. J'ai proposé de donner mon numéro à Harper avant le tournage, elle a décliné, puis Josie le lui a envoyé quand même. Harper a-t-elle cru que j'avais demandé à Josie de faire ça ? C'est tellement embarrassant, comme si je cherchais désespérément à attirer son attention. Je n'ai jamais fait ça avec aucune femme. En général, mon charme suffit.

— Tu n'aurais pas dû lui donner mon numéro, dis-je. Je n'ai pas besoin d'aide pour trouver des femmes. Et on n'est pas ensemble. Elle a dit à la presse qu'il y avait quelque chose entre nous sans me demander mon avis.

Je la regarde en plissant les yeux et ajoute :

— Je n'apprécie pas la façon dont vous avez agi dans mon dos, toutes les deux.

— Oooh, je ne savais pas qu'elle avait fait ça, lance Josie en ignorant ses propres fautes.

Elle incline la tête et reprend.

— Hum. Ça ne lui ressemble pas. Peut-être qu'un journaliste l'a prise en embuscade et qu'elle a paniqué.

Je bois une gorgée de bière.

— Ouais, c'est plus ou moins ça. C'est ce qu'elle m'a dit.

— Tu es en colère ? m'interroge-t-elle en m'étreignant le bras.

— Je ne sais pas trop, admets-je.

— Parce qu'il est attiré par elle, intervient Sean. Je lui ai proposé de faire un double rencard avec nous.

Josie frappe dans ses mains et ses yeux s'illuminent.

— Ce serait génial. Et si vous vous mariez, elle deviendra ma sœur ! Oh, les gars, vous savez que j'ai toujours voulu une sœur.

Je la dévisage. *Elle est folle ?*

— Josie, on vient à peine de se rencontrer.

— Et tu as des belles-sœurs, maintenant, lui rappelle Sean en tirant un rouleau de papier sulfurisé d'un tiroir.

Josie lui lance un regard rayonnant.

— Je sais, mais je suis gourmande.

Il pose le rouleau de papier sulfurisé sur l'îlot, prend la mâchoire de Josie entre ses doigts et l'embrasse.

— Je t'aime, dit-il d'une voix bourrue.

Elle danse quasiment sur son siège.

— Je t'aime aussi !

Je bois une longue gorgée de bière, ignorant la pointe de jalousie que je ressens. Je suis heureux pour eux, pour tous mes frères et leur amour éternel. C'est ridicule, mais j'ai le sentiment d'avoir été laissé de côté. Le plus jeune est toujours le dernier. Et alors ? Ce n'est pas une course. Josie remarque mon expression sombre et redevient sérieuse.

— Je ne pense pas qu'elle ait voulu te blesser en t'impliquant là-dedans. Tu dois comprendre qu'elle est tout le temps sous le feu des projecteurs. Les gens la connaissent après l'avoir vue dans *Capital Asset*, et avant ça, elle a joué dans deux séries pour ados. Elle a commencé à bosser quand elle avait quinze ans, le public a donc l'impression de la connaître. Il veut savoir avec qui elle sort et ce qu'elle fait de sa vie. Ça peut causer beaucoup de pression. Et cette histoire avec Colton…

Elle secoue la tête et continue :

— Je crois que les gens ont de la peine pour elle parce qu'elle a été trompée, et qu'elle a voulu se défaire de ça. Elle essaie sûrement juste de faire croire que c'était une décision mutuelle, pour que ça paraisse plus équitable. Ton nom lui est venu en tête parce qu'elle venait de discuter avec toi.

Elle lève un doigt et ajoute :

— Mais, de manière inconsciente, elle veut aussi être avec toi.

L'espoir m'envahit, et je l'étouffe sans pitié. Harper n'a parlé de moi que pour sauver la face. Je ne savais pas qu'elle était connue du public depuis aussi longtemps. Je ne suis pas les ragots sur les célébrités, et je n'ai pas regardé ces séries pour ados. Elles étaient sûrement destinées à un public féminin. Je sens le regard de Josie posé sur moi.

— OK, je comprends qu'elle ait voulu équilibrer les choses après la façon dont Colton l'a prise par surprise avec cette nouvelle petite amie. Tu sais, ce métier d'actrice est vraiment une épée à double tranchant. Vous faites ce que vous aimez, mais ça a un prix, et vous devez faire une croix sur votre vie privée.

— Exactement. Et elle a eu quelques incidents bizarres avec des harceleurs depuis qu'elle a joué Amanda Boxer. La dernière chose dont elle a envie, c'est d'avoir l'air faible de quelque manière que ce soit.

Mon estomac se serre.

— Quel genre d'incidents bizarres avec des harceleurs ?

— Le plus récent, c'était un type qui est entré par effraction dans son appartement pour lui demander de le fouetter.

— Seigneur.

— Taré, lâche Sean en secouant la tête.

— Qu'est-ce qui s'est passé ? demandé-je. Qu'est-ce qu'elle a fait ?

Josie se redresse sur son siège.

— Je l'admire beaucoup pour sa réaction rapide, alors qu'elle venait d'être réveillée d'un profond sommeil. Elle lui a dit qu'il devrait être attaché dans le placard avant qu'elle le fasse, et attendre ses ordres. Puis elle l'a attaché avec sa corde à sauter, mis dans le placard, et a quitté l'appartement pour appeler la police. Ils l'ont trouvé encore en train de l'attendre avec impatience.

Mes entrailles se tordent à cette idée.

— Elle a dû être terrifiée.

La gentille Harper, seule face à un intrus. Pas étonnant qu'elle ait embauché un garde du corps. Merde. C'est pour ça qu'elle a paru si horrifiée quand elle a réalisé que je n'étais pas lui. Mais elle n'avait pas l'air effrayée, et elle m'a quand même laissé revenir dans sa caravane pour m'expliquer. Elle a peut-être senti que je n'étais pas un danger pour elle. Je ne ferais jamais de mal à une femme.

— Ouais, et il y en a eu d'autres, continue Josie. Des types attirés par la Amanda dure à cuire, comme si c'était un genre de dominatrix, ou qui se sentent menacés et veulent la remettre à sa place. En général, ce n'est que du harcèlement verbal, mais il y a eu quelques incidents, où des types l'attrapaient par les cheveux ou lui pinçaient les fesses.

Une fureur froide m'envahit. Je déteste l'idée qu'elle ait pu se sentir menacée par ces hommes, tout ça parce qu'elle est passée à la télé pour faire son boulot. Je regrette presque de ne pas être son garde du corps, parce que je botterais les fesses de tous ceux qui essaieraient de l'approcher.

— Je n'arrive pas à croire qu'ils fassent tout ça juste pour un personnage qu'elle a joué à la télé, avoué-je. Ils ne font donc pas la différence entre réalité et fiction ?

Elle hausse une épaule.

— Je sais. Et ça n'excuserait pas leur comportement, de toute manière. Aucune femme ne devrait être harcelée pour ce qu'elle est, qu'elle soit dure ou gentille.

— C'est vrai, acquiescé-je.

— Absolument, renchérit Sean.

Josie lui adresse un doux sourire, puis se tourne à nouveau vers moi.

— Bref, je veux juste que tu comprennes ce qu'elle a vécu. C'est vraiment quelqu'un de très gentil, mais même quelqu'un de sympa est prêt à tout pour se protéger, quand il se sent menacé. Elle ne voulait pas paraître faible et seule. Je suis sûre que c'est pour ça qu'elle a affirmé être avec toi.

— Ça ne me dérange pas.

Et je ne mens pas. Je m'inquiète surtout pour sa sécurité.

— Je comprends mieux pourquoi elle a embauché un garde du corps, maintenant. Pourquoi tu n'en as pas un, toi ?

— J'ai Sean, répond-elle en souriant à mon frère. Personne n'osera jamais se frotter à lui.

Sean bombe le torse, puis fourre le poisson et les légumes dans la poche de papier sulfurisé.

— Dès que je penserai que c'est nécessaire, on embauchera un garde du corps. Jusqu'ici, Josie n'a jamais attiré ce genre d'attention. Mais je veille sur elle en public, et cet appartement est équipé d'un système de sécurité.

Il lance un regard sévère à Josie et ajoute :

— Je l'ai déjà prévenue que quand on aurait des enfants, le garde du corps serait non négociable.

Josie lui envoie un baiser.

Je ne peux m'empêcher d'avoir de la peine pour Harper. Se sentir menacée comme ça, voir quelqu'un transgresser son intimité. C'est un cauchemar. Et ça aurait pu être tellement pire.

— Vous devriez sortir ensemble pour de vrai, maintenant, suggère Josie en se tournant vers moi.

Je lève une main pour l'arrêter.

— Elle essayait juste de sauver la face.

— Vous êtes tous les deux si gentils, insiste-t-elle. Je pense que tu devrais tenter le coup.

Je me penche tout près de son visage pour m'assurer qu'elle comprenne que je suis sérieux.

— Josie, elle a déjà assez de trucs à gérer. Je ne ferais qu'ajouter à son stress, après notre accrochage d'hier, sa rupture et les retombées dans la presse.

Sans parler du fait qu'elle se sent menacée par des inconnus. Ce n'est vraiment pas normal.

Sean et Josie me regardent d'un air curieux.

— Votre accrochage ? répètent-ils presque à l'unisson.

— Je croyais que vous aviez juste eu une conversation agréable, remarque Sean.

Je frotte ma mâchoire mal rasée et leur explique qu'Harper m'a confondu avec son garde du corps, et qu'elle s'est sentie très embarrassée en réalisant son erreur.

— Je n'ai pas envie de la stresser encore plus.

— Oh mon Dieu, c'est tellement mignon ! s'exclame Josie. Un quiproquo.

Sean secoue la tête et continue d'assembler ses sachets sulfurisés.

— Je ne pense pas qu'Harper ait trouvé ça adorable, dis-je.

Josie prend son téléphone et commence à taper un message. Je me raidis.

— Tu es en train de lui envoyer un message, hein ?

Elle sourit sans cesser de pianoter joyeusement sur son téléphone.

— Je lui ai juste dit que tu étais chez nous pour le dîner et que tu m'avais demandé de lui faire savoir que tu espérais qu'elle va bien.

Ça me semble être le bon angle à adopter sans lui mettre la pression.

— Je suppose que ça va.

Josie continue d'écrire pendant si longtemps que mes

cheveux se hérissent sur ma nuque. Elle a fait quelque chose, hein ? Elle est allée trop loin.

— Tu parles de moi ? l'interrogé-je.

Josie repose son téléphone et écarquille les yeux d'un air innocent. Cette femme n'est jamais innocente.

— Rien d'important. Je lui ai juste expliqué à quel point tu étais formidable, de mon point de vue, et que si elle voulait une oreille amicale à qui parler, elle pouvait te contacter quand elle voulait pour bavarder.

Je crispe la mâchoire.

— Je n'ai jamais accepté ça. Elle va croire que je t'ai demandé de faire ça et va avoir l'impression qu'on lui met la pression.

Et ça me fait encore paraître désespéré.

— S'il te plaît, Josie. Tu crois que je ne suis pas capable de séduire une femme tout seul ? Tu me ridiculises.

— C'était une remarque inoffensive, hein, Sean ? demanda Josie en se tournant vers mon frère.

Sean met le dîner au four et répond :

— Ne me mets pas au milieu de tes affaires d'entremetteuse sournoise.

Josie reporte son attention sur moi et lève le menton.

— Je ne suis pas désolée. Tu devrais me remercier.

Je ravale une réponse cinglante. Elle papillonne des cils. *Ridicule.* Je suis toujours en colère.

Je la regarde en étrécissant les yeux tout en buvant une goulée de bière. Mon téléphone vibre, annonçant un message.

Harper : *Je vais bien, mais merci d'avoir proposé de discuter.*

— C'est elle, hein ? Qu'est-ce qu'elle a dit ? demande Josie d'un ton surexcité.

Je bois une autre gorgée de bière, m'efforçant de paraître détendu et d'ignorer la morsure de cette rebuffade. Je suppose qu'une pointe d'espoir s'était glissée en moi.

— Elle a dit non merci.

— Oh, lâche-t-elle en me frottant le bras. Désolée, Garrett. Je suppose que vous n'étiez pas destinés à être ensemble.

Peu importe. J'en ai marre d'espérer des choses qui ne se

concrétisent jamais. J'ai décidé que le destin finira par placer la femme qu'il me faut sur ma route. Harper Ellis n'est pas cette femme.

— Que dirais-tu d'une femme plus âgée ? lance Josie. La femme qui joue la matriarche de la famille dans ma série est célibataire. Et elle n'est pas si vieille, elle doit avoir la quarantaine. Ils la vieillissent avec du maquillage.

— Non ! nous exclamons-nous à l'unisson, Sam et moi.

Josie pince les lèvres.

— Elle est gentille, et toi aussi. Je ne vois pas le mal.

— Le Fauve a besoin d'une femme qui…, commence Sean avec un geste vers moi.

— Je n'ai besoin de l'aide de personne, l'interromps-je en grommelant.

Le visage de Josie s'illumine.

— Oooh, tu te souviens de cette gentille fille catholique que ta mère a essayé de pousser dans les bras de Brendan ?

Nous éclatons tous de rire. Pauvre Brendan. Juste au moment où il amène à la maison l'amour de sa vie, voilà que notre mère décide de lui présenter Faith. Josie sait vraiment comment alléger l'atmosphère.

— Peut-être ? insiste-t-elle.

— Non !

4

Harper

Mon téléphone vibre sur la table à manger où je dîne, annonçant l'arrivée d'un message. Mon pouls accélère. Garrett me recontacte-t-il pour aller plus loin ? Ai-je envie qu'il le fasse ? Je ne peux nier l'alchimie entre nous, qui ne ressemblait à rien de ce que j'ai jamais connu. Et je l'apprécie vraiment. D'un autre côté, je souffre encore de la trahison de Colton. J'aurais dû le voir venir. Mon ex, John, s'est servi de moi pour être introduit dans ce métier, lui aussi. Mais Colton était si différent, si désinvolte et détendu à propos de tout, que je ne pensais pas qu'il était aussi ambitieux. Je suppose qu'il l'a bien caché, et regardez comme ça a bien tourné pour lui. Il est passé d'un rôle dans un clip au rôle principal d'un film, tout ça grâce à notre statut de couple phare. Alors que je n'ai jamais joué de rôle principal dans un film, moi ! Juste les rôles oubliables de la petite amie qui soutient le héros.

J'ignore mon téléphone, pas prête à affronter ça dans mon état d'esprit actuel.

J'en ai tellement marre des hommes qui se servent de moi. John a été une guest-star de *Capital Asset* durant notre première saison. Il débordait de charme, de cadeaux et d'affection. J'ai baissé ma garde et je l'ai laissé accéder à mon cœur. On allait partout ensemble, on vivait même ensemble.

La presse nous adorait et à mesure que ma notoriété a grandi pour mon rôle d'Amanda, l'engouement n'a fait que s'accroître autour de nous. Je croyais que tout le monde voyait la même chose que moi : un couple fou amoureux. Nous finirions sûrement par nous marier. Sa carrière a commencé à grandir, il a obtenu deux rôles secondaires dans des films et j'étais heureuse pour lui. Mais dès qu'on lui a offert le rôle principal d'un nouveau film de superhéros, il a coupé les ponts. Il m'a expliqué que ça marchait comme ça, dans ce métier, et que ça n'avait rien de personnel. *Rien de personnel, avec la femme avec qui il est sorti pendant un an !* Je n'aurais jamais deviné qu'il était à ce point ambitieux et sans scrupules, jusqu'à ce qu'il me montre son vrai visage.

Je me suis brûlé les ailes deux fois, et il n'y en aura pas de troisième. Je vais me concentrer sur le boulot, et rien d'autre. Mon agent dit que je suis un bourreau de travail et qu'on peut toujours compter sur moi pour aider n'importe quelle série à briller, mais je veux plus que ça. Je veux un rôle important dans un film. Mais on ne m'en propose jamais. Je devrais peut-être sortir avec quelqu'un qui me permettrait de brûler les étapes et d'accéder à un meilleur rôle, moi aussi. Ça a bien fonctionné pour John et Colton !

Je laisse tomber ma tête dans ma main. Je dois arrêter de choisir les mauvais mecs. Je dois écouter mon instinct quand il m'envoie des signaux d'alarme pour me prévenir que quelque chose cloche. J'ai lu un livre sur les femmes qui font de mauvais choix en matière d'hommes, aujourd'hui. *Oui, je suis à ce point désespérée d'obtenir des réponses. Je suis intelligente, et pourtant je n'arrête pas de faire les mêmes erreurs.* L'une des raisons pour lesquelles les femmes choisissent les mauvais hommes, c'est la peur de l'abandon, et c'est clairement vrai dans mon cas, sachant que ma mère m'a abandonnée quand j'étais un bébé et qu'elle n'a jamais fait partie de ma vie. J'ai toujours soupçonné ma grand-mère trop stricte de l'avoir fait fuir, parce qu'elle n'approuvait pas qu'une fille de dix-neuf ans tombe enceinte d'un homme marié. Mon père n'a jamais voulu de moi. Il avait une autre famille et mon existence même menaçait tout ce qu'il avait. Ma gorge se serre et mes yeux me brûlent. *Indésirable, indigne d'être aimée.* J'essuie une larme et prends une inspiration tremblante.

Pas étonnant que mes relations avec les hommes soient aussi catastrophiques. Mon père était un homme infidèle qui n'a jamais essayé de contacter sa fille. J'ai appris très jeune qu'on ne pouvait pas compter sur les hommes. Ils ne restent jamais. Et d'une certaine manière, je n'arrête pas de me remémorer cette leçon en sortant avec les mauvais hommes.

Alors oui, maintenant que je sais pourquoi je suis coincée dans ce schéma destructeur, je pourrais me montrer plus maligne et y mettre fin. La prochaine fois, je choisirai un homme bien. Digne de confiance. Dès que je serai prête à me lancer dans une nouvelle relation, dans très, très longtemps. Une chose est sûre, je n'aurai jamais d'enfant par accident, comme ma mère. Mon enfant sera planifié et désiré. Elle sera entourée d'une famille aimante. Elle ne se sentira jamais insignifiante ou indigne d'amour. *Ce ne sont que des rêves.* Qui sait si je me marierai avant que ma fenêtre de fertilité se referme ? Mais si cela doit arriver, je ferai tout comme il faut.

Je pousse un brusque soupir et prends mon téléphone pour lire le message que j'ai reçu. Ce n'est pas Garrett. Dépitée, je me convaincs que je suis soulagée qu'il s'agisse de mon manager.

J'ai vu la presse. Tu savais que Garrett Rourke faisait partie de la famille royale Rourke de Villroy ? Félicitations, tu as chopé un prince ! Très bon pour les relations publiques.

Je n'avais pas fait le rapprochement. J'essaie de ne pas trop traîner sur les sites people, ne voulant rien découvrir de désagréable me concernant. C'est pour ça que j'ai engagé un publiciste, en guise de tampon. Un type de Brooklyn est donc aussi prince, ou duc, ou que sais-je. Est-ce de notoriété publique ? Je m'apprête à faire une recherche sur son nom, mais je me réfrène. Je ne ferais que tomber sur les derniers articles racoleurs nous concernant, Colton et moi, avec la citation où je mentionne Garrett. Je n'aurais pas dû faire ça. Mais il m'a fait bonne impression, et son nom m'est venu tout naturellement à l'esprit. Mon adrénaline crevait le plafond, quand ce journaliste est apparu juste au moment où j'entrais dans mon immeuble. Je n'aime pas que des hommes viennent m'épier devant chez moi.

Je vous jure que le prochain type avec qui je sortirai n'aura aucun lien avec le monde du cinéma. Un écrivain, ce serait sympa. Il serait discret et aurait beaucoup de livres. Nous passerions nos dimanches à lire dans un cottage pittoresque près de l'eau. En attendant...

J'envoie une réponse rapide à mon manager et recommence à manger. Joe a emménagé dans l'appartement voisin, je me sens donc en sécurité, toute seule ici. Après le dîner, je vais passer une soirée relaxante chez moi et lire mon livre privilégié quand j'ai besoin de réconfort : *La fripouille et la gouvernante*, d'Alice Segal. Vous voyez, je me prépare déjà à mon rôle de femme d'écrivain, en lisant à ce point. Je ne suis pas asociale, je répète juste pour ma future vie rêvée.

Juste au moment où je m'installe dans le recoin confortable de mon canapé avec ma liseuse, je reçois un appel. Je regarde l'écran et me raidis aussitôt – c'est Dana, ma publiciste bulldog. Je l'ai surtout engagée pour qu'elle fasse en sorte que la presse ne parle *pas* de moi, à moins que je sois obligée de promouvoir quelque chose. Je ne suis pas douée pour parler en public. En d'autres termes, j'ai tendance à me mettre à paniquer plusieurs jours à l'avance et à voir ça comme une course, le cœur battant et couverte de sueur, jusqu'à ce que ce soit terminé et que je m'écroule. Ce n'est pas joli à voir. Je préfère de loin prononcer des répliques écrites pour moi et jouer un rôle plutôt que d'affronter le public en tant que moi-même.

Je réponds au téléphone et prends aussitôt le contrôle de la conversation.

— Salut, Dana, tu as fait des progrès s'agissant d'étouffer la partie de l'histoire concernant Garrett ?

— Je suis ça de près, et en vérité, j'*adore* ce membre de la royauté que tu as jeté au milieu de tout ça, répond-elle. Tu as complètement éclipsé la nouvelle conquête de Colton. Je sais que tu tenais à lui, et vous étiez merveilleux ensemble, mais tout le monde disait qu'il n'était pas du genre à avoir des relations à long terme. Si ça peut te réconforter, je suis certaine qu'il trompera aussi Taylor.

— Ça ne me réconforte pas du tout, répliqué-je en serrant le téléphone plus fort. Tu m'as dit que tu m'aiderais à faire disparaître Garrett de cette histoire.

— La situation a explosé à cause de son statut royal. Je n'ai aucun moyen d'endiguer ça. Mon conseil, c'est de jouer le jeu. Maintenant que Colton n'est plus d'actualité pour t'accompagner au gala de samedi prochain, puis-je te suggérer d'inviter ce membre de la royauté ? Tu as besoin d'un vrai beau gosse en smoking à tes côtés. L'absence de Colton sera trop manifeste. Tu risques de passer toute la soirée à répondre à des questions à son sujet, et aucune de nous n'a envie de ça.

Je me raidis. J'avais oublié que Colton était censé revenir pour cet événement. Hors de question que j'implique Garrett là-dedans. Le pauvre ! D'abord je l'accoste et je le traîne dans ma caravane en le prenant pour mon garde du corps, puis je lâche son nom à un journaliste fouineur et avec beaucoup de connexions. Il a déjà eu assez de problèmes à cause de moi. Le gala est une collecte de fonds habillée pour une organisation chère à mon cœur : Le Meilleur Ami de l'Homme. Ils entraînent des chiens-guides et les associent à des gens handicapés physiquement ou psychologiquement. Beaucoup de vétérans souffrant de PTSD bénéficient d'un chien de thérapie. Mon oncle a souffert de PTSD et n'a jamais reçu l'aide dont il aurait eu besoin. Il a beaucoup souffert, avant de finir par se suicider. Un chien de thérapie l'aurait peut-être sauvé.

— Dana, dis-je d'un ton ferme. Je ne vais pas proposer à Garrett de m'accompagner à une soirée qu'il trouverait sûrement ennuyeuse à mourir.

Je n'ai pas envie qu'il ait le sentiment que je me sers de lui. C'est terrible, de se rendre compte que quelqu'un qu'on prenait pour un ami (ou qu'on aimait) attendait juste quelque chose de vous.

— C'est un membre de la royauté. Tout à fait ton style.

Garrett ressemblait à un type normal, avec son T-shirt, son jean et ses bottes de travail. Il bosse dans le bâtiment, dans l'entreprise de sa famille. Je ne l'imagine pas en membre de la royauté faisant des séances photo et coupant des rubans. Il est trop rude et endurci pour ça, et c'est en partie pour ça que je l'ai pris pour mon garde du corps. Je ferme les yeux, embarrassée par ce souvenir. *Mon garde du corps endurci et hyper sexy. Ou pas.*

Il a réparé mon étagère.

Non, je ne m'engagerai pas sur cette voie.

— J'irai toute seule, affirmé-je. Ou j'amènerai peut-être une amie.

Je ne suis qu'à une heure et demie de Summerdale, à New York, où j'ai grandi. Je pourrais proposer à l'une de mes copines de jeunesse de m'accompagner.

— Si j'ai une femme en smoking à mes côtés, ça détournera peut-être les gens des ragots concernant Colton, suggéré-je en étouffant un rire.

— Harper, lâche Dana d'un ton exaspéré.

Je l'exaspère souvent. Nous œuvrons à contre-courant : je travaille dur pour préserver ma vie privée, et elle fait de gros efforts pour me conserver sous les projecteurs. Elle savait dans quoi elle s'engageait, avec moi.

— J'ai fait une recherche sur ces Rourke, continue-t-elle. Ils sont très sexy.

Au moins l'un d'eux, en tout cas. Mais je refuse toujours de m'engager sur cette voie.

— Je ne me servirai pas de lui pour une séance photo, insisté-je.

Dana continue comme si je n'avais rien dit :

— Et même si Garrett est en arrière-plan, sur cette photo de mariage qui circule partout… vêtu d'un smoking noir, me dois-je d'ajouter… c'est clairement un vrai régal pour les yeux, avec tous ces muscles.

Comme un garde du corps. C'est alors que j'ai une idée.

— J'ai Joe, maintenant. C'est parfait. Il va venir avec moi, de toute façon, en tant que garde du corps, je n'aurai qu'à lui faire enfiler un smoking et tout le monde pensera que c'est mon cavalier. Problème réglé.

Je souris, fière de ma solution astucieuse.

— Tu ne feras pas passer ton garde du corps pour ton rencard. Il s'est récemment séparé de sa femme, ils ne sont pas encore divorcés. Ce n'est pas le genre de relations publiques que je veux pour toi. Tu ne lis donc jamais les mémos quotidiens que Trina envoie pour nous tenir au courant de ce genre de trucs ?

Je grimace. Mon assistante est très industrieuse, mais qui pourrait tenir le rythme de ses mémos quotidiens ? Je lui fais confiance pour faire son boulot. Elle est avec moi depuis trois ans, maintenant.

— OK, oublie les mémos, reprend Dana. Ça ne me dérange pas de les lire pour toi. Ton boulot, c'est de faire en sorte que ce beau gosse royal soit à ton bras samedi prochain.

Une sueur froide me parcourt à cette idée. Pourrais-je me contenter de ne pas me rendre à cet événement ? Non. Je veux que la presse parle du Meilleur Ami de l'Homme, et ma présence aidera à attirer l'attention sur la cause.

— Harp, c'est d'accord ? Tu auras un rencard pour le gala de samedi ?

Non.

— Je trouverai quelque chose.

— Je contacterai le prince Garrett Rourke pour toi, d'accord ? Je sais que ce genre de truc a tendance à te mettre mal à l'aise.

C'est une référence polie à ma timidité. Je ne drague pas les hommes. *Sauf quand je les méprends pour mon garde du corps, apparemment.*

— Je ne pense pas que qui que ce soit l'appelle le prince Garrett.

À moins que si ? Josie ne l'a pas fait. Bon sang, c'est une vraie fan de Garrett. Je parie qu'elle aime tous les membres de la famille Rourke avec le même enthousiasme débridé. C'est tout elle.

— Ne le contacte pas. Je vais me débrouiller.

— Il faut que tu y ailles, insiste-t-elle en prenant un ton urgent. Tu vas recevoir une récompense pour ta contribution. C'est grâce à toi que leur organisation va devenir internationale. C'est important. Tu ne peux pas leur faire faux-bond au dernier moment. J'ai fait en sorte que la presse soit présente en masse pour ce moment.

— Je viendrai ! Ne t'inquiète pas.

Elle laisse échapper un gros soupir.

— OK, OK. On veut se concentrer sur la cause, et pas sur ton ex infidèle. Si tu te pointes avec un rencard, ça enverra un message : tu vas bien et vous aimez tous les deux cette cause. Ne rends pas les choses plus compliquées que nécessaire. Il est agréable à regarder. Personne ne s'apitoiera plus sur ton sort, après ça.

Ma respiration se coinça dans ma gorge.

— S'apitoyer sur mon sort ?

— Disons plutôt que c'est de la pitié. Tu sais que je te présente les choses comme elles sont. C'est un suicide de carrière, de provoquer la pitié. Personne n'appréciera de t'avoir soutenue en tant qu'Amanda Boxer, Lexi Gold ou n'importe quel autre personnage. Tu peux être coriace, tu peux être une femme mondaine riche, mais tu ne peux pas avoir l'air pathétique et faible. Tu ne peux pas susciter la pitié. Compris ?

Pathétique et faible ! Mon éducation me revient et je carre les épaules, redressant le dos. J'ai été élevée pour être forte, et je le suis. J'ai été trahie par Colton et je n'ai rien fait de mal.

— J'irai seule, annoncé-je d'un ton égal. Au revoir, Dana.

— Réfléchis-y, s'il te plaît, insiste-t-elle d'une voix tendue. Ciao.

Je raccroche. J'aurai l'air encore plus forte et coriace si j'y vais seule. Je n'ai pas besoin d'un rencard pour égaliser les points entre moi et Colton. Je suis au-dessus de ça.

Je me dirige vers ma caravane pour le déjeuner après notre lecture de scénario du lundi matin pour *Living Gold*, impatiente de pouvoir être un peu seule. Je m'arrête, surprise, en découvrant Dana assise sur les marches de ma caravane. Elle a la quarantaine, les cheveux d'unl noir brillant noués en chignon et dotée de plus d'énergie que n'importe qui d'autre que je connaisse. Excepté Josie, peut-être. Cette femme ne s'arrête jamais.

— Surprise ! s'exclame-t-elle en se levant de la marche supérieure.

Je l'étreins avec un seul bras pour ne pas renverser ma boîte de sushis à emporter sur elle.

— Je n'arrive pas à croire que tu as pris l'avion depuis Los Angeles pour me voir. C'est à propos du gala ?

— Eh, j'aime bien prendre de mes nouvelles de mes contacts new-yorkais de temps en temps. Tout ne tourne pas autour de toi, même si tu es ma cliente préférée.

Je déverrouille la porte de ma caravane et rentre. Elle me suit, inhabituellement silencieuse. Une fois qu'on est toutes les deux assises sur le canapé avec un verre, je lui propose la moitié de mon déjeuner.

— J'ai déjà mangé, merci, répond-elle. Vas-y, ne t'en fais pas pour moi.

Je rapproche la table intégrée au mur du fond, pose mon déjeuner dessus et ouvre le couvercle de la boîte à emporter.

— Alors, comme ça se passe, ici ? m'interroge-t-elle. Ça te plaît de jouer Lexi Gold ?

— J'adore, dis-je en sortant mes baguettes.

Dans *Living Gold*, je joue un rôle à contre-emploi, celui d'une mère avec une part de vulnérabilité. C'est la principale raison pour laquelle j'ai accepté ce rôle. Le point de départ de la série, c'est une famille riche (les Gold) ayant un problème avec sa femme de ménage. Plus précisément, la fille illégitime de l'ancienne femme de ménage, jouée par Josie, qui est un génie de la comédie, vient d'hériter du manoir, que lui a légué le patriarche décédé ayant eu une aventure avec sa mère. C'est vraiment une histoire en or. Ah ah. Or. *Gold* en anglais.

Dana est redevenue silencieuse. Quelque chose la tracasse.

Je mange mon déjeuner et attends.

Pour finir, elle lance :

— Ce serait cool, de montrer cette personnalité de fashionista sensible au public, pendant le gala, non ? Au lieu d'être toujours comparée à cette dure à cuire, tu pourrais devenir une personnalité mondaine au cœur d'or.

— Qu'y a-t-il de mal à être moi-même en public ? répliqué-je en prenant une bouchée de sushi.

Je fais mon boulot, j'entre sur scène, puis je repars, en restant aussi polie et professionnelle que possible. Ce n'est pas si facile que ça, pour moi, mais c'est honnête, au moins.

Elle hoche la tête et boit une longue gorgée d'eau.

Je hausse les sourcils d'un air interrogateur.

— Rien, bien sûr, finit-elle par répondre. Tu es merveilleuse, très gentille, mais parfois, tu es si réservée que ça pousse les journalistes à combler les vides. Cette expression neutre sur ton visage peut à la fois suggérer que tu es coriace, distante ou en colère.

— Ma fameuse expression de garce au repos. Qu'ils aillent se faire foutre. Ils peuvent penser ce qu'ils veulent.

Elle lâche un rire nerveux.

— Tu vois, c'est pour ça que je suis la publiciste, et toi le talent. Alors, qui sera ton rencard pour le gala ?

Je la regarde en plissant les yeux.

— Dis-moi que tu n'as pas fait le voyage jusqu'ici juste pour me harceler à propos de cette histoire de rencard.

— Bien sûr que non. J'ai d'autres affaires à régler à New York. Je suis juste passée pour m'assurer que tu prennes les mesures nécessaires.

Je secoue la tête. Elle est bien venue ici pour me harceler, ça ne fait aucun doute.

— Il n'est pas seulement question de toi, rappelle-t-elle. L'idée est de mettre Le Meilleur Ami de l'Homme sous le feu des projecteurs. Tout le monde veut en savoir plus sur ce nouvel homme avec qui tu as dit sortir ; autrement dit, tout le monde t'écoutera quand tu parleras de cette grande cause. On trouvera une phrase toute faite et évasive pour détourner l'attention de lui et la tourner vers les chiens-guides.

Je soupire. Elle sait à quel point cette organisation est importante, pour moi. Je les ai aidés à héberger des chiots à Los Angeles, il y a des années, quand ils commençaient à peine et n'étaient basés qu'à un seul endroit. À mesure que ma célébrité grandissait, j'ai pu les aider à se déployer. Très vite, ils ont ouvert des centres d'entraînement dans tout le pays, et aujourd'hui, ils en ont dans le monde entier. Je pose mes baguettes, mon estomac se nouant. Ce n'est pas que je n'ai pas envie de le voir. Mais je ne veux pas qu'il ait l'impression qu'on se serre de lui. Et je suis embarrassée à l'idée de la situation dans laquelle je l'ai mis. Je ne peux pas me laisser freiner par ça. Je peux aller au-delà de mon embarras pour la bonne cause.

— Très bien. J'appellerai Garrett…

— Ouiii ! s'exclame-t-elle en levant le poing en l'air.

— Mais, continué-je en levant une main, je lui dirai qu'il n'y a aucune obligation pour lui, encore moins après la façon dont j'ai jeté son nom en pâture à la presse.

Et dont je l'ai traîné dans ma caravane. C'est alors que je me souviens de ce qu'il m'a dit, quand je lui ai demandé pourquoi il m'avait laissé croire qu'il était mon garde du corps. *J'aurais dû dire quelque chose, mais j'ai eu le sentiment qu'on accrochait, vous voyez ?* Je ne connais pas beaucoup d'hommes capables de parler aussi franchement. Il y a peut-être vraiment quelque chose… une connexion. À condition d'être prête à prendre le risque. Mon estomac se tord. Je dois prêter attention à ce que me disent mes tripes, et elles me conseillent de ne pas trop m'engager. Je ne suis pas prête.

Elle se lève et dépose un baiser sur mon front.

— Il ne refusera pas, fais-moi confiance. Tu es irrésistible.

Je lui lance un regard désabusé.

— Ne t'alarme pas trop si j'arrive au gala toute seule.

— Aucune chance. Je dois y aller. J'ai aussi un rendez-vous avec Josie, aujourd'hui.

— Ah oui ? C'est ta cliente, maintenant ?

Elle croise les doigts et les lève au-dessus de sa tête.

— Pas encore. Elle veut savoir si je pourrais amplifier les projecteurs sur la collecte de fonds de la fondation Rourke au Met. Je suis à fond dedans. Ciao !

Elle s'en va précipitamment et l'odeur de son parfum au citron s'attarde dans l'air derrière elle. Il est aussi vivifiant qu'elle. J'ai dit à Josie que j'irais à sa collecte de fonds, en grande partie parce qu'elle me l'a demandé et que je ne pouvais pas dire non. J'espère juste que Dana n'insistera pas pour que j'aie un rencard royal pour cette soirée-là aussi. C'est le samedi suivant, et deux événements glamour d'affi-lée, ce serait trop demander à n'importe qui, encore plus à l'homme qu'on vient de rencontrer dans des circonstances embarrassantes.

Soudain, je me sens trop nerveuse pour manger. Je décide d'envoyer un message à Garrett pour en finir. Je tape un long message pour lui expliquer le principe du Meilleur Ami de l'Homme, et la raison pour laquelle ce serait sympa qu'il soit là. J'ajoute qu'il n'est ABSOLUMENT PAS obligé d'accepter.

En mettant des majuscules pour bien insister là-dessus.

Puis j'attends.

Il doit être occupé. Je retire le mode vibreur de mon télé-phone pour ne pas manquer la notification et reprends mon déjeuner, gardant mon téléphone à portée juste au cas où. J'ai-merais vraiment avoir une réponse avant de retourner bosser. On sera tous bloqués sur scène, notre script à la main, et les téléphones seront proscrits. Je n'ai pas envie de m'angoisser là-dessus toute la journée. Je me suis jetée à l'eau. OK, je l'ai fait à mon corps défendant, mais une partie de moi espère qu'il voudra venir rien que pour moi. Je pousse un gros soupir. Encore une raison pour laquelle je n'arrête pas de m'impliquer avec les mauvais hommes. J'espère toujours que le prochain sera différent. Et j'ai tellement envie d'être suffi-sante, de ne pas être qu'une étape dans la carrière de quelqu'un.

Mon téléphone sonne et je sursaute. Il m'a *appelée*. Je préfère vraiment les messages. Ça me permet de réfléchir avec soin à ce que je veux dire et de composer le message parfait. Qui sait ce que je risque de lâcher, dans le feu de l'action ?

— Allô ? dis-je avec prudence.

— Eh, content d'avoir eu de tes nouvelles, Harper.

Sa voix grave et douce me fait fondre et me donne l'impression d'être toute molle et moelleuse à l'intérieur. Je suis du chocolat. *Une seconde, quoi ?*

— Salut, lancé-je, n'osant rien dire de plus.

— Salut, répond-il d'un ton chaleureux. Tu m'as envoyé un long message, alors je me suis dit qu'il serait plus simple de t'appeler.

L'adrénaline m'envahit quand je réalise que c'est maintenant que je dois l'inviter à sortir avec moi.

— Oui. Comme je l'ai expliqué dans mon message, j'étais censée aller au gala avec Colton, et il y aura tous ces journalistes… pour une très bonne cause, les chiens-guides pour les gens qui en ont vraiment besoin… et il y aura une tonne de journalistes. J'ai mentionné ça dans le message ? Pour les journalistes ? Je pourrais y aller seule, sans problème, mais si j'avais un rencard, ce serait sympa, surtout si tu pouvais aussi dire que les chiens-guides sont une bonne chose. Aux journalistes, je veux dire. Aucune pression, on sera juste deux amis réunis pour une bonne cause.

— Est-ce qu'il y aura des journalistes ?

— Euh… ouais.

Je ne l'ai pas dit ?

Il émet un petit rire.

— Je plaisante. Tu as prononcé le mot « journaliste » au moins quatre fois. J'ai l'impression qu'ils t'inquiètent.

— Je veux que les projecteurs soient tournés vers Le Meilleur Ami de l'Homme, pas sur moi et mon ex infidèle. Toute l'attention sera tournée vers nous, bien sûr, mais on pourra la rediriger vers les chiens-guides.

— Je pense vraiment que les chiens-guides sont une bonne chose.

Mon cœur se met à battre plus vite, parce que ça ressemblait presque à un oui, et je ne sais qu'en penser. *Pourquoi ai-je laissé Dana m'entraîner là-dedans ?*

— Tu n'as aucune obligation de venir. Aucune. En fait, ce sera sûrement une soirée horriblement ennuyeuse. Je dois faire un discours pas *du tout* divertissant. Ce sera juste embarrassant et douloureux à voir. Pour moi aussi. Je vais stresser toute la soirée à cause de ça. Ce n'est pas mon truc, de parler en public. J'ai besoin de jouer un rôle pour être à l'aise sur le devant de la scène…

— Harper ?

— Oui ?

— Je viens.

— Pourquoi ? m'étonné-je.

— Je t'aime bien.

— Qu'est-ce que tu préfères ? Le moment où je t'ai accosté, ou quand j'ai fait semblant qu'on sortait ensemble sans te consulter ?

Sérieusement, qui aurait envie de ça ?

Il éclate de rire. Je serre le téléphone plus fort.

— Tu ne m'as pas entendue quand je t'ai dit que je ferai un horrible rencard ? Je serai stressée toute la soirée à cause de mon discours, qui sera barbant. Quand je pourrai parler, en tout cas, autrement dit après m'être mise à tousser et à m'étrangler avec ma salive.

— Tu es drôle.

— Je suis extrêmement sérieuse, assuré-je en me redressant sur ma chaise.

— D'accord. Mais tu sais ce que j'ai retenu de cette conversation ? J'ai entendu une femme assez courageuse pour affronter sa peur de s'exprimer en public pour une bonne cause. C'est le genre de personne avec qui j'aimerais passer du temps. Et comme tu l'as dit, la cause est juste.

Mon cœur se met à cogner plus fort.

— C'est une soirée habillée.

Dernière chance de fuir ! Je pourrais l'encaisser. Vraiment.

— Je louerai un smoking, répond-il, et j'entends le sourire dans sa voix.

Un élan de chaleur me submerge.

— Merci. Je te suis vraiment reconnaissante. Je demanderai à mon chauffeur de passer te chercher. Et fais-moi savoir si je peux te rendre la pareille de quelque manière que ce soit.

— La prochaine fois que je dois me rendre à une soirée habillée, à laquelle je devrais faire un discours barbant, tu seras la première que j'appellerai.

— OK, ris-je.

Un bourdonnement bruyant retentit quelque part derrière lui.

— Je devrais me remettre au boulot, dit-il. Mais je voulais te poser une question. Une seconde.

Je me raidis à nouveau, pas sûre de vouloir répondre à la moindre question personnelle. Tout redevient silencieux en arrière-plan, et je me demande s'il est sorti pour continuer notre conversation.

— Est-ce que Sean travaille encore avec vous ? l'interrogé-je.

Je suis curieuse, parce que je le vois souvent sur le tournage.

— Parfois. Il passe plus de temps à travailler dans notre branche philanthropique, maintenant, et il bosse à distance pour pouvoir rester avec Josie.

Waouh. C'est si mignon.

— Je vais à sa collecte de fonds au Met.

— Super, répond-il. Tu as besoin d'un rencard pour ça aussi ?

Je souris. Il ne me voit peut-être pas comme la femme qui n'arrête pas de le mettre dans le pétrin, finalement.

— Tu es prêt à t'engager sur deux rencards d'affilée avec moi ? Et si tu passais un moment horrible samedi et que tu te retrouvais quand même coincé avec moi le suivant ?

— Et si je passais un excellent moment ?

Mon estomac fait un petit saut périlleux.

— Et si.

— Alors, ma question était, dois-je faire semblant d'être en couple avec toi pour la presse ?

Facile.

— Si ça ne te dérange pas, ça faciliterait un peu les choses. Mais c'est à toi de voir. Seulement si ça ne te gêne pas. On peut aussi dire qu'on est juste amis. C'est la vérité, de toute façon.

— Ça ne me dérange pas de faire semblant d'être en couple avec toi. Est-ce que je dois savoir quoi que ce soit ?

Je laisse échapper un soupir soulagé. Son acquiescement m'évitera de devoir tout expliquer aux journalistes, et c'est toujours une bonne chose.

— Je trouverai une histoire et je te la donnerai en chemin. Encore merci, Garrett.

— Tu devrais m'appeler le Fauve. Tout le monde le fait.

— Parce que tu es un vrai fauve, avec tes gros muscles ?

Je grimace. *Je n'arrive pas à croire que j'ai dit ça.*

— Gagné, répond-il en riant.

— Et moi, comment tu vas m'appeler ?

— La Belle.

Ma respiration se coince dans ma gorge. La Belle et le Fauve. Une autre version de la Belle et la Bête. C'est si romantique. Et le plus drôle, c'est que je me suis toujours vue comme Belle, à cause de son amour des livres. Je nourris peut-être quelques fantasmes de princesse secrets. Ce n'est pas le genre de chose que le général qui m'a élevée aurait toléré. J'aime ma grand-mère, mais c'est une femme difficile. Joan Ellis est une femme impitoyable. Je savourais mes fantasmes de princesse en regardant des films chez mes amies.

— Merci, le Fauve.

— On se voit samedi, Belle.

5

_____

Harper

Je prends l'ascenseur de mon immeuble avec Joe, ma nouvelle ombre, et monte dans la voiture qui nous emmènera au gala de ce soir. Je suis stressée pour mon discours et j'essaie désespérément de me détendre un peu. J'ai prévenu Garrett que je serais une boule de nerfs.

Le chauffeur est déjà passé le chercher, il attend sur le siège arrière. Je suis encore un peu surprise qu'il ait accepté de venir. La plupart des hommes vont à ce genre d'événements pour les relations publiques, et – c'est mon vilain petit secret – quand je n'ai pas de petit ami, mon cavalier est souvent issu d'une entente entre nos publicistes. Garrett n'a rien à gagner à être vu avec moi. En fait, il me rend service, et m'aide à sauver la face avec une fausse relation. Josie a peut-être chanté mes louanges, qui sait ; je suis juste soulagée d'avoir un rencard qui ne fera pas de drama. Je suis déjà bien assez stressée par mon discours. Je l'ai réécrit cinq fois. J'ai peur de prononcer la mauvaise version, ou de tous les mélanger pour créer un genre de Frankenstein qui n'aura aucun sens.

Quand j'atteins le trottoir, le chauffeur, Michael, sort pour m'ouvrir la portière du siège arrière. J'embauche toujours un chauffeur, en ville, parce que c'est une vraie plaie de se garer.

Quand je suis à Los Angeles, je conduis moi-même. Joe reste juste derrière moi. Une femme marchant sur le trottoir se tourne vers le type avec qui elle est et dit d'une voix forte :

— C'est pas Amanda Boxer ?

— Je crois que si ! s'exclame-t-il. C'est quoi, son vrai nom ?

Puis il se tourne vers moi et lance :

— Salut ! Vous êtes Harper Ellis, c'est ça ?

Je leur fais un petit signe avant de me glisser avec prudence sur le siège arrière de la voiture, faisant attention aux couches de tulles de ma robe rose Caroline Herrera, et prenant garde de ne pas me cogner la tête. Ça ne me dérange pas d'être reconnue. Mais je n'ai pas envie qu'on m'accoste.

Joe monte sur le siège avant, salue Garrett à l'arrière, puis regarde devant lui. La voiture s'engage dans la circulation, se dirigeant vers l'hôtel où se tiendra le gala.

Je me tourne vers Garrett et mon souffle se coince dans ma gorge. Waouh. Il est fait pour porter des tenues habillées. Ses larges épaules et son torse fort remplissent sa veste de smoking à la perfection. Le tissu noir et la chemise blanche contrastent avec ses yeux aigue-marine éblouissants. Il est rasé de près et sa mâchoire anguleuse est proéminente.

— Salut, dis-je dans un souffle.

— Salut, répond-il avec un sourire. Tu es magnifique.

Il effleure l'une de mes boucles d'oreilles en diamant en forme de larme.

— Ce sont des vrais ?

— Oui. C'est un prêt d'un bijoutier en vogue qui voulait en faire la publicité.

Mes cheveux sont relevés sur ma tête pour attirer l'attention sur elles. Dans ce genre d'événement, tout est toujours orchestré avec soin. Les boucles d'oreilles sont belles, un motif compliqué d'or blanc et de diamant.

— C'est drôle, que les gens à même de s'offrir de beaux bijoux puissent les porter gratuitement.

— Tout ça fait partie de la machine des relations publiques. Bref, tu es très élégant. Le smoking te va bien.

Il tire sur sa manche de veste.

— À ce qu'il paraît, je présente bien, répond-il avec un clin d'œil. Je devrais sûrement m'acheter un smoking. J'ai dû en porter un à quatre des mariages de mes frères. L'un d'eux a juste fait une cérémonie à la mairie, du coup j'ai pu esquiver ça. En plus, je vais en avoir besoin samedi prochain aussi, pour la levée de fonds des Rourke.

Il étudie mon visage, et je comprends qu'il est en train de me faire une proposition. Il veut déjà un second rencard. Je ne peux pas me laisser aspirer dans cette spirale. C'est trop tôt. J'ai juré de m'accorder du temps avant de m'engager avec quelqu'un d'autre. Et puis, je suis certaine qu'il ne s'amusera pas beaucoup, à ce genre de soirée. Ce n'est jamais mon cas. Je n'y participe que pour aider les causes auxquelles je crois.

— Cette soirée va te paraître longue, le prévins-je. Ça ressemblera plus à du boulot qu'à une fête.

— Est-ce que je devrais utiliser un marteau ?

— Non, ris-je, pas ce genre de boulot.

Je me détends un peu. Il est ouvrier du bâtiment. Il n'a absolument rien à gagner en se rapprochant de moi. Je dois garder ça en tête pour ne pas me refermer sur moi-même et rendre cette soirée plus difficile que nécessaire.

— Comment ça va ? Nerveuse ?

Comme c'est étrange. J'étais si accaparée par lui que j'ai oublié d'être nerveuse pour mon discours, l'espace de quelques minutes.

— J'ai peur de mélanger différentes versions de mon discours. Je l'ai réécrit et mémorisé cinq fois.

— Prends tes notes avec toi sur le podium. Si tu commences à douter, ça ne dérangera personne que tu y jettes un œil.

Je prends une grande inspiration, la nervosité m'envahissant quand je m'imagine tremblante sur le podium.

— J'ai ce fantasme de moi évoluant avec désinvolture sur la scène comme si j'étais à une conférence, tu vois ? Pleine d'assurance, comme si j'étais chez moi.

— Tu pourrais jouer le rôle d'une conférencière. Transforme ça en une performance.

— Je ne peux pas. Ces mots viennent de mon propre cœur.

Il se tourne et se penche vers moi pour ce qui ressemble soudain à une conversation intime.

— Alors cette cause est importante pour toi. Ce n'est pas seulement un truc que tu fais pour améliorer tes relations publiques.

— Oui, acquiescé-je.

Je lui parle du PTSD de mon oncle, et de mes regrets qu'il n'ait pu bénéficier d'un chien de thérapie. C'est étonnamment facile de parler avec lui.

Il m'étreint le bras.

— C'est incroyable, l'effet que l'amour inconditionnel d'un chien peut avoir sur une personne. Tu en as un ?

— Non. Je voyage beaucoup et je travaille tard. J'ai le sentiment que ce ne serait pas juste de laisser le chien tout seul aussi longtemps. Un jour, j'en aurai un. J'ai toujours voulu un golden retriever.

— Un chien gentil.

— Oui, mon amie en avait un quand on était petites.

Mon souffle se coince dans ma gorge quand nos regards se croisent, et une chaleur se déploie en moi. Je cligne des paupières et détourne les yeux.

— Bon, je ferais mieux de t'expliquer ce qui va se passer. À notre arrivée, on devra remonter un tapis rouge pour rejoindre l'entrée. Il y aura beaucoup d'appareils photo et de flash. Reste près de moi. Je m'occupe de répondre aux questions. Même si ce serait super si tu pouvais intervenir pour préciser que tu soutiens cette organisation, toi aussi. Les gens veulent voir avec qui je suis, et ton boulot, c'est de te servir de ce coup de projecteur pour le tourner vers Le Meilleur Ami de l'Homme.

— Compris.

Je risque un coup d'œil vers lui. Il est toujours aussi sublime, dans son smoking, et il sent merveilleusement bon, un mélange de savon et d'homme. *Sois forte, Harp. Amicale, mais pas charmeuse.*

— Ne réponds à aucune question concernant notre relation. Je m'en charge, mais juste pour te prévenir, l'histoire officielle, c'est que Colton et moi nous sommes mis d'accord pour faire une pause un mois plus tôt. Toi et moi nous sommes rencontrés il y a trois semaines, par l'intermédiaire de Josie.

— C'est facile. On est dans une relation exclusive ?

J'y réfléchis.

— On sort ensemble de manière exclusive, parce que je suis comme ça.

Et mes petits amis l'acceptent toujours, bien que très peu soient restés fidèles. Les hommes sont nuls.

— J'ai toujours pensé qu'il était plus charitable de mettre fin à sa relation actuelle avant de passer à la suivante.

J'entrouvre les lèvres. Un homme qui croit à la monogamie et voit cela comme de la simple décence humaine. Incroyable.

Il étire les lèvres, ses yeux pétillants d'amusement.

— Pourquoi as-tu l'air si surprise ? Tu me prenais pour un séducteur ?

J'ouvre la bouche, puis la referme, ne voulant pas admettre ma piètre opinion des hommes, en ce moment.

— Je ne te connais pas assez pour te juger. J'étais juste surprise de la franchise avec laquelle tu t'exprimes.

— Un point pour le Fauve.

— Oh, tu es bien trop gentil pour être un fauve, lâché-je.

Il sourit et son regard se réchauffe.

— Merci.

Une chaleur m'envahit ; des papillons dansent dans mon ventre et toutes mes terminaisons nerveuses se réveillent. C'est comme lors de notre première rencontre, sauf qu'il ne s'agit plus seulement de désir, cette fois. *Sois maligne. Protège-toi.*

Il baisse les yeux sur mon cou, puis sur mes épaules nues, avant de les remonter sur mes yeux. Ma peau se réchauffe partout où il regarde. Imaginez s'il me touchait.

— Les gens diraient sûrement que ce n'est qu'une relation de rebond. Ils sauraient que ce n'est pas sérieux.

Je regarde droit devant moi, cherchant à mettre un peu de distance entre nous.

— Je ne suis pas responsable de ce que les gens disent. On s'en tient à notre histoire, c'est tout ce qu'on peut faire.

— Tu ne sors toujours qu'avec des acteurs ?

Je me tourne à nouveau vers lui.

— En général, je ne rencontre que ça. Je suis brièvement sortie avec un cameraman quand j'avais vingt ans. Quand on a rompu, il a essayé de m'intenter un procès pour préjudice moral. Maintenant, mes rencards doivent d'abord être validés par ma publiciste.

— Je l'ai été, moi ?

— D'une certaine manière. Quand je t'ai mentionné à ce journaliste, ma publiciste a fait une recherche sur toi. Elle m'a parlé de ta connexion avec la royauté, mais ce n'est pas pour ça que je t'ai invité à m'accompagner. J'avais besoin d'un rencard pour le gala, c'est tout.

Je grimace, parce que ça donne l'impression que je me sers de lui en guise de substitut de dernière minute à mon ex infidèle. Et c'est un peu vrai, mais je l'apprécie vraiment. Il est tellement plus sympa que la plupart des hommes que je rencontre.

— Dans ma tête, tu es ici à cause de notre connexion commune avec Josie. Et parce que j'aime parler avec toi.

— Je suis content qu'elle nous ait mis en contact. N'hésite pas à m'appeler ou m'envoyer des messages quand tu voudras.

Mon cœur se met à battre plus fort. On dirait qu'il a envie d'apprendre à me connaître, *moi*. Pas seulement les privilèges associés à mon métier, ou la rapidité à laquelle il pourrait me mettre dans son lit, comme la plupart des hommes. Suis-je stupide d'espérer qu'il soit différent, ou est-il vraiment sérieux ?

— Merci, dis-je doucement. C'est gentil.

— Je peux te tenir la main ?

Je cligne des paupières, stupéfaite qu'il ait posé la question. Je ne suis pas intimidée par les contacts physiques, une fois le coup d'envoi lancé. En fait, je trouve même difficile de m'en empêcher. Puis mes émotions s'embrouillent avec le sexe et, avant d'avoir compris ce qui m'arrivait, je me retrouve le cœur brisé. Soudain, le simple fait de se tenir la main me semble être une pente glissante.

Il me tend sa paume. Sa main est large et rendue calleuse par son boulot. *Qu'est-ce que ça ferait, de sentir ces mains sur ma peau nue ?* En général, mes petits amis ont les mains douces. Certains se faisaient même des manucures.

— Vu qu'on est censés sortir ensemble depuis trois semaines, je suppose qu'on devrait être à l'aise l'un avec l'autre.

Une pente glissante ! Hisse tes murs défensifs !

Je pose ma main dans la sienne et il referme les doigts dessus en une étreinte chaleureuse. Un frisson brûlant me parcourt le dos. Ce n'est pas de la nervosité. Je suis excitée. À cause d'un geste aussi innocent que le fait de se tenir la main.

Il se penche et sa voix grave résonne dans mon oreille, provoquant un autre frisson.

— Je te tiendrai la main quand on remontera le tapis rouge. À moins que tu préfères que je passe un bras autour de toi.

Une vague de pur désir submerge mon corps. Je n'arrive pas à réfléchir, entre sa chaleur, sa proximité et son odeur enivrante qui me donne envie d'enfouir mon visage dans son cou et de prendre une grande inspiration.

Il s'écarte et m'étudie un moment.

— Ou bien je peux te donner mon bras comme un gentleman.

Il me lâche la main et me propose son bras.

— Et si on improvisait sur le moment ? suggéré-je, ébahie par l'effet démentiel qu'il me fait.

On n'a fait que se tenir la main !

— D'accord, aucun problème.

— Dis-m'en plus sur toi, demandé-je par curiosité. Juste au cas où ça vienne sur le tapis. Je devrais en savoir plus.

Il se confie sans hésiter. Il me décrit sa famille, qu'il aime beaucoup, de toute évidence. Il me parle du grand amour de ses parents et de ses cinq autres frères. Il vient de commencer à m'expliquer à quel point il est fier de son entreprise familiale quand la voiture s'arrête devant l'hôtel pour le gala. Je suis énormément déçue. J'adore l'écouter parler de son monde. Ce doit être formidable, d'être le plus jeune de la famille, et d'avoir tous ces gens pour veiller sur vous et vous aimer. J'ai passé toute mon enfance à m'efforcer de m'endurcir pour mériter l'approbation du Général Joan. Il est impossible de changer sa nature, mais je pouvais au moins jouer le rôle qu'on attendait de moi. Le métier d'actrice a commencé très tôt, pour moi.

En fait, je me suis même fait émanciper à quinze ans pour percer dans cette profession. Ma grand-mère m'avait accordé « la liberté de me casser la gueule », et voilà où j'en étais. Hum… je devrais peut-être la remercier. Elle m'avait donné ce dont j'avais besoin pour survivre dans ce métier impitoyable.

La portière de la voiture s'ouvre et les paparazzis et journalistes rassemblés ici bourdonnent d'excitation. Le chauffeur m'aide à sortir tandis que Joe monte la garde. Garrett apparaît à mes côtés. Je plaque sur mon visage mon expression « contente d'être ici », prends le bras que me tend Garrett et commence à remonter le tapis rouge menant à l'entrée de l'hôtel. Joe nous suit.

Je m'arrête à quelques pas du bout, où le groupe de gens armés de leurs appareils photo attend, prends la pose et souris.

— C'est Garrett Rourke ? demande un journaliste.

— Lui-même, répond Garrett avec son sourire à faire fondre les culottes.

L'appareil photo clique furieusement, zoomant sur lui. Il carre les épaules, l'air d'apprécier toute cette attention. Il se tourne vers moi, toujours souriant, et me lance un regard chaleureux. La foule disparaît. Je ne vois plus que ce beau sourire et la chaleur dans ses yeux, comme s'il appréciait vraiment d'être avec moi. La moi normale, à l'intérieur.

— Par ici ! Par ici ! s'écrie quelqu'un en nous faisant signe d'avancer un peu plus loin sur le tapis.

Je reprends notre marche, sentant les yeux de Garrett posés sur moi. *Est-ce qu'il s'assure que je vais bien ?* J'ai déjà fait ça une tonne de fois. C'est le discours que je devrais donner plus tard qui m'inquiète.

Nous nous arrêtons à nouveau pour parler avec les journalistes qui nous tendent des micros à l'effigie de diverses chaînes locales, ainsi que quelques chaînes de divertissement. Dana m'a dit de parler à tout le monde.

Ils me hurlent des questions, surtout au sujet de ce qui s'est passé avec Colton et pour savoir si ma relation avec Garrett est sérieuse.

Je souris et prends le contrôle de la conversation.

— Nous sommes si heureux d'être ici ce soir en l'honneur du Meilleur Ami de l'Homme. Les chiens-guides pour toute personne souffrant d'un handicap, qu'il soit visible de l'extérieur ou pas, peuvent changer des vies. Je soutiens cette cause depuis longtemps.

— Une excellente cause, renchérit Garrett. L'amour inconditionnel d'un chien, c'est quelque chose d'incomparable. Au-delà du soutien émotionnel, ces chiens peuvent combler une incapacité et aider les gens à mener une vie plus épanouie. Qui n'aurait pas envie de ça ?

Je dissimule ma surprise. C'était un excellent discours, et je ne lui ai pas demandé d'en dire autant. Il a une aisance naturelle devant les caméras.

Les journalistes deviennent dingues de Garrett, l'encourageant à se rapprocher pour le prendre en photo et le bombardant de questions allant de sa race de chien préférée aux films ou séries dans lesquelles il est apparu, ou encore ce qu'il pense d'Amanda Boxer. C'est dingue. Ils supposent qu'il est acteur, vu que je ne sors quasiment qu'avec eux. Garrett est détendu et répond aux questions avec bonne humeur. Il affirme même avoir beaucoup de respect pour le personnage d'Amanda Boxer, et encore plus pour la femme qui l'a jouée.

Je fonds.

— Amanda ! s'exclame un homme en se frayant un chemin entre les journalistes. Pourquoi es-tu une telle garce ? Je vais t'apprendre les bonnes manières.

Tout mon corps se glace. Joe s'empresse d'aller s'occuper de lui.

Garrett fusille d'homme du regard.

— Recule, mec, lâche-t-il d'une voix mortellement calme.

Le type lui fait un doigt d'honneur, remarque Joe à ses côtés et s'enfuit. Je tire sur le bras de Garrett pour lui faire savoir qu'on en a terminé. Je suis écœurée à l'idée que, même avec un garde et un type costaud comme Garrett à mon bras, il y aura toujours des hommes pour tenter de m'atteindre.

Garrett hoche la tête, puis lance aux journalistes :

— C'est une excellente cause, les gars. Faites un don de la somme que vous voulez, aucune n'est trop petite. Ou trop énorme.

— C'est vous qui êtes énorme ! lance une journaliste. Vous êtes très élégant dans ce costume.

Je la regarde en plissant les yeux.

— On m'appelle le Fauve, répond Garrett du tac au tac avec un clin d'œil.

Noon. Il vient de leur offrir leur gros titre. Le Fauve. Ils vont se jeter là-dessus.

Je tire à nouveau sur son bras et il me suit dans l'hôtel. Nous sommes rapidement escortés à travers le lobby et jusqu'à une porte privée, puis nous parcourons un long couloir menant à la salle de bal. Joe est juste derrière nous.

— Tu n'aurais pas dû leur dire ton surnom, dis-je à voix basse.

— Pourquoi ?

— Parce que ça leur donne trop de grain à moudre. C'est ça qui va faire les gros titres, au lieu de la cause.

Il grimace.

— Merde. Je suis novice dans tout ça. Je vais m'assurer de passer le restant de la soirée à promouvoir la cause. Ils seront encore là quand on repartira, hein ?

— Il y a des chances.

— OK, alors je vais tout arranger. Je ferai passer le message et je la fermerai. Tu n'es pas trop perturbée par ce connard qui t'a hurlé dessus ?

— Ça arrive souvent. C'est pour ça que j'ai Joe.

Je regarde par-dessus mon épaule et lui adresse un sourire reconnaissant.

Il garde un visage de marbre, mais me fait un signe du menton. Un vrai dur.

Garrett regarde Joe et lui fait un signe de tête avant de se tourner à nouveau vers moi.

— Il doit y avoir beaucoup de types à petite queue qui ont quelque chose à prouver.

Je souris.

— Ça me réconforte de voir ça comme ça. Tu t'es très bien débrouillé, là-bas. Je suis juste un peu tendue, en ce moment. Ils t'ont adoré.

— Les questions et les appareils photo ne m'ont pas dérangé autant que je m'y attendais. C'était drôle, de jouer le rôle de l'amoureux de Harper Ellis.

J'émets un petit rire. Mais je suis surprise qu'un type comme lui, n'ayant aucune expérience avec la presse, ait apprécié ça.

— Je suis sûre que c'est plus facile de jouer un rôle que d'être vraiment dans cette position.

— Pourquoi ? Parce que tu es si méchante ?

Je ne suis pas digne d'être aimée. Je lève les yeux vers lui, percevant le sourire dans sa voix.

— C'est ça.

— Trop tard. Ta gourmandise t'a trahie, quand tu m'as proposé les carrés de chocolat cachés dans ton placard. Trois petits carrés. Tu es toute douce à l'intérieur.

Je secoue la tête.

— Je t'ai déjà dit que je t'avais offert ce chocolat pour apprendre à connaître mon nouveau garde du corps.

Il carre les épaules et bombe le torse.

— Ouais, tout ce temps passé à soulever de la fonte a enfin

payé, dit-il, avant de sourire. Je plaisante. Ça fait des années que ça paie avec les femmes.

— Je n'en doute pas.

— Tu préfères les hommes maigrichons, comme Colton ?

J'éclate de rire. Colton est mince, et il fait de gros efforts pour avoir les muscles un tant soit peu définis.

Nous nous arrêtons et notre guide se sert de sa carte de sécurité de l'hôtel pour nous ouvrir la porte. Nous entrons alors dans une salle de bal étincelante. Il y a une grande piste de danse, de multiples tables recouvertes de nappes blanches pour le dîner de la levée de fonds, et une estrade à l'avant pour les invités d'honneur. La nervosité me parcourt à nouveau, et j'anticipe déjà le moment où je devrais monter là-haut pour mon discours.

— Nos sièges sont tout devant, mais on devrait d'abord discuter un peu avec tout le monde, dis-je. D'autres journalistes sont là pour couvrir l'événement, mais ils ne fouineront pas dans ma vie personnelle. Ils ne sont pas intéressés par les ragots.

— Super.

Il lève le menton, l'air d'une vedette de film classique, avec cette mâchoire carrée.

— Une occasion pour moi de me racheter.

Je dois arrêter de l'imaginer dans le monde du cinéma. C'est un ouvrier du bâtiment. Un type normal.

Je me mets sur la pointe des pieds pour murmurer :

— C'était déjà merveilleux de ta part d'accepter de venir ici.

Il penche la tête et dépose un baiser sur ma joue, me prenant par surprise.

— C'est très gentil. Je vais t'appeler mon cœur pour le restant de la soirée. Et tu peux m'appeler…

— Garrett.

— Côtelette d'agneau.

Je pouffe de rire.

— Quoi ? C'est ce que préfèrent les fauves, non ?

— Je ne sais pas pourquoi, mais j'ai du mal à t'imaginer en petit agneau affectueux.

Il passe un bras autour de mes épaules et m'attire contre lui.

— Je peux être affectueux.

Je ne peux m'empêcher de sourire quand je croise son regard.

— Tu es l'un de ces types qui aiment faire des câlins au lit, hein ?

— Je préfère le terme « dormir en cuillère », répond-il en conservant un visage impassible.

Soudain, j'ai envie de savoir ce que ça ferait, de dormir en cuillère contre son large corps, son bras fort enroulé autour de ma taille et son érection pressée avec urgence contre…

— Je suis si contente de te voir, Harper, dit une voix féminine.

Je tourne vivement la tête vers Carol, la directrice exécutive du Meilleur Ami de l'Homme, les joues rougies par mes pensées dévoyées. Garrett retire son bras de mes épaules. Il me manque déjà.

— Salut, Carol, ravie de te voir aussi ! Je suis heureuse d'être ici. Voici Garrett Rourke. Garrett, je te présente Carol Lemke. Elle est la tête pensante derrière cette organisation.

— Oh, quelle flatteuse, dit-elle avec affection tout en écartant ses cheveux roux bouclés de son épaule. Je ne dirais pas que je suis la *tête pensante*. Mais tu peux continuer à le dire à ma place si tu veux.

Garrett émet un petit rire.

— Ce que vous faites est formidable. Je suis sûr que vous avez changé beaucoup de vies de manière positive.

Elle sourit et nous étudie tous les deux.

— Maintenant qu'on est passés au niveau international, on a réussi à placer presque un demi-million de chiens de refuges.

— Je ne savais pas que ces chiens venaient de refuges, répond Garrett. C'est encore plus impressionnant. Vous avez une sorte de programme d'entraînement pour les chiens ?

J'écoute fièrement Carol expliquer comment ils choisissent les chiens, pour leur tempérament et leur disposition à travailler. Ça leur donne un but. C'est gagnant-gagnant, pour les chiens et les chanceux qui les adopteront.

— Ça vous arrive de placer des chiots ? demande-t-il.

— Oui. Ils nécessitent une famille d'accueil à même de les socialiser jusqu'à ce qu'ils soient prêts à démarrer leur entraînement.

— J'adorerais faire ça, dit-il, et mon cœur se serre.

C'est exactement ce que j'ai fait à Los Angeles, avant de commencer à travailler à plein temps.

— Si j'étais plus souvent chez moi, je signerais sans hésiter. J'en parlerai à mes parents. Leur nid est vide, maintenant, et ils ont beaucoup d'amour à donner.

Je commence à le soupçonner d'avoir un cœur d'or. J'espère vraiment que c'est le cas, parce que je suis en train de fondre de l'intérieur.

Carol lui adresse un sourire rayonnant.

— Allez sur notre site et dites-leur de remplir le formulaire de volontariat. Oh, tenez, voici ma carte, dit-elle en la tirant de son sac à main. Donnez-la à vos parents. Et parlez-en à tous ceux que vous connaissez. Les refuges de la ville sont déjà beaucoup trop pleins.

Elle continue de lui sourire. Il semble avoir cet effet sur les gens.

— C'était un plaisir de vous rencontrer, Garrett, dit-elle, avant de se tourner vers moi pour murmurer d'un ton conspirateur : Il me plaît, celui-là.

— Moi aussi, dis-je à voix basse.

Elle sourit, une lueur amusée dansant dans son regard, puis nous salue de la main et repart discuter avec quelqu'un d'autre.

Garrett repose son bras sur mes épaules et m'embrasse sur la tempe.

— Mon cœur.

Un rire s'échappe de ma gorge.

— Côtelette d'agneau.

— Tu m'as dit que tu serais très tendue ce soir à cause de ton discours, mais tu as l'air heureuse.

C'est grâce à toi.

— Je suis dans le déni.

— Ah. Tes talents d'actrice portent leurs fruits.

— Viens, je vais te présenter le conseil de directeurs et toutes les autres personnes que je connais.

— On dirait que j'ai passé le test Harper Ellis. Tu ne m'as même pas briefé à l'avance.

— Tu as un don naturel.

C'est la vérité. Je n'arrive pas à croire à la facilité avec laquelle il s'accapare la pièce – il est décontracté, sincère et enthousiaste vis-a-vis de la cause. Et avec moi ? Il est chaleureux et affectueux. J'ai peut-être trouvé le rencard parfait. Une pointe de malaise me traverse. Personne n'est aussi parfait qu'il en a l'air. Il doit y avoir un piège quelque part. Je dois prendre garde à ce qu'il ne me prenne pas plus que ce que je suis prête à donner.

Je refuse d'être à nouveau trahie.

$$6$$

Harper

Nous sommes assis à la table principale, où on nous a servi notre dîner en premier. J'arrive à peine à manger, sachant que je serai bientôt appelée sur le podium pour mon discours. Je me force à avaler un peu de riz, les gestes tremblants et tous les muscles tendus. Garrett n'a pas remarqué ma crise de nervosité silencieuse, occupé à manger son repas avec appétit. J'aimerais avoir un bouton magique qui me permettrait d'accélérer jusqu'à ce que mon discours soit passé. Rien n'arrive plus à calmer ma nervosité, pas même l'homme sublime à mes côtés. Je ne peux que prier pour ne pas me mettre à hyperventiler au milieu de mon discours.

Je vous en supplie, mon Dieu, faites que je reste cohérente pour la cause.

Une grande main se pose sur mon épaule, me faisant sursauter.

— Eh, dit Garrett à voix basse, c'est juste ton petit ami depuis trois semaines qui te touche, c'est tout à fait normal.

— Désolée. Il est presque l'heure de…

Ma voix s'étrangle avec ma salive et je tousse.

— … de mon discours.

Je prends un verre d'eau et l'engloutis. Il fait un geste vers les notes sur mes genoux, que je serre de toutes mes forces entre mes doigts.

— Laisse-moi voir.

J'ouvre la main, révélant plusieurs cartons froissés.

— Je devrais les relire.

Je les lisse du mieux que je peux, les mains tremblantes, puis je les parcours des yeux, comprenant à peine ce que je lis.

— Tu devrais peut-être boire un verre de vin. Ou deux.

Je pousse un brusque soupir.

— C'est ridicule d'avoir encore le trac. Mais quand je serai là-haut, ce sera moi, et pas Amanda, tu comprends ?

Je repousse mon assiette et pose les notes sur la table, les yeux fixés dessus. Plusieurs mots ont été barrés et des flèches pointent vers de nouvelles phrases. J'aurais dû écrire de nouvelles notes pour éviter toute confusion.

De qui je me moque ? Je pourrais avoir le plus parfait au monde sans que personne puisse l'entendre, avec mes toux réflexes, mes paroles entrecoupées et ma voix qui couine. Pourquoi est-ce aussi difficile ? Je gagne ma vie en parlant devant une caméra. Mais ce n'est que de la comédie. Ici, c'est la vraie moi – une boule de nerfs mal à l'aise.

— Tu veux que j'aille chercher du vin ? propose-t-il.

Je secoue la tête.

— Un seul verre et je serai complètement ivre et pitoyable, là-haut. Je fais très attention à manger sainement, et je ne bois qu'un verre de vin rouge par semaine, avec un steak. Tu sais, pour des raisons de santé.

— Qu'est-ce qui pourrait te soulager ?

— Que quelqu'un d'autre fasse ça à ma place ? suggéré-je d'une voix trop aiguë.

Il prend ma main dans la sienne et l'étreint doucement.

— Mon cœur, c'est une cause en laquelle tu crois. Tout ce que tu as à faire, c'est leur expliquer pourquoi. Après ça, tous les donateurs potentiels assis dans cette pièce ouvriront leur cœur et leur portefeuille.

Je jette un coup d'œil à la marée de visage qui attend mon discours. L'élite sophistiquée et riche, dans ses plus beaux atours. Je suis censée les motiver à soutenir la cause. *Ce devrait être à Carol de faire ce discours !* C'est elle qui a fait tout le dur boulot en coulisses. Je prends une vive inspiration, la respiration haletante.

Un écran géant se déploie derrière nous. Ils vont projeter mon image là-dessus pour que tout le monde me voie de près, trembler comme une feuille.

Je prends mes cartes et m'oblige à les lire assez lentement pour tout comprendre.

— Cet écran géant est-il là pour que tout le monde te voie, ou bien un film va-t-il être projeté ? demande Garrett.

— C'est juste pour moi, dis-je sans lever les yeux de mes cartes.

— Je reviens tout de suite.

J'écarquille les yeux. Il me laisse toute seule ? Je n'avais pas réalisé à quel point sa présence silencieuse maintenait ma panique à distance. Une sueur froide me parcourt.

— Où tu vas ?

— Je vais juste poser une question à Carol. Je reviens tout de suite, promis.

Je hoche la tête comme une figurine de chien à l'arrière d'une voiture. *Tout de suite. Il revient tout de suite.*

— OK.

Je reporte mon attention sur mes cartes. Une perle de sueur me coule sur le front et je la balaie avant qu'elle tombe sur mes cartes et brouille l'encre.

J'entends le micro être ajusté sur le podium. Carol est là-haut. Je déglutis. *C'est le moment.*

Oh, Garrett est de retour, assis à côté de moi. Il semble si calme. Je le regarde, tentant d'absorber sa décontraction. Il m'adresse un sourire, mais je n'arrive pas le lui rendre. J'ai l'impression que mes lèvres sont engourdies.

Carol parle avec beaucoup d'assurance et d'enthousiasme.

— Harper Ellis est notre célèbre ambassadrice, et tellement plus. Elle est à nos côtés depuis l'époque où nous n'avions qu'un seul bureau à Los Angeles, et qu'elle était adolescente. Elle s'est montrée généreuse dès le départ. À mesure que sa carrière a pris de l'ampleur, sa générosité aussi. Ce soir, nous l'honorons avec le trophée de la supportrice dévouée, pour ses efforts pour aider notre organisation à grandir. Nous avons désormais un rayonnement international, et pouvons atteindre tant de gens ayant besoin d'un compagnon aimant et d'une aide dans leur vie de tous les jours.

Elle me fait signe de monter. Des applaudissements polis retentissent. Je me lève brusquement et m'avance vers le podium, les jambes raides.

Carol pointe une petite télécommande vers son ordinateur portable, jette un œil par-dessus mon épaule et rejoint son siège. Le public émet un « oooh » à l'unisson, la tête tournée vers le grand écran derrière moi.

Je jette un coup d'œil et mes lèvres s'entrouvrent de surprise. C'est une photo d'une portée de chiots golden retriever. Mon cœur reprend un rythme normal tandis que j'observe ces chiens adorables. Voilà ce qui est au cœur de cette cause importance. Des chiens comme ceux-là seront aimés dans leurs familles d'accueil, entraînés à faire un job important, et apporteront un amour inconditionnel à des gens qui en ont besoin. Un jour, j'espère avoir mon propre golden retriever.

Je pose une main sur mon cœur quand je comprends soudain. J'adresse un sourire rayonnant à Garrett. C'était lui ! Je lui ai dit tout à l'heure que je voulais un golden retriever. C'est pour ça qu'il est allé voir Carol. Il lui a demandé d'afficher cette photo, sachant que ça me mettrait à l'aise et que ça attirerait l'attention du public sur les chiots plutôt que moi. Il me rend mon sourire, et c'est comme s'il m'enveloppait dans une chaude étreinte.

Merci, articulé-je en silence.

Il hoche la tête et me fait signe de continuer. Je prends une grande inspiration et me tourne à nouveau vers la foule. Je lève mes notes.

— Je n'ai pas besoin de ça. Je vais juste vous parler avec le cœur et vous dire pourquoi j'aime Le Meilleur Ami de l'Homme. Avec un peu de chance, vous verrez pourquoi vous devriez les aimer aussi.

Et c'est ce que je fais. Le cœur dans la gorge, je leur parle de mon oncle, avant de reporter mon attention sur les chiots pour me calmer. Puis je leur décris toute l'admiration que je ressens pour ce que Le Meilleur Ami de l'Homme a accompli durant les douze années durant lesquelles j'ai été à leurs côtés. Ma voix s'étrangle et se brise plusieurs fois, mais ça n'a pas d'importance. J'ai dit tout ce que je voulais dire, et je conclus par :

— S'il vous plaît, laissez parler votre cœur et donnez pour cette cause importante, qui peut changer la vie d'une personne et d'un chien de refuge.

Un tonnerre d'applaudissement éclate dans la foule. Ce n'est pas pour moi, mais pour tous les efforts et le dévouement de Carol. Je souris et fais un geste vers elle quand elle s'approche du podium.

— Tout le crédit de cette formidable organisation revient à Carol Lemke.

Elle me rejoint et dit dans le micro :

— Merci, Harper. Comme vous venez de l'entendre, Le Meilleur Ami de l'Homme fait beaucoup de bien dans le monde, et nous espérons bénéficier de votre soutien. Un appareil a été posé sur votre table si vous voulez faire un don, et nous verrons le chiffre grimper ici.

Elle pointe l'écran du doigt. Il indique d'abord zéro, puis monte soudain à dix mille dollars.

— Oh, merci ! s'exclame-t-elle en tournant les yeux vers la foule. Merci d'avoir lancé les festivités.

Incroyable ! Je fais signe à tout le monde de continuer. Les gens commencent à sortir leur carte de crédit à toutes les tables. Je regarde l'écran quand une acclamation retentit. *Waouh.* On a déjà atteint le quart de million.

J'ai réussi !

Avec un peu d'aide de la part des chiots et d'un homme très intuitif.

Garrett

Harper se laisse tomber sur sa chaise à côté de moi, les joues rouges et les yeux brillants. Elle œuvre pour cette cause depuis ses seize ans. C'est un dévouement impressionnant. Elle est impressionnante, le genre de femme que je cherchais – gentille, généreuse et travailleuse. Je suis si fier d'elle.

Elle prend son verre d'eau et le vide en une seule longue gorgée.

— Tu t'en es très bien tirée, dis-je en me penchant vers elle.

Elle m'adresse un regard rayonnant, puis me surprend en m'étreignant brièvement.

— Ce n'était pas tout à fait le discours de conférencière de mes rêves, mais la photo de chiots m'a vraiment aidée à me détendre. Merci d'avoir pensé à ça.

— Je suis ravi d'aider la cause.

Nous nous sourions pendant un moment étourdissant, puis une autre acclamation retentit. Je regarde l'écran, où les donations s'accumulent. Ces gens sont pleins aux as.

Une fois la partie levée de fonds de la soirée terminée – atteignant la somme époustouflante de deux millions de dollars – un groupe de musiciens se met à jouer et tout le monde se dirige vers la piste de danse pour un slow.

— Viens, dis-je en lui prenant la main pour la faire lever de son siège.

Son regard soutient le mien pendant un moment électrique.

— Tu es en train de m'inviter à danser, Côtelette d'agneau ?

Je souris.

— Tout à fait, mon cœur.

Je la guide jusqu'à la piste de danse, pose une main au creux de son dos et savoure la sensation de sa peau nue se réchauffant sous ma paume. Une fois qu'on y est, je prends sa main dans la mienne et prends les commandes pour une valse.

— C'est au palais royal qu'on t'a appris à danser comme ça ? m'interroge-t-elle.

— Non, c'est une ex. Tous ces festivals de musique sont souvent remplis de femmes qui adorent danser. L'une d'elles m'a demandé de prendre des cours de danse de salon avec elle.

— Tu as fait ça pendant combien de temps ?

— Huit semaines. Le professeur m'a dit que j'avais un don.

Je la penche sur mon bras et la redresse lentement.

— J'ai le sens du rythme.

Elle a les yeux écarquillés et les lèvres entrouvertes.

— J'ai l'impression d'être dans une comédie musicale.

J'éclate de rire.

— Tant mieux. En général, ce sont des histoires plutôt heureuses, non ? Avec tous ces chants et ces danses.

— En général, oui. Tu as vu beaucoup de spectacles à Broadway ?

— Non, juste un. Les parents de mon ami m'ont emmené voir *Le Roi Lion* quand j'étais petit. C'était incroyable.

Elle affiche une expression rayonnante.

— J'adore ce spectacle, moi aussi. Je l'ai vu quand j'étais adulte.

— Excusez-moi, nous interrompt un homme. Je peux vous prendre en photo pour notre page mondaine ?

Il tient un appareil photo à la main. Je regarde Harper. Elle a l'air surprise, elle aussi.

— Je croyais que la presse présente ici devait juste couvrir l'événement pour la page des actualités, et pas pour les pages mondaines, remarque Harper.

— Oui, mais j'ai dit à mon éditrice qu'un membre de la royauté était présent et elle veut une photo de lui pour les pages mondaines. Je travaille pour le *New York Times*.

Il se tourne vers moi et demande :

— Ça ne vous dérange pas ?

Moi, dans le New York Times *! Je ne suis pas un membre de la royauté célèbre.*

— Vous savez que je n'ai aucune chance de monter sur le trône, hein ? fais-je remarquer au type. Je suis tout au bas de la liste.

— Vous avez une allure très princière dans ce smoking, répond-il en lissant mon revers, et c'est la première fois qu'on vous voit dans une soirée importante. Le prince célibataire et la belle actrice. Nos lecteurs vont adorer.

Je vérifie qu'Harper est d'accord. Elle y réfléchit un moment, et finit par acquiescer. Le photographe nous fait un signe de la main.

— Reprenez comme tout à l'heure, recommencez à danser, à vous sourire et à flirter. C'est parfait.

On se remet à danser. Harper m'adresse le sourire le plus faux que j'aie jamais vu.

Je me penche vers son oreille.

— Harp, je peux t'appeler Harp ? On dirait que tu es en train de regarder quelqu'un d'autre recevoir ton Oscar.

— C'est faux, réplique-t-elle. Et puis, je n'ai jamais été nominée.

Je me redresse.

— Je te décerne l'Oscar de l'expression la plus constipée.

Elle pouffe de rire.

— Tu es très mauvais dragueur.

— Mon cœur, je n'essaie même pas.

Elle se radoucit au « mon cœur », ses yeux noisette rivés aux miens. Toutes mes terminaisons nerveuses s'éveillent, et l'alchimie entre nous grimpe en flèche. Un désir brut me submerge.

— Parfait ! lance le photographe en prenant une succession de photos.

Une fois satisfait du résultat, il nous remercie et s'en va.

Un autre slow commence, je l'attire donc contre moi et continue de danser.

Elle soupire, puis semble se ressaisir et met un peu d'espace entre nous.

— Tu es un si bon danseur. Je crains de m'être un peu trop rapprochée.

— Impossible.

— Garrett, dit-elle doucement. Tu es un type gentil, mais c'est une sortie amicale.

Un type gentil. En langage féminin, c'est un code pour dire « je ne suis pas attirée par toi ». Ce qui est un mensonge. L'alchimie entre nous est si évidente qu'elle a attiré un photographe. Je ne pense pas que mon lien avec le trône soit si intéressant que ça, aux yeux de l'élite de New York. Nous sommes les parents pauvres d'une riche famille royale. Notre entreprise se porte bien, mais la plupart des profits sont redirigés vers l'achat de nouvelles propriétés. Nous en sommes encore à l'étape de développement de l'entreprise. Ce type voulait notre photo parce qu'il y a une connexion palpable entre Harper et moi. Pourquoi tente-t-elle de le nier ?

— Et pourquoi est-ce une sortie amicale au lieu d'un vrai rencard ? l'interrogé-je.

Elle cligne plusieurs fois des paupières.

— Pourquoi ?

— Oui, pourquoi ?

— Parce que ce photographe m'a rappelé pourquoi je devais être prudente, répond-elle en regardant mon épaule. Je viens de rompre avec le dernier d'une longue série de très mauvais choix en matière d'hommes, et je sais que tu n'avais rien à voir avec ça, mais j'ai des casseroles, OK ? Je ne suis pas prête à m'engager avec quelqu'un d'autre pour l'instant.

C'est honnête, et je lui en suis reconnaissant. Plus important encore, elle n'a rien de personnel contre moi.

— Très bien, acquiescé-je.

Elle entrouvre les lèvres de surprise.

— Vraiment ?

— Tu t'attendais à ce que je m'en aille parce que l'éventualité d'une relation sexuelle était réduite à néant ? lui murmuré-je à l'oreille. Je peux aller lentement. Je pense que tu en vaux la peine.

Je m'écarte pour lire l'expression de son visage. Ses yeux sont brillants de larmes contenues.

— Tu es différent des hommes que j'ai l'habitude de rencontrer.

Je souris.

— C'est la meilleure chose que j'aie entendue de toute la soirée. Mis à part ton incroyable discours motivant. C'est grâce à toi s'ils ont levé deux millions.

— Non, répond-elle en souriant.

— Si. Carol a même laissé tomber son discours ennuyeux parce qu'elle savait qu'elle devait profiter de l'engouement Harper Ellis.

— Arrête, proteste-t-elle en baissant la tête.

Je lui soulève le menton.

— Tu ne sais vraiment pas accepter les compliments.

— Je n'y suis pas habituée.

— Dans ce cas, je t'en ferais plus souvent, jusqu'à ce que tu y développes une tolérance.

— Un genre de programme de désensibilisation ?

— Exactement, mon cœur.

Elle me regarde d'un air rayonnant et se penche un peu plus vers moi tandis qu'on oscille lentement au rythme de la musique.

— Tu es vraiment un fauve.

Des flashs se déclenchent. Je me retourne, surpris de voir plusieurs photographes en train de nous prendre en photo. Elle m'attire hors de la piste de danse et s'arrête dans un coin discret, hors du champ de vision des photographes.

— C'était quoi, toutes ces photos ? m'étonné-je.

C'est un peu étrange que les journalistes présents ici, qui étaient censés se soucier plus de la substance de la soirée que des ragots, n'arrêtent pas de nous prendre en photo. Combien de pages mondaines y a-t-il, au juste ?

— Je ne sais pas. Ma publiciste m'a dit qu'elle avait fait en sorte de rassembler beaucoup de journalistes pour la cause. Mais ça commence à sembler plus personnel. Sûrement à cause de l'histoire avec Colton. On est un bon scoop. Mais en général, elle tient les spécialistes des ragots people à distance. Je commence à avoir un peu la trouille.

— Tu veux partir ?

— Non, je vais tenir bon. On doit juste prendre garde à ne rien faire qui risque d'attirer l'attention.

— Comme danser ?

Elle rit.

— Oui.

— Alors je ne pourrai pas non plus te regarder dans les yeux d'un air plein d'adoration ? demandé-je en souriant.

Elle me donne un petit coup d'épaule.

— Tu es ridicule.

— Tu crois ? répliqué-je en remuant les sourcils. Ou bien es-tu si excitée que tu es prête à me plaquer au sol pour m'arracher mes vêtements ?

Elle se remet à rire et semble incapable de s'arrêter, des larmes coulant de ses yeux. Joe me lance un regard curieux, debout non loin, comme toujours. Je hausse les épaules. Je ne savais pas que j'étais si drôle. Les gens commencent à tourner la tête vers nous.

Je la regarde aussi, un peu offensé.

— Tu as fini de te marrer à l'idée de me voir nu ?

— Désolée, dit-elle en retrouvant son sérieux. C'est juste que j'ai une imagination très fertile, et que j'ai vu la scène se dérouler comme dans un dessin animé. Moi avec de gros cœurs dans les yeux, sautant en l'air et te plaquant au sol. Mais tu es si costaud que c'est ridicule.

Elle se remet à rire.

— Désolée. Ça m'a amusée.

Je feins l'irritation, poussant un soupir et regardant au plafond. Puis je me mets à la chatouiller et elle pousse un cri surpris. Je l'enveloppe dans mes bras, l'étreignant tout en la protégeant des regards curieux et des appareils photo.

— Est-ce qu'on est en train de causer une scène ? demande-t-elle contre ma poitrine.

— J'ai une mauvaise influence. Tu ne peux m'emmener nulle part.

Elle me sourit et mon cœur se met à cogner dans ma poitrine. J'ai tellement envie de l'embrasser. Mais je lui ai promis de lui laisser du temps, qu'on apprendrait à se connaître en tant qu'amis pour qu'elle voie qu'elle peut me faire confiance. Et ça ne peut être qu'une bonne chose, si on bâtit une relation plus profonde. Après ça, je saurai avec certitude que je ne suis pas que sa relation de rebond.

— Retournons à nos places, suggéré-je en posant un bras sur ses épaules. On est moins intéressants là-bas que sur la piste de danse, ou en train de pouffer de rire dans un coin, et on aura l'occasion de discuter un peu plus.

— Je ne pouffe pas de rire, proteste-t-elle. Je suis très sérieuse.

— Hum hum.

— Tu m'as chatouillée. Je n'y suis pas habituée.

— N'oublie pas tes gloussements hilarants à l'idée de me voir nu.

Elle pouffe à nouveau de rire.

— C'était juste à cause de la version animée dans ma tête.

— Arrête de visualiser ça, ordonné-je.

Elle réprime un rire, une lueur amusée dansant dans ses yeux noisette. *Elle est si douce.* J'ai tellement envie d'elle.

On est intercepté plusieurs fois par des invités en chemin vers notre table. La plupart veulent juste une occasion de la rencontrer. Elle parle de manière animée et enthousiaste, les encourageant à s'impliquer auprès du Meilleur Ami de l'Homme autant qu'ils le peuvent. À chaque fois qu'on lui fait un compliment, elle change de sujet et dévie leur attention vers la cause, tout ça en dédicaçant des programmes et en prenant des selfies. Elle leur donne ce qu'ils veulent, mais elle ne fait jamais ça pour elle. Elle n'a pas un égo démesuré, alors que ça aurait facilement pu devenir le cas, vu la façon dont les gens la flattent. Ça me plaît. La célébrité ne lui est pas montée à la tête, ce qui veut dire qu'elle pourrait sortir avec un type ordinaire comme moi. Ça a marché pour Sean et Josie. Bien sûr, quand ils se sont rencontrés, Josie était une actrice sans emploi luttant pour faire décoller sa carrière. Mais j'ai quand même espoir.

Quand la soirée se termine, je le sais sans l'ombre d'un doute. Elle a été placée sur mon chemin pour une bonne raison. Le destin est à l'œuvre.

7

Harper

Le lendemain matin, je me réveille et m'étire, repensant à la veille au soir – Garrett. Il m'a appelée « mon cœur ». Il m'a dit que je valais la peine d'y aller lentement. Cet homme est une telle révélation !

Je prends mon téléphone sur la table de chevet et me redresse, relevant les oreillers dans mon dos tout en l'allumant. Quelques secondes plus tard, une série de messages de ma publiciste apparaissent.

Dana : *OMG, tu as réussi. Tu es dans la page mondaine du* New-York Times ! *Vous êtes merveilleux, tous les deux. Tout le monde adore cette histoire de royauté. Tu dois l'emmener à d'autres événements. Tout le monde se demande si tu vas devenir la prochaine princesse américaine !!!*

Elle a joint une série de liens. Des photos et des articles parlant de la levée de fonds, ainsi que du tapis rouge. Presque tous se concentrent sur Garrett, avec quelques phrases pour rappeler ma relation avec Colton. Tout le monde veut en savoir plus sur le « prince secret de Brooklyn ». Certains se demandent dans quoi il a joué, d'autres le soupçonnent d'être mannequin.

Je pince les lèvres et de la bile m'envahit l'estomac. Où sont les articles parlant du Meilleur Ami de l'Homme ?

C'était l'objectif de ce gala. Je fais une recherche, espérant trouver quelque chose. Il n'y a que quelques courts articles aussi standards qu'un communiqué de presse, pour indiquer le montant levé durant la soirée. C'est déjà ça, mais j'espérais quelque chose de plus étendu pour impliquer le public. Je n'aurais pas dû l'amener. Je voulais y aller seule. Bien sûr, tout le monde se serait alors intéressé à Colton et ce qui s'était passé entre nous. Pourquoi les gens sont-ils incapables de se concentrer sur ce qui est important ? Ma vie amoureuse ne devrait concerner que moi. Je sais que ça fait partie du jeu, quand on est une personnalité publique, mais quand même.

Il faut que je sache ce que Garrett en pense, alors je lui envoie un message.

Tu es célèbre.

Pas de réponse.

Je cligne des paupières pour repousser mes larmes, agacée. C'est juste mon passé qui parle. Garrett a été merveilleux, hier soir.

Après avoir pris une douche, je me blottis sur mon canapé pour regarder un vieux film dans mon T-shirt moelleux préféré et mon pantalon de pyjama molletonné. J'ai toujours besoin de temps pour recharger les batteries, après un gros événement comme ce gala. Mon téléphone sonne, annonçant un message, et je le récupère sur la table basse.

Garrett : *C'est toi la célébrité, mon cœur. Je n'ai fait que rester dans ton ombre.*

J'entends presque sa voix grave et onctueuse prononcer ces mots, et je me surprends à sourire.

Garrett : *Un groupe de types armés d'appareils photo attend devant la porte de mon immeuble. Ils sont là pour moi ? Et si oui, qu'est-ce que je dois faire ? Je dois sortir aujourd'hui.*

Il ne sait vraiment pas pourquoi les paparazzis l'attendent ?

Bien sûr que non. Il n'a pas de publiciste pour lui envoyer les liens des articles qui le concernent. Et je doute qu'il ait mis une alerte Google sur son propre nom. Pourquoi le ferait-il ? Personne ne parlerait d'un type travaillent sur les chantiers.

Moi : *Ces types sont des paparazzis. On parle de toi partout sur internet, en ce moment. Tout le monde veut en savoir plus sur le prince secret de Brooklyn.*

Garrett : *Tu es sérieuse ?*

Moi : *Oui !*

Je lui envoie certains des liens que m'a transmis Dana. Quelques minutes plus tard, il envoie un nouveau message.

Garrett : *Ils disent que je suis mannequin.*

Il est fier de son rôle dans l'entreprise familiale – ils font un travail important – j'imagine donc qu'il n'est pas ravi que les gens le qualifient de mannequin. J'essaie de le rassurer.

Moi : *Ils inventent des trucs tout le temps. Ne prends pas ça trop à cœur. Ça ne veut rien dire.*

Mon téléphone sonne, me prenant par surprise. C'est lui. Mon cœur accélère d'excitation.

— Tu es en colère contre moi ? demande-t-il dès que je décroche.

Je me fige, surprise.

— Pourquoi je le serais ?

— Parce qu'ils ont écrit une quantité ridicule de trucs sur moi et que tu es à peine mentionnée, répond-il d'un ton cassant.

Mes poils se hérissent au ton de sa voix.

— Je suis mentionnée aussi. Je ne crois pas… laisse tomber, tout va bien.

— Alors tu es bien en colère contre moi. Je parle couramment le langage des femmes. Quand elles disent que tout va bien, c'est généralement que rien ne va.

Je me sens me refermer sur moi-même dans une réaction défensive. Il parle le langage des femmes couramment grâce à ses *nombreuses* petites amies, bien sûr.

— Bravo à toi d'avoir si bien appris le langage des femmes.

— Hum hum. Écoute, tu m'as invité à cette soirée parce que ton connard d'ex t'avait laissée tomber. Je ne vois pas bien en quoi c'est ma faute. Le public ne s'intéresse à moi qu'à cause de toi.

— Tu es un membre de la royauté. Ça te rend intéressant par nature.

— Mes cinq autres frères aussi. Ainsi que mes sept cousins. Et tous mes autres parents Rourke.

— Oui, mais ils n'étaient pas avec moi hier soir. Toi, si.

Regrette-t-il d'avoir été mis sous le feu des projecteurs avec moi parce que tout le monde fait des suppositions sur lui ? Ou le problème est-il les paparazzis qui l'attendent devant chez lui ?

À moins qu'il soit un autre de ces types qui se servent des autres, et qu'il soit en colère parce qu'il pense que je l'ai démasqué. C'est un comportement classique, chez ces gens-là : ils retournent la situation et rejettent la culpabilité sur l'autre personne. J'avais *tellement* envie qu'il soit différent.

Je suis confuse.

— Garrett…

Il laisse échapper un long sifflement.

— Je me suis trompé sur toi. Moi qui croyais que tu ne t'intéressais pas qu'à ta célébrité, que tu n'avais pas un gros égo. Mais jeune dame, il n'y a pas assez de place dans cette ville pour contenir ton égo.

Je lâche un hoquet.

— Pardon ?

— Tu *détestes* l'idée qu'ils se soient concentrés sur moi. Et tu es en colère parce que tu crois que c'était ce que je cherchais. Tout ce que je voulais, c'était sortir avec quel-qu'un que je croyais gentille, compatissante et aimante. Maintenant, je comprends qu'hier soir n'était qu'une campagne de relations publiques pour te donner le beau rôle.

— C'est faux !

— Tu me déçois.

Mon estomac se tord.

— Je me soucie vraiment de la cause. Beaucoup. Je t'ai expliqué pourquoi.

Il pousse un soupir.

— Je me retrouve coincé avec tous ces mecs bizarres

devant ma porte, maintenant. Est-ce que je dois leur parler ? Ou les ignorer ?

— Tu peux les ignorer, mais ils vont te suivre.

— Eh bien, ils n'ont pas intérêt à me suivre jusque chez mes parents pour le dîner de ce soir. Ce serait aller trop loin.

— Dans ce cas, fais une déclaration et dis-leur que tu n'as rien de plus à ajouter.

— Quel genre de déclaration ?

— N'importe quoi que tu te sentes prêt à leur donner. C'est à toi de voir. Mais ne parle pas de moi.

— Ridicule, marmonne-t-il. Tout ça parce que je suis allé à ce gala.

La culpabilité m'envahit. Il regrette bien d'être venu, et c'est ma faute si les paparazzis le harcèlent. Le moins que je puisse faire, c'est le protéger de ce que je dois endurer de manière quotidienne.

— Tu n'es pas obligé de venir à la levée de fonds des Rourke samedi prochain.

— Waouh. Merci de me retirer mon invitation à la levée de fonds de ma propre famille. De mieux en mieux. Je suis si content d'avoir accepté ces conneries de *rencard amical*. Au revoir, Harper.

Je sursaute à cette fin de conversation brutale. Il m'a raccroché au nez !

Je laisse échapper un soupir tremblant. Cette discussion a échappé à mon contrôle. C'est exactement pour ça que je ne voulais pas m'engager avec quelqu'un aussi vite. Je souffre encore, et ça me rend sur la défensive et vulnérable. Je me frotte la tempe quand une migraine commence à se former. Il s'est montré très défensif et dur, lui aussi.

Vous savez quoi ? Je n'ai pas besoin qu'il me culpabilise avec ces conneries de « tu me déçois ».

Garrett Rourke peut aller se faire voir.

~

Garrett

Harper Ellis peut aller se faire voir.

Pour qui elle se prend ? Je lui ai rendu service après qu'elle a impliqué mon nom dans tout ça, en faisant semblant d'être en couple avec elle. Et c'est comme ça qu'elle me remercie ? Je descends les marches en courant, en route pour mon jogging matinal. Elle est en colère parce qu'elle pense que je lui ai volé la vedette. J'ai été ébahi de découvrir que la presse me prenait pour un mannequin, vu que je n'avais encore jamais pensé à ça. Et ensuite elle me rabaisse, en disant que c'est des conneries et que ça ne veut rien dire. Je parie qu'elle pense que je me suis servi d'elle pour être introduit dans le monde du divertissement, alors que c'est *moi* qui ai été utilisé. Elle me met dans le même panier que son ex. Et je l'ai bien traitée, en plus. Et dire que j'espérais vraiment que ce soit le début de quelque chose entre nous.

Maintenant que j'y réfléchis, le mannequinat est peut-être vraiment une piste à envisager. Ma mère en a fait quand elle était plus jeune. Elle a gagné assez d'argent pour payer ses études. Ce pourrait être un petit boulot lucratif pour moi. Jamais je ne quitterais l'entreprise familiale. J'ai suivi l'exemple de mes frères avec plaisir, et j'ai un outil à la main depuis que je sais marcher (la version jouet). C'est ce que fait notre famille. Mais ce serait cool d'avoir l'argent nécessaire pour acheter la maison que j'ai toujours voulu, plutôt que de rester en location. Harper est trop concentrée sur son propre nombril pour comprendre comment ça marche pour les gens normaux.

J'ouvre la porte de mon immeuble, sors, et les flashs m'éblouissent tandis que des journalistes me hurlent des questions.

— Qu'est-ce que Colton pense de vous deux ?

— Harper Ellis va-t-elle devenir la prochaine princesse américaine ?

— Un projet est-il prévu avec Harper et vous dans les rôles principaux ?

Je croise les bras sur ma poitrine.

— Je n'ai qu'une seule chose à dire, alors écoutez-moi

bien. C'est tout ce que vous obtiendrez de moi aujourd'hui. Harper et moi nous sommes séparés en tant qu'amis. Fin de l'histoire.

Je pars en trottinant sur le trottoir, en direction du parc. Ces abrutis me suivent sans cesse de me balancer des questions.

J'accélère et, au bout d'un moment, ils s'arrêtent. C'est quand même bien utile, d'être en bonne forme physique. *De rien, Harper. Maintenant, tu es libérée du type que tu soupçonnais de t'utiliser.*

À partir de maintenant, seuls mes propres efforts détermineront mon avenir. Je parlerai du mannequinat à ma mère ce soir.

Je crispe la mâchoire, à nouveau énervé qu'Harper me mette dans la même catégorie que son connard d'ex. J'aurais dû me douter qu'une célébrité comme elle aurait un gros égo, qu'elle croirait que tout tournait autour d'elle et qu'elle détesterait partager la vedette. Je n'ai pas le temps pour ces conneries.

Je repense soudain à ses mains tremblantes avant son discours.

À la façon dont elle m'a offert l'un de ses derniers petits carrés de chocolat.

OK, elle n'est pas totalement égoïste. C'est une vraie personne, avec ses angoisses, comme tout le monde. Mais je ne m'engagerai pas sur cette voie. Je me sens insulté, et je mérite mieux, sachant à quel point je l'ai bien traitée.

Je conserve cette sensation d'être droit dans mes bottes toute la journée. Jusqu'à ce que j'arrive chez mes parents pour le dîner de ce soir. Mon père me regarde et lance de sa voix naturellement autoritaire :

— Il faut qu'on parle de toute cette presse, fils.

Et à cet instant, je sais que je ne vais plus me sentir droit dans mes bottes très longtemps.

Il me fait signe de m'asseoir sur le canapé bleu foncé du salon. Ma mère me salue depuis la cuisine, où elle est en train de préparer son célèbre plat de rôti aux pommes de terre.

C'est un espace ouvert – le salon, la cuisine et la salle à manger sont alignés l'une après l'autre, comme souvent dans les maisons de Brooklyn typiques. Les portes coulissantes censées séparer chaque espace sont toujours laissées ouvertes.

Je lui souris et m'assois.

— J'arrive pour te donner un coup de main dans une seconde.

Je suis pressé de lui parler de mon idée de commencer le mannequinat. Je dois battre le fer tant qu'il est chaud. Compte tenu de ma paie actuelle, il me faudra encore des années avant de pouvoir m'offrir une maison.

— D'accord, répond-elle en me souriant.

Je me tourne vers mon père, qui est assis en face de moi sur la causeuse assortie, les épaules dressées et le dos droit. Il pourrait s'asseoir n'importe où – que ce soit un tabouret de bar ou un vieux transat miteux – et il aurait toujours l'air installé sur un trône. On lui a peut-être retiré sa couronne, mais il sera *toujours* un roi.

— On dirait que tu es devenu une célébrité locale, remarque-t-il.

— Comment tu as entendu parler de ça ?

Je ne pensais pas que mes parents lisaient les pages mondaines ou les torchons people.

— C'est Mme Bianchi qui nous en a parlé, répond-il. Apparemment, elle a une alerte Google sur nous tous.

Il se retient à grand-peine de lever les yeux au ciel – ce ne serait pas digne de lui – et échange un regard avec ma mère. Mme Bianchi est notre voisine.

— Elle veille sur nous, dit ma mère d'un ton diplomate.

— C'est ça, répond mon père.

Les deux familles ont longtemps été en conflit. D'aussi loin que je me souvienne, ma mère et Mme Bianchi ont toujours été furieuses l'une contre l'autre. Une légende familiale dit que tout a commencé par une cuillère disparue, durant dîner entre voisins organisé chez les Bianchi. C'était avant ma naissance, mais j'ai entendu les murmures. Ma mère est rentrée chez elle et s'est rendu compte qu'elle n'avait plus sa cuillère, elle est donc allée la récupérer chez la voisine. Mme Bianchi a affirmé ne l'avoir jamais vue. Ma mère a juré qu'elle l'avait bien vue, puisqu'elle avait même complimenté les motifs qui la décoraient. Bref, ma mère est rentrée à la maison furieuse et a affirmé que Mme Bianchi était une voleuse. Tout a très vite dégénéré quand les Bianchi ont adopté un chien qui s'échappait sans arrêt de leur clôture cassée pour venir faire ses besoins dans notre petite cour. À partir de ce moment, ça a été la guerre ouverte entre ma mère et Mme Bianchi, les deux époux jouant les intermédiaires d'un grief à l'autre. Mais tout ça est terminé, maintenant, depuis que la fille de Mme Bianchi, Ariana, a épousé mon frère aîné, Dylan. Tout le monde est redevenu ami. *Amical.*

Mon père se tourne vers moi.

— C'est étrange, d'être une personnalité publique. Ta vie privée ne t'appartient plus. Tu dois toujours préserver les apparences et ne jamais prononcer de parole négative sur quiconque. Ou ça te collera à la peau.

— Je n'ai rien dit de mal.

Il incline la tête.

— Je ne fais que te partager ce que je sais, après avoir grandi sous les projecteurs. Ne jamais confondre la sympathie d'un journaliste avec une véritable amitié. Tu dois conserver tes pensées et tes sentiments pour toi. Ils ne sont pas destinés au public. Ce que les journalistes désirent le plus, c'est te surprendre dans un moment de vulnérabilité, t'entendre admettre quelque chose autour duquel ils pourront tisser un article.

Je hoche la tête.

Il fronce les sourcils, plongé dans ses pensées.

— C'est difficile de savoir en qui avoir confiance, quand on est une personnalité publique. Trop de personnes espèrent retirer quelque chose de votre connexion. Tout le monde veut se rapprocher de toi pour ce que tu peux leur apporter.

C'est à ce moment-là que mon sentiment d'indignation légitime s'envole. Il parle de lui-même, mais je réalise aussitôt que c'est aussi vrai pour Harper. Elle est sur la défensive parce qu'elle n'a pas d'autre choix, surtout avec un homme. Les hommes sont un problème, pour elle – des harceleurs, des infidèles, des profiteurs. C'est un miracle qu'elle soit capable de sortir avec qui que ce soit malgré tout ça. Évidemment, elle est jeune et belle. Ce serait du gâchis de ne pas en profiter. Dommage qu'elle ne puisse le faire comme une personne normale et non célèbre.

— Tant que tu comptes passer du temps avec Harper, continue mon père, tu vas devoir être prudent. Souris pour les caméras, ça ne pose pas de problème. Mais ne leur donne rien de plus. On n'a pas envie que des sales histoires se retrouvent associées au nom des Rourke.

Merde. Je n'avais même pas réfléchi à ça. Notre famille n'a été à nouveau accueillie au royaume que récemment. Ça compte beaucoup pour mon père, après son bannissement. Ces trucs de presse ne concernent pas que moi. Ils concernent ma famille.

— Je serai prudent, dis-je.

Il sourit.

— Je suis sûr qu'elle a des spécialistes des relations publiques pour gérer tout ça. Laissons-les faire le nécessaire.

— Chéri, il ne passe plus de temps avec elle, lance ma mère depuis la cuisine. Il y a un article dans lequel Garrett dit qu'ils se sont séparés en tant qu'amis. Tu vas bien, ours en peluche ?

— Très bien, articulé-je entre mes dents serrées.

Ce n'est pas comme si c'était une vraie relation. Je n'étais qu'un substitut, là pour lui faire sauver la face. Mon sentiment de colère légitime est de retour. C'est Harper qui s'est mal comportée, pas moi.

Mon père agite un doigt devant moi.

— C'est le genre de truc que tu ne devrais pas confier à la presse. Tu leur as donné plus de grain à moudre.

Je me raidis.

— Je pensais que ça ferait cesser toutes les spéculations.

Il secoue la tête.

— Ça ne va faire qu'alimenter le feu. La moindre bribe

d'information suffit à le garder en vie. À partir de maintenant, contente-toi de dire « pas de commentaire ».

C'est grave. D'abord le scoop sur le fait qu'Harper ait été trompée, ensuite notre nouvelle relation, puis notre rupture. Va-t-elle inventer une autre fausse relation pour contrer cette séparation ? Exhiber un nouveau type approuvé par son publiciste durant la levée de fonds des Rourke de samedi prochain ? Je parie que le choix est large, parmi l'élite d'Hollywood. Mon estomac se tord à cette idée.

— Garrett, tu m'écoutes ?

Je me concentre sur mon père.

— Ouais, j'ai compris. Je vais la fermer.

— Tu peux dire des trucs qui mettent en avant ce dont tu as vraiment envie de les voir parler. Comme ton soutien à une cause, ou bien tu peux parler du travail que vous faites, toi et tes frères, avec le jardin communautaire de votre dernier projet. Mais n'évoque pas tes affaires personnelles.

Je crispe la mâchoire. Inutile de me donner toutes ces instructions, puisque je ne compte pas la revoir.

— OK, mais je doute d'avoir encore affaire à la presse.

Il se penche en avant.

— Comment t'es-tu retrouvé dans l'orbite de Harper ?

— Longue histoire, ricané-je. Pour résumer, j'ai rendu visite à Josie en plateau pour un tournage.

— Ah, acquiesce-t-il en se renfonçant sur son siège. C'est une bonne série. Ta mère et moi avons vraiment apprécié d'assister au tournage, il y a quelques semaines. Tu seras présent à la soirée de visionnage de jeudi, hein ?

Le premier épisode de *Living Gold* est diffusé ce soir-là, et mes parents organisent une fête pour que toute notre famille le regarde ensemble.

— Bien sûr. Je veux être là pour Josie.

— Josie a une haute opinion d'Harper.

Je hausse les sourcils, surpris. Les rumeurs vont vite, dans la famille.

Il jette un coup d'œil à ma mère, puis se penche en avant et dit à voix basse :

— Ta mère lui a posé des questions.

— Daniel ! s'exclame ma mère. Tu n'es pas censé lui parler de ça.

— C'est une conversation privée entre hommes, rétorque-t-il, ses lèvres tressaillant.

Elle lève les yeux au ciel.

— Que s'est-il passé pour que ça se termine aussi vite ? m'interroge-t-il en se tournant à nouveau vers moi. Tu es plus intéressé par les relations à long terme, d'habitude.

— Problème d'égo. Le sien, dis-je en écartant les bras. Un énorme égo.

— Ah. Je crains de n'avoir aucune expérience avec ça, plaisante-t-il avec un clin d'œil.

— Ah ah ! raille ma mère depuis la cuisine. C'est parce que c'est toi, qui as un énorme égo.

Il la rejoint dans la cuisine, l'enveloppe dans ses bras et lui murmure quelque chose qui la fait le repousser en riant. Ils s'échangent d'autres murmures en souriant et je détourne les yeux. Je n'ai pas besoin de regarder mes parents batifoler.

C'est le genre d'amour que je cherche. Je devrais peut-être accorder une autre chance à Harper. Mais, vous savez, elle s'est tellement empressée de me repousser. D'un autre côté, je ne me suis pas montré très aimable, lors de notre dernier appel. J'étais insulté et blessé, et je me suis défendu.

Maintenant que je suis à la maison, je me remémore la philosophie de la famille Rourke. Quand on était petit, mon père nous disait toujours d'être audacieux, de prendre des risques, parce qu'on n'a qu'une vie. Il a tout risqué pour être avec ma mère, et regardez-les, maintenant.

Je prends une grande inspiration. Je suis un Rourke. Il est temps de se montrer audacieux.

8

Garrett

Je porte un costume gris charbon fait sur-mesure, un cadeau de Josie, pour la levée de fonds de la fondation Rourke organisée au Musée d'Art métropolitain. La tenue habillée était optionnelle, alors j'ai décidé de ne pas louer de smoking, cette fois. J'adore le fait que la veste ne tire pas au niveau de mes épaules, comme le font la plupart. En fait, je suis même à l'aise, dans ce costume. Josie a demandé à une amie styliste de le faire à ma taille, en guise de remerciement pour avoir gardé leur maison quand elle et Sean se sont absentés l'été dernier, mais je connais la vraie raison de ce geste. Elle essaie de m'impliquer plus dans les événements de la fondation Rourke. Pas parce que je suis particulièrement doué pour nouer des liens avec l'élite riche. Plutôt parce que, eh bien, autant le dire franchement – je suis son préféré, dans la famille Rourke. Mis à part Sean, bien sûr. Elle m'invite tout le temps à des trucs. D'habitude, je décline, mais pas ce soir. J'ai une mission.

J'essaie de laisser une certaine marge de manœuvre à Harper. Elle doit faire attention aux personnes de qui elle se rapproche, et j'ai été témoin de ce qui arrivait quand elle n'était pas assez prudente. C'est écrit en grosses lettres capitales, et tout le monde peut le voir. Je n'irai pas à sa rencontre aussitôt. Je veux voir si elle sera avec un autre faux rencard pour les relations publiques. Si c'est le cas, je fais une croix sur elle pour de bon. Je n'ai pas envie d'être avec une femme superficielle et motivée par son égo, même s'il lui arrive aussi d'être gentille.

Je bois une gorgée de champagne tout en scrutant la pièce à sa recherche. Tout le monde est rassemblé pour la réception dans le Grand Hall historique, l'entrée du musée. C'est un espace impressionnant, tout en pierre calcaire et conçu dans le style grec antique, avec des arches et des colonnes sur toute la longueur du couloir. Au-dessus de nous, il y a un balcon enveloppant, où des gens sont aussi rassemblés. Je le scrute à la recherche d'un visage familier, observant tous ces gens dans leurs beaux vêtements, puis j'examine les trois dômes massifs au-dessus de ma tête. Comment ont-ils pu concevoir ça dans les années 1800 ? Ça n'a pas dû être facile. Ça me rappelle un peu le palais Amalie de Villroy. Un bâtiment conçu pour impressionner.

J'ai beaucoup pensé à Harper, cette semaine, mais je me suis retenu de lui envoyer des messages ou de l'appeler. Je l'ai vue à la diffusion du premier épisode de *Living Gold,* lors de la soirée de visionnage de notre famille. Elle avait tout de la personnalité mondaine sophistiquée, mais quand la caméra s'est rapprochée, ses yeux étaient emplis d'une telle tristesse pour la mort de son père. Comment réussit-elle à transmettre autant de choses sans prononcer un mot ? J'ai soudain réalisé qu'elle devait être sensible, comme moi. C'est peut-être pour ça qu'on a bien accroché au départ.

Tout est différent, pour les gens qui sont sous les feux des projecteurs. Je m'en rends compte, maintenant. Qui sait, je le serai peut-être aussi bientôt, moi aussi. Ma mère m'a donné un contact dans son ancienne agence de mannequinat, et je suis censé faire des portraits professionnels lundi matin. Un enthousiasme bouillonnant m'envahit à cette pensée. Un boulot à moi tout seul. Rien de ce que j'ai jamais fait dans ma vie n'a concerné que moi. Ça a toujours tourné autour de la famille.

J'ai déjà parlé à Josie et Sean. Je suppose qu'il est temps d'engager un peu la conversation et de jouer mon rôle pour la fondation Rourke. Je repère un type en smoking noir qui me paraît à peu près normal. Sûrement parce qu'il me rappelle mon frère Brendan. Il semble avoir environ mon âge, a les cheveux brun foncé et une barbe taillée avec soin. Il est appuyé nonchalamment sur une colonne et étudie les lieux d'un air fatigué. Je parie qu'il s'est fait embarquer là-dedans contre son gré.

Je m'avance vers lui.

— Eh, le gala vous plaît ?

Il reste adossé à la colonne et me fait un signe du menton.

— Qui demande ?

— Garrett Rourke, dis-je en tendant la main. C'est la fondation de ma famille.

Il se redresse et me serre la main d'une poigne ferme.

— Wyatt Winters. Alors, vous êtes un faiseur de pluie, comme Sean ?

— Non, je bosse dans le bâtiment. C'est une très bonne cause. Tous les fonds levés ce soir seront employés pour le jardin communautaire de notre dernier projet de développement. On a pour mission de se mettre au service des quartiers. Surtout à Brooklyn, d'où je suis originaire.

Voilà. Vous avez vu comme j'aide la cause ?

— Une mission admirable, et c'est la seule raison de ma présence. Expliquez-moi de quelle manière votre entreprise s'est mise au service des quartiers, par le passé.

Franc et direct. Ça me plaît.

Je lui parle donc des projets effectués par Rourke Management jusqu'ici, y compris la construction d'un terrain de jeux accessible aux fauteuils roulants, des locaux à faible loyer pour les artistes et les organisations à but non lucratif, et des parcs. Je suis fier de ce que nous avons accompli jusqu'ici. Notre entreprise a remporté des récompenses pour excellence urbaine et responsabilité sociale.

— Nous bâtissons des quartiers où les gens voudront vivre pour plusieurs générations, conclus-je.

C'était très bien dit. Je devrais dire à Becca de noter ça sur nos documents marketing. C'est notre responsable stratégique (et la femme de mon frère Connor).

Il esquisse un sourire.

— Cool. J'aurais peut-être dû construire quelque chose, au lieu de me lancer dans la technologie. J'en ai marre de rester enchaîné à un ordinateur.

— Qu'est-ce que vous faites ?

— J'étais l'un de ces petits prodiges de la Silicon Valley, explique-t-il en baissant les yeux sur sa flûte de champagne encore pleine. Je suis à la retraite, maintenant.

Je le regarde à deux fois.

— Vous êtes un peu jeune pour être à la retraite.

Il hausse une épaule avec indifférence.

— Ça vous dit de m'accompagner au bar pour prendre quelque chose d'un peu plus corsé ?

— D'accord.

Je ne savais pas qu'ils avaient inclus un bar. Je croyais que les soirées cocktails ne proposaient que du champagne distribué par des serveurs.

— Le champagne est une boisson de chochotte, dit-il en posant sa flûte sur une table toute proche.

Je pose la mienne aussi.

— De chochotte, hein ? Je ne savais pas.

— Oh, oui. Je préfère le whisky. Et vous ?

Nous nous frayons un chemin à travers la foule du Grand Hall.

— Une bière me suffira.

— Je ne pense pas qu'ils servent de la bière ici, répond-il. C'est votre premier gala ?

Il tourne dans une alcôve où une queue s'est formée devant le bar.

Je regarde autour de moi à la recherche d'Harper, mais ne la vois nulle part.

— En fait, c'est mon deuxième en deux semaines.

— C'est ennuyeux à mourir, hein ? Sans vouloir offenser la fondation de votre famille.

— Comment vous vous êtes retrouvé embarqué là-dedans ?

Il aboie un rire.

— J'ai rencontré Sean et Josie à Los Angeles, durant une levée de fonds où m'avait traînée mon ex. Celle-ci est ma dernière avant un bon moment. Je compte faire profil bas, après ça.

— Prince Garrett, lance quelqu'un.

Bizarre. Il y a un prince ici qui a le même prénom que moi. Sean doit avoir élargi son champ d'influence dans les cercles royaux, sûrement grâce à l'un de nos cousins.

Je me tourne vers Wyatt tandis qu'on se rapproche du comptoir du bar.

— Alors, comment pouvez-vous être retraité à…

— Trente ans, précise Wyatt. L'âge tant redouté. J'ai fait ma crise de la quarantaine en avance.

J'émets un petit rire.

Un type chauve d'une quarantaine d'années apparaît soudain à côté de moi.

— Prince Garrett, je suis si content de vous trouver ici.

Pourquoi m'appelle-t-il Prince Garrett ? Je n'ai jamais été traité comme un membre de la royauté, à New York. C'est un truc réservé à Villroy.

— Je vous ai rencontré à Villroy ? L'interrogé-je.

On s'est peut-être croisé à un moment ou un autre. Beaucoup de gens vont et viennent, au palais.

Il m'adresse un sourire éblouissant et me tend la main.

— Mark Perlman, votre nouvel agent. Et vous êtes le prince secret de Brooklyn.

Je lui serre rapidement la main pour être poli. Je ne comprends pas bien ce qu'il entend par « mon nouvel agent ». La personne à qui j'ai parlé à l'agence de mannequinat était une femme.

Wyatt commande un whisky.

— Vous en voulez un ? propose-t-il.

— Je vais prendre une tequila.

Wyatt tourne un regard interrogateur vers Mark, mais ce dernier décline, attendant patiemment à mes côtés.

Une fois les boissons arrivées, Wyatt lève son verre de whisky vers moi, puis s'éloigne, me laissant seul avec Mark.

Ce dernier pose une main sur mon coude pour me guider dans un coin tranquille.

— Donc, Prince Garrett…

— C'est juste Garrett.

— Vous avez vraiment quelque chose. Un style. Et je ne sais pas si vous vous en rendez compte, mais l'engouement ne fait que grandir autour de vous.

Je sirote ma tequila – une marque coûteuse faite pour être savourée – tout en l'observant. Je suis sûr qu'il va bientôt en venir au fait. C'est le genre de types enthousiastes au débit de parole rapide.

— Avez-vous déjà envisagé de devenir acteur ? demande-t-il.

— Non.

— Aucun problème. Beaucoup d'hommes démarrent un peu plus tard dans leur vie, une fois que leur mâchoire et le reste de leur corps se sont fortifiés.

Il m'étudie de haut en bas, et j'ai l'impression d'être inspecté durant une exhibition de chiens de race. Je suis surpris qu'il ne me retrousse pas la lève pour examiner mes dents.

— Au minimum, je peux vous faire jouer dans des pubs, mais Garrett, j'ai un bon pressentiment à votre sujet. Je pense que vous pourriez profiter de tout ça pour devenir une *grande* star. Pas seulement un acteur professionnel. Je parle de célébrité, du genre à avoir son nom en haut des affiches de film !

L'adrénaline me submerge. Waouh. Imaginez un peu ça ! C'est beaucoup plus excitant que ma vie actuelle, qui n'est pas mal du tout, mais… une star de cinéma ? Moi ? *Redescends sur terre.* Je ne connais rien au métier d'acteur. Ce type doit me confondre avec l'un des vrais acteurs invités par Josie.

— Je pense que vous me prenez pour quelqu'un d'autre, dis-je en englobant la pièce d'un geste du bras. Vous ne pourrez pas faire deux pas sans trouver un acteur, ici. Je ne suis qu'un ouvrier du bâtiment.

Il hoche vigoureusement la tête.

— Oui, oui, je sais qui vous êtes. Le type présent au gala Le Meilleur Ami de l'Homme la semaine dernière, avec Harper Ellis. C'était bien joué de votre part, d'y aller avec elle. Oh, désolé. J'ai entendu dire que vous étiez séparés. Je peux faire en sorte qu'une autre actrice montante soit vue avec vous pour accélérer le processus. On doit continuer d'alimenter la machine des relations publiques.

La machine des relations publiques. C'est exactement pour ça qu'Harper m'a invité au départ, et maintenant, je ne sais plus ce qui est réel ou pas. C'est perturbant.

Je lève mon verre vers lui.

— Non merci. Ravi de vous avoir rencontré.

— Attendez ! Écoutez. C'est trop tôt pour les rencards. J'ai compris. Je vois beaucoup de potentiel chez vous, c'est tout.

Il sort une carte de visite de la poche intérieure de sa veste et me la tend.

— Envisagez de signer avec moi. Je peux vous faire jouer dans une pub pour l'après-rasage.

Il lève une main vers ma joue et ajoute :

— Cette mâchoire est parfaite.

— Euh, merci ?

Je n'arrive pas à déterminer s'il me drague ou s'il essaie juste de m'avoir comme client. Je regarde à nouveau autour de moi à la recherche d'Harper. Elle est de taille moyenne et se trouve peut-être cachée derrière un type plus grand, comme son garde du corps.

— Vous savez combien vous pouvez gagner en jouant dans une pub ? continue Mark d'un ton empressé. Trente mille dollars pour une journée de boulot, minimum.

Ces mots attirent mon attention.

— Sérieux ?

Je pourrais faire ce boulot à côté et rassembler la somme suffisante pour payer l'acompte d'une maison en un rien de temps. Ça paie encore mieux que le mannequinat. Et je n'aurais pas à me sentir coupable à l'idée d'abandonner l'entreprise familiale. Je pourrais faire les deux.

Il sourit.

— Sérieux. Et si vous êtes partant, je peux vous trouver un coach de comédie personnel. Je vois de grandes choses dans votre avenir, Garrett. Avec moi dans votre équipe, les possibilités sont infinies. Réfléchissez-y.

Et il s'éloigne. Je baisse les yeux sur sa carte.

— C'est une agence légale ?

Il s'arrête et se retourne, un large sourire s'étirant sur son visage.

— L'agence William Morris est au sommet de la chaîne alimentaire.

— Hum, lâché-je en la glissant dans ma poche.

Il se tapote la tempe.

— Je sens que vous y réfléchissez. Vous ne le regretterez pas.

Il me salue de la main et s'engage dans la foule tandis que les pensées tourbillonnent dans ma tête. C'est une chose que la presse me prenne pour un mannequin, et c'en est une tout autre qu'un véritable agent issu d'une grosse agence m'approche pour me demander de jouer dans une publicité. Tout ça me donne le vertige. Je ne savais pas que les publicités payaient aussi bien. Et ça semble si facile. Trois minutes tout au plus, avec très peu de dialogues. Bon sang, je pourrais faire ça dans mon sommeil. Ce serait une opportunité incroyable.

Ces histoires de star de cinéma sont un rêve fou que je n'ai jamais envisagé. L'espace d'un instant, je m'autorise à imaginer cette vie – un rôle de héros de film d'action, vivre dans une belle maison qui m'appartient, ne plus jamais m'inquiéter pour l'argent, passer directement en tête de toutes les files d'attente. Peut-être ai-je été laissé de côté pour chaque rôle important dans l'entreprise de ma famille parce que j'étais destiné à un autre rôle dans ma vie. Je ne m'étais jamais senti ambitieux jusqu'à maintenant.

Je devrais parler de tout ça à Josie, pour avoir son avis sur Mark Perlman. Je me fraie un chemin dans la foule pour la trouver, et m'arrête net.

Harper. Et elle est seule. Mon pouls palpite dans mes veines. Il est temps d'agir.

9

———

Elle est magnifique, dans sa robe rose asymétrique qui moule son corps sexy. Un élan de désir brut me paralyse sur place un instant. Je dois reprendre le contrôle, y aller lentement et avec décontraction. Je repère son garde, Joe, debout quelques pas derrière elle. Je vais avoir du mal à m'y habituer, d'avoir toujours un témoin, mais je vais faire de mon mieux.

Un grand type blond en smoking s'approche d'Harper. Elle lui adresse un joli sourire et lui parle. Une pointe de jalousie me transperce.

J'engloutis ma tequila, pose le verre sur le plateau le plus proche et m'avance vers elle.

— Bonjour, mon cœur, dis-je de ma voix la plus chaleureuse, réfrénant la jalousie qui menace de la teinter.

Le « mon cœur » est destiné à faire dégager l'autre type. *À marquer mon territoire.* Au fond de moi, j'ai l'instinct d'un vrai homme des cavernes.

Elle écarquille ses yeux noisette.

— Garrett.

— Surprise de me voir ?

Elle cligne des paupières.

— Je, euh, je ne pensais pas que c'était ton genre de soirée.

— Eh bien, ça l'est.

Pas vraiment. Je regarde le type qui essaie de me piquer ma potentielle copine, puis me tourne à nouveau vers Harper.

— C'est ma famille qui a organisé cet événement, rappelé-je.

Je pointe du doigt la bannière accrochée à l'avant du Grand Hall, sur laquelle est écrit « Gala de la Fondation Royale Rourke ».

— C'est vrai, désolée.

En vérité, c'est la première fois que j'assiste à l'un de ces trucs, mais je suis trop concentré sur la nécessité de me débarrasser de l'intrus pour lui expliquer ça. Je me tourne vers le type.

— Je suis Garrett Rourke. Comment connaissez-vous Harper ?

Il sourit d'un air gêné. *Bien. Mon message agressif a bien été reçu.*

— On vient tout juste de se rencontrer, mais j'ai l'impression de déjà la connaître, après sa performance incroyable dans *La Zone,* explique-t-il en tendant la main. Je suis Jeff Briggs.

— Ravi de te rencontrer, Jeff. Harper et moi devons discuter, dis-je avec un regard appuyé.

— Garrett, intervient Harper, qui semble hésiter entre la surprise et la consternation.

— Vraiment, insisté-je sans détourner les yeux de Jeff.

Je continuerai de lui lancer ce regard noir jusqu'à le faire fuir.

— C'était un plaisir de te rencontrer, dit-il en adressant un sourire à Harper. Je suis disponible s'ils cherchent quelqu'un pour *Living Gold.* Jeff Briggs. Je fais partie de la SAG.

— Je n'ai aucun contrôle sur le choix du casting, répond Harper avec un sourire crispé. Tu devrais passer par ton agent pour être tenu au courant.

— Bien sûr, mais je me suis dit que ça ne ferait pas de mal de…

Il s'interrompt quand je le fusille du regard, se retourne et s'éloigne.

— Ça arrive souvent ? l'interrogé-je.

— Tout le temps, soupire-t-elle.

— Ça t'est arrivé d'approcher des acteurs pendant des fêtes, dans l'espoir d'être pistonnée ?

Elle ricane.

— Non. J'ai travaillé d'arrache-pied pour passer audition après audition. Jamais je ne…

Elle s'interrompt, les dents serrées.

— Peu importe. À ce qu'il paraît, on a rompu, toi et moi, reprend-elle en baissant la voix. Je t'avais dit de ne pas parler de moi aux paparazzis, quand tu leur ferais ta déclaration.

Je grimace. Je devrais commencer par suivre tout ça de plus près.

— Je croyais faire ce qu'il fallait, en dissipant leur intérêt pour nous deux. Quoi qu'il en soit, je suis désolé. Je comprends que je ne devrais jamais rien leur dire de personnel, maintenant. Je te jure que ça n'arrivera plus.

— Merci, répond-elle en hochant la tête.

— Tu es encore en colère contre moi parce que l'idée de devenir mannequin m'a enthousiasmé ? l'interrogé-je.

Je me raidis d'avance, parce que ça pourrait poser un vrai problème.

— Je n'essayais pas de te voler la vedette, ajouté-je.

— Je n'ai jamais été jalouse, ni même en colère que tu aies été mentionné à ce point. Ce n'est pas ta faute. J'espérais juste que Le Meilleur Ami de l'Homme bénéficie de plus de publicité, puisque cette soirée était censée servir à ça.

Je comprends. Mais j'insiste pour que ce soit bien clair.

— Quand j'ai dit que la presse me prenait pour un mannequin, tu as répondu que c'était des conneries et que ça ne voulait rien dire. Ça m'a fait l'effet d'une gifle.

Elle pousse un soupir.

— J'essayais de te rassurer. Je m'attendais à ce que tu sois vexé, vu que le mannequinat est loin d'être aussi important que ce que vous faites dans vos projets de développement.

Elle englobe les lieux d'un geste du bras et continue :

— Regarde un peu où nous sommes ce soir grâce à ça.

Tous ces gens soutiennent une bonne cause, visant à construire des quartiers, au lieu de les démolir pour bâtir des gratte-ciels appartenant à une entité juridique lointaine. Josie et Sean m'ont parlé de ça.

Je me frotte la nuque.

— C'est le problème avec les messages. Il est trop facile de mal comprendre. Tu sais que je ne suis pas un profiteur comme ton ex, hein ?

Elle regarde par-dessus mon épaule.

— J'admets que j'ai été un peu perturbée par notre conversation.

— Notre dispute.

— C'est l'effet que ça m'a fait, oui.

Elle croise mon regard, et j'y décèle une légère vulnérabilité.

— J'espérais que tu étais différent.

Je hoche la tête et me détends, soulagé. Elle n'était pas jalouse que je lui aie volé la vedette. Ce n'était qu'un malentendu.

— Alors, tu es en rencard sexy avec Joe ? plaisanté-je avec un signe du menton vers le garde du corps.

Il se gratte la joue avec son majeur. Je réfrène un rire. J'apprécie vraiment Joe.

Harper ne se rend compte de rien. Elle a les yeux baissés sur sa flûte de champagne encore pleine, sourcils froncés.

— Eh bien, après la manière désastreuse dont s'est terminé notre rencard de la semaine dernière, j'ai pensé qu'il valait mieux éviter de traîner un autre type sous les projecteurs.

Elle croise mon regard et ajoute :

— Non pas que notre soirée elle-même ait été désagréable, seulement les retombées.

— Ce n'était pas un désastre, mon cœur, assuré-je en me penchant près de son oreille.

Elle frissonne et croise les bras.

— Tu peux arrêter de faire comme si on était en couple, maintenant.

— Plus de côtelette d'agneau ?

Elle rit.

— Je croyais que tu étais en colère contre moi, remarque-t-elle, avant de se pencher et de murmurer : Tu m'as raccroché au nez. Et puis les paparazzi ont fait le pied de grue devant ton appartement, ce qui était ma faute, après quoi tu leur as dit que tout était fini entre nous.

Je tourne la tête et lui dis à l'oreille :

— On s'est tous les deux montrés un peu susceptibles. J'aimerais retenter le coup.

Je me redresse et ajoute :

— Comment ça va ?

Josie m'a dit qu'Harper était un peu déprimée au boulot, cette semaine. Une partie de moi espère que c'est parce que je lui ai manqué.

Elle laisse échapper un soupir.

— Je n'ai pas à me plaindre.

— Mais si tu pouvais le faire…, commencé-je en portant une main à mon oreille et en me baissant. Vas-y, chuchote-moi tout.

Je m'écarte devant son silence. Elle sourit.

— Je t'ai manqué, hein ? lancé-je avec un large sourire.

Elle secoue la tête.

— Je me sentais coupable. Je ne veux jamais devenir une profiteuse. Je croyais que tu me prenais pour ça, parce que je t'ai invité à m'accompagner au gala à la dernière minute et que je t'ai expliqué quoi dire pour la cause. Et ensuite, eh bien, tu connais la suite.

— Eh, qu'est-ce que tu as obtenu de moi, au fond, mis à part un cavalier sexy ?

— Chut, tu parles comme si je t'avais payé, proteste-t-elle en baissant la voix. Comme un prostitué.

— Les cent balles les moins bien dépensées. Je n'ai même pas eu droit à un baiser.

— Quoi ? Tu ne m'as jamais rien payé. Et puis, ce serait plutôt à moi de le faire, et pas le contraire.

Elle s'interrompt et rit.

— Oh. Désolée, ma culpabilité empiète sur tes plaisanteries.

— Je comprends ton besoin d'être prudente en public. Mon père a été élevé pour devenir roi et a dû endurer l'attention du public dès sa naissance, jusqu'à ce qu'il abdique le trône et soit banni. Par chance, c'était avant l'invention des réseaux sociaux et d'internet, mais c'était quand même un sacré coup de tonnerre.

— J'ai lu quelques trucs à ce sujet. On dirait qu'il a fait un choix dont il est satisfait.

— Il a épousé la meilleure femme au monde. C'est ce qu'il dit toujours de ma mère.

Je tire sur une mèche bouclée de ses cheveux brun foncé. Ils sont doux et souples.

— Tu as fait des recherches sur moi ?

— J'ai lu certains articles de presse la semaine dernière, et un tas de trucs sont ressortis concernant ta familLe.

— C'est donc un oui.

Ses yeux pétillent et elle réfrène un sourire.

— Seulement pour voir l'étendue des dégâts.

— Aucun dégât. En fait, regarde ça.

Je sors la carte de l'agent de ma poche et la lui montre.

— Ce type veut me représenter et me faire jouer dans une pub. Tu crois que je devrais le faire ? Ça me semble une évidence, connaissant la paie pour un seul jour de travail.

Elle lit la carte et pince les lèvres.

— C'est une agence de renom.

— Tu penses que je devrais me lancer ?

— Tu as déjà joué la comédie ?

— Non, mais c'est une pub. Ça ne doit pas être bien difficile, si ?

Elle étrécit les yeux.

— Acteur est un métier. Il faut du temps et de nombreuses heures d'études pour affiner ses talents.

— Pour dire une phrase du genre « Obtenez un rasage de près avec Lame Aiguisée » ? Il a dit qu'il pourrait me faire obtenir une pub pour un après-rasage, expliqué-je en frottant ma mâchoire rasée de près. Apparemment, cette mâchoire est parfaite.

Elle dissimule un sourire en sirotant son champagne. Mon charme fait effet, ça ne fait aucun doute.

— Vraiment ?

— Oh que oui. Touche-la, proposé-je en penchant la joue vers elle.

Elle plaque la main sur ma mâchoire, me giflant presque.

— Waouh.

— N'est-ce pas ?

Elle incline la tête.

— Tu sais quelles sont les probabilités d'obtenir un rôle dans une pub du premier coup ? Il te faudrait plutôt faire une centaine d'auditions, si tu as de la chance. Tu es sûr de vouloir investir autant de temps là-dedans ?

Je hausse les épaules.

— J'irai à une audition. Si je n'ai pas le rôle, pas de problème. Je ne compte pas quitter mon boulot principal. J'apprécie juste l'idée d'avoir assez d'argent en banque pour m'acheter une maison. Peut-être avec une cour, pour enfin pouvoir adopter un chien.

Elle s'adoucit.

— C'est sympa. Très sympa.

Je fais une révérence formelle, imitant mes cousins royaux.

— Avec ta bénédiction.

Elle hésite. J'attends, les yeux rivés sur elle. Je n'ai pas envie qu'elle pense que je suis un profiteur, moi aussi. Que je réussisse ou que j'échoue dans ce nouveau job, ça ne dépendra que de moi.

— Bien sûr, ça ne peut pas faire de mal d'aller à une audition, finit-elle par dire.

— Super. Maintenant, comme je peux jouer dans ta série ?

Elle se renfrogne.

— Ce n'est pas drôle.

— Harp, je n'ai pas besoin de toi pour me faire pistonner. J'aurais pu tout aussi bien demander à Josie de m'obtenir un rôle dans cette série.

Mais je n'ai jamais envisagé de me lancer dans le métier d'acteur jusqu'alors.

Elle se raidit.

— Mais tu ne l'as pas fait, hein ? Ce n'est que lorsque tu t'es retrouvé sur le tapis rouge avec moi que la presse t'a remarqué. Ainsi qu'un agent prestigieux. Sois honnête, tu commences à prendre cette éventualité de carrière au sérieux.

— Qu'y a-t-il de mal à ça ? Tu es la seule autorisée à être actrice, dans tes relations ? Ce n'est pas ce que suggère ton historique de petits amis. Pourquoi faut-il que ce soit différent avec moi ?

Ses yeux lancent des éclairs.

— Pour commencer, on n'est pas en couple, réplique-t-elle en reculant d'un pas. Oublie tout ça. Cette fois, je vais écouter mon instinct.

Puis elle se retourne et s'en va.

Sérieusement, elle s'en va !

Et moi qui croyais qu'on s'entendait bien. C'est quoi, son problème ?

~

Harper

Je prends la décision la plus judicieuse, me rassuré-je tout en entrant dans le jardin de sculpture européen pour le dîner. Joe me suit. Mes émotions sont tous azimuts à cause de Garrett, et je suis sûrement trop sensible à l'idée qu'il entre dans le métier à cause de ce qui s'est passé avec Colton et John, mais je refuse de souffrir à nouveau de cette manière. Je me suis promis d'écouter mes tripes quand elles m'envoient un avertissement, et à cet instant, elles se tordent dans tous les sens. Seigneur, tout est si facile, pour lui. Il n'a aucune idée des années exténuantes d'audition que j'ai dû traverser. J'ai eu de la chance d'être prise dans une série télé à quinze ans, puis dans une autre. Après ça, j'ai connu un long passage à vide, avant d'être embauchée sur *Capital Asset*. J'ai failli tout abandonner. Mais je ne pouvais supporter de rentrer chez moi vaincue, surtout sachant que je devrais affronter ma grand-mère.

J'entre dans la cour, où des tables rondes couvertes de nappes blanches sont disposées, avec des verres en cristal, des couverts en porcelaine et une grande pièce florale au centre. Des statues en marbres entourent les abords de la pièce. Un petit podium a été placé du côté opposé de la pièce, sûrement pour un discours. Dieu merci, je n'aurai pas à monter là-haut ce soir.

Josie se lève et me fait signe de rejoindre sa table, où Sean est déjà assis. Les sièges sont assignés, et je suis contente d'avoir un visage amical auprès de moi pour le dîner. Dès que je l'ai rejointe, elle m'accueille avec autant d'enthousiasme que d'habitude, m'étreignant comme si nous étions de vieilles amies perdues de vue depuis longtemps. C'est drôle, parce que je l'ai vue pas plus tard qu'hier soir pour le tournage de notre série.

— Tu es à côté de moi, m'indique-t-elle en s'asseyant.

Je m'installe à côté d'elle et jette un œil au nom sur l'autre siège à côté de moi. La panique me submerge. Garrett. Je m'apprête à échanger discrètement le carton orné de son nom avec un autre quand ce dernier apparaît et s'assoit. Mes joues rougissent. C'est Josie qui a tout manigancé.

Cette dernière lance un regard rayonnant à Garrett.

— Je suis si heureuse que vous vous soyez réconciliés, tous les deux !

— Elle ne peut pas me résister, répond-il.

Comme si on était en couple ! Je pense avoir été très claire, tout à l'heure, quand je suis partie. Comment vais-je pouvoir supporter de passer tout le dîner avec lui ?

Je le dévisage, m'efforçant désespérément de trouver une solution à même de mettre plus d'espace entre nous. Je n'ai pas envie de quitter Josie. Et c'est sa famille, il ne va donc pas vouloir partir. Pourrais-je le persuader d'aller s'asseoir à côté de Sean ?

Il m'adresse un sourire sexy qui fait battre mon cœur plus fort.

— Mon cœur.

Je tourne vivement les yeux vers Josie, ne trouvant rien à répondre à ce « mon cœur ». C'est comme si mon cœur était enveloppé d'une chaleureuse étreinte. Elle fronce les sourcils d'un air perplexe. Je ne peux pas lui expliquer tant qu'il est là. C'est si gênant. Sean lui donne un coup de coude et elle se ressaisit, affichant un sourire étincelant.

— Bien, bien, bien.

Garrett pose le bras sur le dossier de ma chaise, touchant presque mon épaule nue. J'ai une conscience aiguë de sa présence, et toutes mes terminaisons nerveuses sont en alerte.

Josie bondit de son siège et fait un signe à quelqu'un à l'autre bout de la pièce. Puis elle prend Sean par le bras pour le pousser à la rejoindre. Ils s'en vont. Vu que les autres personnes à notre table ne sont pas encore arrivées, je décide qu'il est temps de définir des limites.

— Inutile de faire comme si on était en couple.

Un sourire joue sur ses lèvres et ses yeux pétillent dans la faible lumière.

— Je sais, chérie, répond-il d'une voix aussi douce qu'une caresse.

Un frisson me parcourt le dos.

— Alors, euh…

Réfléchis ! Le désir divertit toute mon énergie sous mon nombril.

Pourquoi suis-je à ce point attirée par lui ?

— Tu peux arrêter de m'appeler « mon cœur » ou « chérie », parce qu'on n'est pas en couple. Et les amis ne font pas ça.

Non pas que j'aie envie d'être son amie. Je veux juste surmonter ce dîner sans me retrouver encore plus empêtrée avec lui. Mes tripes ont dit non. Je peux ignorer les autres parties de mon corps qui me chatouillent.

— Les « chérie » sont proscrits aussi ? Mince alors, dit-il en secouant la tête, lèvres pincées comme s'il était vraiment déçu.

Il lève la tête et son visage s'illumine.

— Pourquoi pas « bébé » ?

— Non, rétorqué-je en réprimant un sourire.

— « Ma puce » ?

Je ricane et me plaque une main sur la bouche.

— Évite tous les mots doux, s'il te plaît.

Il hoche lentement la tête.

— On est juste amis. Compris.

— Je suis sérieuse.

— Mortellement, je sais.

— Tout à fait.

Il sourit.

— OK, côtelette d'agneau.

Je me mords la lèvre inférieure, tiraillée entre l'envie de rire et celle de m'assurer qu'il ait bien compris les limites que je nous ai fixées.

— Alors, puisqu'on est amis…, commence-t-il d'une voix rauque et traînante.

Mon cœur se met à battre plus vite et toutes les parties de mon corps s'enflamment à l'idée de ce qu'il va dire ensuite. Je me penche, mourant d'envie de savoir ce qu'il pense qu'on devrait faire, en tant qu'amis.

— Ça vous dérange si je m'assois ici ? demande une voix grave.

Un homme séduisant aux cheveux noirs et à la barbe bien taillée prend le carton sur le siège à côté de celui de Garrett, le met dans sa poche et pose la carte à son propre nom à la place. Wyatt Winters.

Garrett sourit.

— Wyatt, salut mec, assieds-toi, je t'en prie.

Je ne peux m'empêcher de songer au carton qu'il vient de mettre dans sa poche. Je la pointe du doigt.

— Vous allez remettre ce carton à la table de quelqu'un d'autre ? Cette personne erre peut-être dans la pièce en se demandant où elle est censée s'asseoir.

— C'est vrai, admet Wyatt.

Il ressort le carton et en fait un petit avion en papier. Puis il le lance, et il atterrit dans un ornement floral quelques tables plus loin.

Je fais un geste vers lui. *Ça ne suffit pas.*

Il soupire et se lève pour aller récupérer le carton.

— Ta petite amie est autoritaire, remarque-t-il à Garrett.

Il me fait un clin d'œil, puis se dirige vers l'autre table. Garrett me sourit.

— Ne t'en fais pas, il a laissé un blanc entre petite et amie. C'est ce que je répète à tous ceux que je rencontre. N'oubliez pas l'espace entre les deux.

Je pince les lèvres. Il se moque de moi. D'un autre côté, j'ai l'impression de perdre du terrain, quand il accepte tout ce que je dis de bon cœur. Il me donne une tape sur le bout du nez et rit.

Wyatt revient s'asseoir et se penche devant Garrett pour me tendre la main.

— On est partis du mauvais pied, à cause de mes très mauvaises manières. Je suis Wyatt.

— Harper, me présenté-je en serrant sa main.

Il écarquille les yeux.

— Je te connais. Tu es Amanda Boxer. La *badass.*

— Amanda l'est, oui, dis-je d'une voix égale. Je joue un rôle différent, maintenant. C'est ce que font les acteurs.

— Bien sûr, je sais, acquiesce-t-il en se rasseyant contre le dossier de sa chaise. J'ai rencontré un tas d'acteurs à Los Angeles, et Josie, bien sûr. C'est sûrement la principale raison pour laquelle la plupart d'entre nous sommes ici. Elle est unique en son genre, hein ?

Je suis son regard vers l'endroit où Josie est en train d'étreindre une femme avec enthousiasme, avant de faire de grands gestes pour la présenter au groupe qui l'entoure. Elle est comme une luciole, sa lumière attire tout le monde vers elle. Je tiens plutôt de la chenille dans son cocon, qui en émerge lentement sous la forme d'une créature totalement différente quand je revêts mon masque d'actrice. *Tu deviens philosophe, Harp.*

— Elle est géniale, avoue Garrett. C'est ma belle-sœur, et

c'est un peu la sœur que je n'ai jamais eue. J'ai cinq grands frères.

Wyatt frotte le haut de la tête de Garrett avec ses doigts repliés.

— Je parie qu'ils te bottaient les fesses en permanence.

Garrett sourit.

— La plupart du temps, ils me portaient partout et veillaient sur moi, tous sauf Brendan. Il n'a que deux ans de plus que moi et on s'est souvent bagarrés. On est devenus très proches, maintenant.

Il se tourne vers moi et demande :

— Et toi ? Tu as des frères ou des sœurs ?

— Je suis fille unique.

— Quelle chance, dit Wyatt ; J'ai trois petites sœurs.

Il écarquille ses yeux sombres et se penche.

— Vous n'imaginez même pas tous les *drama*. Les cris hauts perchés.

Il tressaille et ajoute :

— C'est un miracle que j'ai conservé toute mon audition. Ou presque, en tout cas.

Un groupe de femmes plus âgées arrive à notre table et, après une brève introduction, recommencent à parler entre elles.

— Alors, lance Wyatt en se tournant vers Garrett. Revenons-en à la raison pour laquelle on est tous réunis ici ce soir. Explique-moi comment vous décidez du projet communautaire à mener, dans votre métier de développement.

J'écoute Garrett expliquer le processus que suit son entreprise familiale, à commencer par le repérage des propriétés ayant une valeur potentielle, trouver un plan de développement détaillé, réfléchir à ce qu'ils peuvent faire de l'endroit et ce qui y correspondra le mieux. Les projets qu'ils ont effectués ont l'air vraiment cool. Ils ont aussi remporté des trophées. Je sens qu'il est fier de leurs accomplissements. Bien sûr, c'était déjà évident le jour de notre rencontre. L'une des premières choses qu'il a faites, c'était de parler de son entreprise familiale.

— Alors quel est ton rôle ? demande Wyatt.

Garrett rit un peu, mais ça semble forcé.

— Le plus jeune des frères n'est pas le premier choisi pour les postes les plus stimulants de l'entreprise. Mes frères aînés ont pris les commandes, arguant que j'avais trop peu d'expérience. C'était sûrement vrai à l'époque où on a repris l'entreprise après notre oncle. Bref, j'ai passé les huit dernières années en tant qu'ouvrier du bâtiment. Je travaillerai peut-être toujours au bas de l'échelle, jusqu'à ce qu'une nouvelle opportunité se présente.

Comme le métier d'acteur. Soudain, je comprends pourquoi il veut essayer quelque chose de différent. Il n'a pas eu de chance, et il le sait.

— Quand l'un de tes grands frères prendra sa retraite, par exemple ? suggère Wyatt.

Garrett pousse un brusque soupir.

— Ouais, on sera tous vieux d'ici à ce que ça arrive. Je ne sais pas, mec, je vais y aller un jour à la fois.

Il tapote la table et ajoute :

— J'adore travailler avec mes frères.

Wyatt me lance un regard sceptique, puis reporte son attention sur Garrett.

— Tu as déjà envisagé de changer de métier ?

Garrett hésite, puis répond :

— Je suis né dans l'entreprise familiale. On se serre les coudes. Et toi ? Maintenant que tu es à la retraite, tu as déjà envisagé une deuxième carrière ?

— À la retraite ? répété-je. Tu as quel âge ?

Wyatt secoue la tête.

— Pourquoi tout le monde me demande ça quand je dis que je suis à la retraite ? On n'a pas le droit de prendre ses milliards et de tout arrêter ?

— Waouh, lâche Garrett.

— Non, dis-je. Tu es jeune…

— Trente ans, dit Wyatt.

— Plutôt jeune, me corrigé-je. Tu peux encore être un membre actif contribuant à la société pendant des années.

— Je contribue. Je suis là, non ? remarque-t-il en englobant la pièce d'un geste. Je suis un philanthrope.

— Comment as-tu gagné tous ces milliards ? l'interroge Garrett.

Je suis curieuse aussi, mais on m'a appris à ne jamais parler d'argent. Je laisse mon agent se charger de ça.

Wyatt secoue la serviette en tissu pliée en forme de cygne et la pose sur ses genoux.

— J'ai créé un système de réalité virtuelle pour laquelle une certaine entreprise de réseaux sociaux était prête à me payer généreusement. J'ai aussi créé et vendu plusieurs start-ups avant ça. J'ai gagné mon premier million à dix-neuf ans.

Garrett le dévisage, sans voix.

De mon point de vue, ça veut dire que Wyatt est capable de bien plus. C'est un innovateur.

— Il faut que tu fasses quelque chose, l'encouragé-je. Personne ne peut se satisfaire de vivre sa vie sans but, en se contentant de participer à quelques levées de fonds.

Un serveur arrive et nous tend un plateau de champagne. Je prends un verre. Wyatt et Garrett déclinent.

Je sirote mon champagne tout en regardant Wyatt, attendant sa réponse.

Il tire sur son col.

— Tu es pire que mes sœurs, avec ton regard dur et plein de jugement.

— Comment ça, dur ? réplique Garrett en me regardant à deux fois. Elle a le visage de l'une de ces statues de déesse.

Il fait un geste vers les sculptures autour de nous. Mon cœur se serre. Je n'avais encore jamais été comparée à une déesse.

— Merci, dis-je doucement.

Garrett fait un signe du menton semblant vouloir dire « c'est tout naturel ». Il a l'air un peu offensé pour moi. Wyatt se renfonce sur sa chaise, les paumes posées sur la table.

— J'ai juste envie de faire profil bas dans une petite ville où personne n'a entendu parler de moi et me détendre. Je ferai peut-être des dons anonymes pour aider la communauté où je me cacherai, pour financer une annexe à la bibliothèque ou un truc comme ça, comme le fait Garrett. Mais mis à part ça…

Il fait un geste de la main et répète :

— Je veux me détendre.

Je réfléchis à ça. Ma ville natale est un endroit minuscule dont personne n'a jamais entendu parler, et elle aurait bien besoin de quelques donations philanthropiques pour combler le manque de budget. La génération de hippies ayant fondé cette ville est partie, pour la plupart, et ils auraient bien besoin d'un peu de sang neuf. Un type comme Wyatt, à la pensée novatrice, pourrait aider la ville à s'épanouir. Bien sûr, il se retrouverait absorbé par la population. C'est inévitable, dans une ville où tout le monde se mêle de la vie de tout le monde. Pour moi, c'était un vrai refuge, d'avoir une communauté qui se souciait de moi. Je fais un don tous les ans pour soutenir le programme artistique de l'école, un endroit spécial où j'ai découvert le théâtre pour la première fois.

— Note ce que je vais te dire, lancé-je à Wyatt.

Il sort un stylo imaginaire de derrière son oreille, en mouille le bout avec sa langue et fait semblant de se préparer à écrire sur un papier inexistant.

Je ris.

— Je suis sérieuse. Sors ton téléphone et note. Summerdale, New York. C'est à un peu plus d'une heure d'ici, en banlieue. Personne n'en a jamais entendu parler. Les gens de là-bas sont un peu excentriques, mais si tu peux supporter un facteur qui t'apporte des tamales avec ton courrier, ou un propriétaire de café qui s'appelle Arc-en-ciel, ce sera l'endroit parfait pour toi.

Wyatt sort son téléphone et note consciencieusement ce que je lui dis.

— Oui madame. Ma nouvelle cachette, dit-il, son visage s'illuminant. Il y a une communauté mexicaine ? J'adore les plats mexicains authentiques, et plus ils sont épicés, mieux c'est.

— Non. Bill est caucasien. C'est juste un grand fan des tamales.

— Zut.

— Mais ils sont très bons.

— Je connais Summerdale, remarque Garrett en me donnant un petit coup de coude. Ma famille s'y rend chaque année pour le week-end de la fête du travail. On loue une maison près du lac.

Les cheveux se hérissent sur ma nuque. C'est si bizarre, que la famille de Garrett aille là-bas. Je veux dire, quelques maisons sont toujours à louer près du lac, mais ce n'est pas vraiment ce qu'on pourrait appeler un point chaud. Comment un type de Brooklyn a-t-il trouvé cet endroit ?

Wyatt pose son téléphone sur la table et me lance un regard chagriné.

— Garrett en a entendu parler. On dirait que le secret de l'existence de Summerdale s'est éventé.

— Ce n'est pas du tout un endroit populaire, assuré-je, sincèrement surprise que Garrett y soit lié. Comment vous vous êtes retrouvés à louer une maison là-bas ?

Garrett incline la tête.

— C'est un drôle de point commun, hein ? Tout a commencé avec mon frère Jack. Il a loué une maison pour faire une farce, en faisant croire à sa petite amie qu'il lui avait acheté une maison, avant de transformer ça en demande en mariage devant toute la famille.

Je le dévisage, bouche bée.

— Une demande en mariage introduite par une farce ?

— Ta famille me plaît, lance Wyatt. C'est brillant.

Garrett sourit.

— Je pourrai demander à Jack comment il a trouvé Summerdale, si tu veux. Il s'est sûrement contenté de chercher une jolie maison à louer sur internet, assez grande pour nous tous et assez loin de la ville pour surprendre sa petite amie, mais pas trop loin non plus pour qu'on puisse s'y rendre sans mal. Jack est le roi des farceurs. Il a dû faire beaucoup d'efforts pour planifier la blague parfaite.

Je ne me suis toujours pas remise de la raison de cette location.

— Une demande en mariage introduite par une face ? répété-je. Elle a dit oui ?

— Ouais, acquiesce-t-il avec un petit rire. Ils se font des farces tout le temps. Ils sont désormais heureux en mariage, avec un bébé en route.

— Et ta famille continue de retourner à Summerdale ?

— Oui, Jack voulait maintenir la tradition en souvenir de cette occasion heureuse, alors maintenant, on passe chaque fête du travail là-bas.

— Quelle maison vous louez ?

Il hausse les épaules.

— C'est Jack qui s'occupe de ça. Je ne connais pas l'adresse. La dernière fois, on a loué une maison différente avec une terrasse plus grande à l'étage, qui donne sur le lac.

Il se tourne vers Wyatt et reprend :

— Ça vaut la peine d'y faire un tour pour visiter. Il y a beaucoup d'arbres, le lac, bien sûr, et les maisons blotties sur la rive, le long d'une colline. Il y a cette immense maison tout en haut de la colline, et pour une raison que j'ignore, elle dispose d'un phare. En plein milieu d'un espace ouvert.

— C'est pour les bateaux géants qui arriveraient par le lac, bien sûr, répond Wyatt.

Je secoue la tête.

— Le lac ne peut accueillir que les barques et les canoës. Il n'est pas si grand que ça.

Garrett m'étreint l'épaule, propulsant une vague de chaleur dans tout mon corps. La lueur amusée dans son regard me fait deviner que Wyatt plaisantait. Je ne suis pas habituée à ce que les gens blaguent aussi souvent.

Je continue de leur parler de ma ville natale dans l'espoir que Wyatt soit intrigué.

— Autrefois, un ermite excentrique vivait tout en haut de la colline. Il est mort avant ma naissance, et personne n'a racheté la propriété. Les gens disent qu'elle est hantée. Je suis sûre qu'elle est juste envahie par les ratons laveurs et autres bestioles, mais ça m'a toujours foutu un peu les jetons.

— Oooh, fait Wyatt en agitant les doigts. Ça ressemble à un épisode de Scooby-Doo, avec le vieux Jenkins.

— Bouh ! s'exclame soudain Josie en passant un bras autour de Wyatt et Garrett. Vous comptez résoudre un mystère ?

— Ouais, le mystère du phare enclavé, répond Wyatt.

— Oh, vous parlez de Summerdale ? s'enquiert Josie. On y est allés quelques semaines plus tôt pour la reconstitution de mariage de mon frère et de ma belle-sœur. J'adore cet endroit.

— Une reconstitution de mariage ? répété-je.

— Cette famille est cinglée, répond Josie d'un ton joyeux. J'y ai tout à fait ma place.

Sean apparaît à côté d'elle et ils s'assoient à la table.

— Pourquoi ne suis-je pas né dans une famille de tarés ? s'interroge Wyatt en faisant un geste vers eux. Je m'y serais senti tellement plus à ma place.

Sean sourit.

— Ça peut être marrant, mais c'est aussi exaspérant. Tout le monde a beaucoup d'énergie et est très entêté, explique-t-il en se donnant un coup de poing sur la tête.

— C'est juste à cause du niveau élevé de testostérone, avec tous ces hommes, réplique Josie en riant. C'est terminé, maintenant que plus de femmes ont rejoint la famille.

— Et j'en suis ravi, assure Sean en l'embrassant.

Je soupire. J'ai beaucoup vu Sean et Josie ensemble ces cinq dernières semaines, pendant le boulot, et ils ont l'air parfaits l'un pour l'autre. Ils sont toujours en train de rire, de discuter et de se montrer affectueux l'un envers l'autre. Je lui envie cette foi et cette confiance qu'elle place en Sean. Ils se sont rencontrés avant qu'elle soit célèbre, et elle sait qu'il l'aime pour ce qu'elle est, et pas pour ce qu'il pourrait obtenir d'elle. Je suppose que si j'avais épousé mon petit ami de l'époque où j'avais quatorze ans – Levi s'en est très bien tiré s'agissant de m'escorter au bal des quatrièmes, et il a suivi toutes les règles définies par le Général Joan – j'aurais pu connaître la même chose. Ah ah. Très drôle, mais ce n'est pas drôle. Je n'ai pas envie d'effacer mon succès, mais ce serait sympa de pouvoir faire confiance à un homme comme ça, en sachant que ce qu'il y a entre nous est réel.

Je suis tirée de mes pensées moroses par la question inattendue de Josie.

— Harp, tu veux qu'on fasse notre chanson une fois le dîner servi ? Les gens adoreraient ça.

Je me fige. Josie et moi aimons toutes les deux les comédies musicales – elle a une voix d'ange – et parfois, il nous arrive de chanter « for good », du spectacle *Wicked*, une belle chanson entre sœurs. Mais seulement quand on traîne dans l'une de nos caravanes. J'ai besoin de me préparer avant une performance. Et ma voix est loin d'être aussi belle que la sienne. Ce n'est pas pour rien si je n'ai jamais auditionné pour la scène new-yorkaise. J'adore les comédies musicales, mais je sais que je ne suis pas au niveau des chanteurs professionnels.

— Harp ? répète Josie en agitant une main devant mon visage.

— Peut-être juste toi, suggéré-je. Tu as une si belle voix.

— Mais c'est un duo, rappelle-t-elle en inclinant la tête. Et tu chantes bien aussi. Ce sera marrant.

Je me lèche les lèvres.

— Non merci.

— Oh, allez, ce sera super, insiste Josie d'un ton cajoleur.

— Mon amie refuse catégoriquement les chansons d'après-dîner, intervient Garrett.

Je me tourne vers lui, surprise qu'il soit intervenu en ma faveur. Il approche sa main de ma gorge, son regard brûlant provoquant un élan de chaleur de ma gorge jusqu'à mes doigts de pied.

— Elle souffre d'une terrible laryngite.

Je suis si subjuguée que j'en reste sans voix, les yeux rivés aux siens.

Il laisse retomber sa main. Je déglutis et regarde la table, ébranlée par la force de mon désir pour lui. Je ne savais pas à quel point jusqu'à ce qu'il me touche. Ce que j'aurais pu considérer comme une position vulnérable – sa main contre ma gorge – m'a excité. Aucune alarme de danger n'a résonné en moi. Seulement un désir brut.

— La chaleur étouffante t'a volé ta voix, raille Josie. Je comprends. Continuez !

Le dîner arrive et, avec un temps de retard, je pose ma serviette sur mes genoux, hébétée.

La voix de Garrett résonne à mon oreille, me provoquant des frissons dans le dos.

— Tu vas bien, côtelette d'agneau ?

Je hoche la tête avec raideur, ne voulant pas risquer un autre coup d'œil vers cet homme si alléchant.

— Elle ne pensait pas à mal, murmure-t-il.

Je tourne la tête ; nous sommes si proches l'un de l'autre que je vois ses pupilles se dilater.

— Je sais, dis-je dans un souffle.

— Moi non plus. Juste pour que tu le saches.

Je baisse les yeux sur ses lèvres sensuelles, mourant d'envie de me rapprocher.

— Tu veux bien me passer le beurre ? demande Wyatt.

Garrett se redresse et le lui passe. Le moment s'est évanoui. M'apprêtais-je à l'embrasser à une table remplie de monde ? Je sais pourtant que je ne dois pas ajouter aux rumeurs nous concernant, moi et le prince secret de Brooklyn. Où sont passées mes défenses ? Mes tripes ? Les sirènes d'alarme ont fait long feu face à l'élan de désir.

J'ai de très gros ennuis.

10

Harper

Une fois la soirée terminée, Garrett me raccompagne à la porte. Il n'y a plus que nous deux, plus Joe quelques pas derrière nous. On est resté un peu plus longtemps pour parler à Sean et Josie, on est donc parmi les derniers à partir. Le musée est silencieux et presque vide.

— Cet endroit me rappelle le palais Amalie, remarque-t-il.

C'est le palais de sa famille à Villroy. J'ai peut-être fait quelques recherches à propos de ces histoires de royauté.

— Tu y vas souvent ?

— Pas vraiment. La réconciliation entre nos familles est encore assez récente. Je suis allé là-bas pour deux mariages et les deux derniers Noëls. Ils ont organisé un bal de Noël sur le thème de la Régence. Ça t'aurait sûrement plu. C'était un peu comme un plateau de tournage historique.

Je signe tout de suite ! J'adorerais visiter un palais et aller à un bal.

— Ils organisent des bals à thème souvent ?

— Je ne sais pas. Ils le font pour Noël. C'est à cause de la femme de mon cousin, Alice. Elle est auteure de romances à l'époque de la Régence.

Je prends une brusque inspiration.

— Alice Segal ?

— Oui, acquiesce-t-il en secouant la tête, étirant les lèvres en un sourire désabusé. Elle nous a même donné une liste de lectures recommandées, en insistant sur Jane Austen. *Orgueil et Préjugés* n'était pas mal. J'ai regardé le film.

Comme je garde le silence, il se tourne vers moi.

— Harper ?

Je referme ma bouche qui s'était ouverte en grand.

— Tu as un lien de famille avec l'auteure de *La fripouille et la Gouvernante* ? *Le défi du Duc* ? *La victoire du Vicomte* ? J'adore cette trilogie, mais surtout le livre sur la fripouille. Sérieusement, je l'ai en ebook, en livre papier, en livre audio, et je l'ai toujours sous la main quand j'ai besoin de me remonter le moral.

Il sourit.

— J'ai l'impression que tu es une méga fan.

— Euh, ouais ! Waouh. Je n'arrive pas à croire que tu connais Alice Segal. Tu crois qu'elle pourrait dédicacer ma copie de *La fripouille et la Gouvernante* ?

Il m'observe, les yeux pétillants.

— Harper Ellis, la romantique cachée.

— J'aime les fins heureuses, c'est tout.

Il hausse les sourcils, la voix rauque.

— Qui n'aime pas ça ?

J'incline la tête. Parle-t-il des *fins heureuses* telles qu'on en connaît au lit ? Oh, il est doué avec les sous-entendus. Je vais devoir me montrer très prudente, avec ce type.

— Qui a des connexions, maintenant ? fait-il avec un sourire narquois.

— Ouais, ouais.

— Alors tu apprécies les livres et la musique. Quoi d'autre ? Mis à part moi, bien sûr.

C'est si évident que ça ?

Je m'efforce de ne pas rougir.

— Je n'ai pas le temps de faire grand-chose d'autre, entre le boulot, mes exercices de fitness et les soirées telles que celle-ci.

L'exercice physique est une nécessité, pour moi. Ça fait

partie du métier d'actrice, je dois préserver mon apparence pour la caméra et m'assurer de toujours rentrer dans ma garde-robe.

— Harper, dit-il d'une voix traînante.

— Quoi ?

— Regarde-moi. Je travaille et je me maintiens en forme. Mais j'ai quand même d'autres intérêts.

— Comme quoi ? rétorqué-je en levant le menton.

Il m'adresse un sourire lent et sexy qui me donne des papillons dans l'estomac.

— Comme faire la cuisine. Je suis un excellent chef.

Je cligne des paupières, surprise. Quand on regarde cet homme massif, avec sa mâchoire carrée et ses gros biceps, on ne s'attend pas à ce qu'il sache cuisiner. Je m'attendais à ce qu'il me parle de boxe ou d'enfoncer des clous. Un truc macho dans ce style.

— Tu ne me crois pas ? demande-t-il.

— Si, dis-je, me ressaisissant. C'est super. Je n'aime pas faire la cuisine, alors j'ai dû mal à me faire à cette idée.

Bien rattrapé.

— Tu aimerais ma cuisine. Passe dîner chez moi, un de ces jours.

— Ce serait plus simple si tu venais chez moi. D'un point de vue sécurité, je veux dire.

Une seconde, est-ce que je viens de l'inviter chez moi ?

— Pas de problème. Dis-moi juste quand.

Je déglutis, soudain méfiante.

— Juste entre amis, hein ?

— Si c'est ce que tu veux, répond-il d'un ton léger.

— Et toi, c'est ce que tu veux ?

Il me regarde dans les yeux et répond d'une voix douce :

— Je veux que tu sois à l'aise.

Je détourne le regard et écoute ce que me dit mon instinct. Je suis à la fois nerveuse et excitée à l'idée de passer du temps avec lui. Nerveuse parce que j'ai été larguée récemment. La dernière chose dont j'ai besoin, c'est que Garrett me fasse craquer en public. Et on a déjà eu une dispute après notre première sortie entre amis. Je pense qu'il se sentirait insulté si je lui proposais de signer un contrat de confidentialité. Je n'ai pas envie d'être ce genre de personne.

Sa voix grave résonne dans mon oreille, provoquant un frisson délicieux le long de mon dos.

— C'est juste un dîner.

Sois maligne. Dresse tes défenses. Ne te laisse pas avoir par tout ce qu'il y a de sexy chez lui !

— OK.

Il sourit, plongeant ses yeux aigue-marine chaleureux dans les miens.

— Super. Qu'est-ce que tu aimes manger ? Je peux tout faire à partir d'une recette sur internet.

— Je ne suis pas difficile.

— Je sais faire ce plat épicé de crevettes accompagnées d'une purée de chou-fleur. C'est toi qui procures la bière.

Je grimace.

— La bière ne va pas avec ce genre de plat.

— Bien sûr que si.

— Je n'ai pas de bière.

— Très bien. J'apporterai aussi la bière. Tu n'auras qu'à amener ta gentille personnalité.

— Je ne suis pas gentille.

J'ai été élevée pour être dure et forte, jamais douce et gentille.

Lève le menton. Je n'ai pas élevé une mauviette !

Sors de ma tête, Grand-mère !

— Ouais, d'accord, répond-il.

— C'est vrai.

Il s'arrête et fronce les sourcils.

— J'étais vraiment en colère, quand les paparazzis se sont pointés devant ma porte.

Je grimace.

— Je suis vraiment désolée.

Il se penche lentement et mon cœur accélère. Je baisse les yeux sur ses lèvres, puis il tourne la tête et me murmure près de l'oreille.

— Tu es gentille. Je te l'avais dit.

Je déglutis. Il arrive à voir à travers la dureté pour laquelle les gens me connaissent, grâce à mon personnage d'Amanda, mais aussi après tous mes efforts pour m'endurcir. C'est comme ça que j'ai surmonté mon éducation stricte, comme ça que j'ai supporté les rejets successifs et que j'ai encaissé toutes les fois où j'ai été virée et où mes séries ont été annulées. Pourtant, au fond de moi, j'ai toujours su que ce n'était qu'une façade pour protéger ma nature sensible. Je ne sais pas comment il a fait pour déceler ça chez moi aussi vite. Une alarme se déclenche dans ma tête. Cet homme pourrait bien se rapprocher assez de moi pour causer de sérieux dégâts. Je continue de marcher, les pensées se bousculant dans ma tête et le cœur cognant dans ma poitrine.

Il me lance un regard amusé.

— Détends-toi. Tu es avec le prince secret. À quoi crois-tu qu'il était occupé, ces dernières années ? À polir sa montagne de pièces d'or ? À se balader dans sa cape royale en velours ? À frapper ses frères sur la tête avec le sceptre royal ?

Je réprime un sourire.

— Tu ne serais pas un peu prétentieux ?

— Tu es en train de dire que j'ai un égo démesuré ?

— Oui !

— Je ne peux rien y faire. C'est dans mes gènes. C'est le cas de tous les hommes de ma famille.

— Sean n'a pas l'air comme ça.

— Sean est le pire d'entre nous ! Mon Dieu, on peut à peine respirer à cause de toutes les foutaises qu'il déverse dans la pièce.

Je ravale un rire quand Sean approche derrière lui.

— Qu'est-ce qu'il fait d'autre ?

— Quand on était plus jeunes, il se baladait avec sa ceinture d'outils, comme si c'était *l'homme avec un grand H*, tu vois ?

Il se redresse en captant mon expression amusée.

— Il est juste derrière moi, c'est ça ?

Je hoche la tête.

Il se retourne.

— Eh, Sean, j'étais en train de chanter tes louanges.

— Bien essayé, connard, lâche-t-il.

Garrett regarde autour de lui.

— Jack est là aussi ?

Sean lui donne une tape sur l'épaule et se tourne vers moi.

— Jack est notre frère. Ce type t'importune ?

— Un peu, dis-je.

— Eh ! proteste Garrett. Je suis son rencard amical. C'est un titre officiel, qu'elle m'a accordé elle-même. Comment pourrais-je l'importuner quand elle m'a octroyé cet honneur elle-même ?

— En effet, sourit Sean.

— En effet ! répète Garrett en pointant Sean du doigt.

Je lève la paume en riant.

— OK, OK. Vous êtes ridicules, tous les deux. C'est comme ça qu'on parle, à Villroy ?

— Ça ressemble plutôt à…, commence Garrett, carrant les épaules et se dressant comme s'il avait un balai dans le cul. Par ordre du roi, ce rencard est désormais officiel.

— Très subtil, marmonne Sean.

— Et c'est toi, le roi ? m'enquis-je.

Le coin de sa bouche s'étire en un sourire attendrissant.

— Eh bien, tu as refusé de m'appeler côtelette d'agneau.

11

<hr>

Garrett

Je suis *surexcité*. Je viens de tourner ma première pub. *Jackpot !* Trente mille dollars à la banque. Mark Perlman sait vraiment de quoi il parle. C'est mon nouvel agent. Il m'a inscrit à l'audition mardi, pour la pub pour l'après-rasage dont il m'avait parlé. Deux jours plus tard, je la tournais. Il dit qu'en général, ça ne va pas aussi vite. J'ai juste eu la chance d'arriver au bon moment. Bref, tout ce que j'avais à faire, c'était faire semblant de me raser devant un miroir, torse nu ; ensuite je devais me frotter la mâchoire, faire semblant de mettre de l'après-rasage, et lancer un regard de braise à la caméra tout en disant « Prêt pour ma femme ». Pour finir, je levai la bouteille d'après-rasage Axel. J'ai pensé à Harper quand j'ai fait mon regard de braise. Ça a dû marcher, parce qu'une fois la scène tournée, le réalisateur s'est écrié « Yes ! Vous avez mis le feu ! »

J'ai dû faire de gros efforts pour ne pas éclater de rire. Il était si enthousiaste, et m'a remercié avec profusion, parce qu'apparemment, c'est rare d'avoir la scène parfaite en une seule prise. Globalement, c'était une excellente première expérience. C'est marrant, de faire semblant de faire des trucs au boulot. Mark dit que j'aurai bientôt une carte du SAG, la carte de l'association des acteurs, et après ça, il pourra m'obtenir des contrats encore meilleurs et qui paieront encore mieux, seulement ouverts aux acteurs appartenant au SAG. Il veut que je passe une audition pour une pub pour les voitures de sport la semaine prochaine, et dit que ma côte vient de grimper. Ça va si vite ! Je n'aurais jamais cru pouvoir m'offrir une maison, pas avant de nombreuses années. Et maintenant, si j'obtiens le rôle dans cette autre pub, j'aurais de quoi payer un acompte. Incroyable.

Je suis impatient d'en parler à Josie. Je traverse les rues de Manhattan sur ma Harley, en direction du studio de Chelsea Piers, où ils filment *Living Gold.* Elle m'a inscrit sur la liste des personnes autorisées à entrer tant elle est impatiente d'avoir des nouvelles de mon expérience. Aujourd'hui, ils font une répétition sans le public en studio, mais elle a une pause-déjeuner d'une heure. Le timing est parfait. C'est drôle qu'ils appellent ça un déjeuner même quand c'est presque l'heure du dîner. Ça doit être lié au nombre de repas dans la journée, et aux règles de l'association des acteurs sur le nombre d'heures travaillées et de repas attribués.

Je ne vais pas mentir, le mieux, dans tout ça, c'est qu'on se retrouve sur un même pied d'égalité, Harper et moi. J'ai prouvé mes capacités avec cette pub, qui en mènera à une autre. Elle ne pourra plus avoir le sentiment que je me suis servi d'elle pour me donner un coup de pouce. Ce boulot à côté est complètement différent de ce qu'elle fait. Ce qui veut dire qu'elle va pouvoir abaisser ses défenses en ma présence. Elle m'a manqué, cette semaine. Je n'ai jamais eu peur d'exprimer mes sentiments, et je ne compte pas m'excuser pour ça.

Après avoir donné mon nom au garde devant le portail et lui avoir montré ma carte d'identité, je m'engage sur le parking et me gare. La caravane de Josie est la plus grosse de toutes. Elle dit qu'on peut toujours déterminer son importance dans la hiérarchie d'un travail à la taille de sa caravane, et selon si on doit la partager avec quelqu'un d'autre ou pas. Notre Josie est une vedette, maintenant. Je fourre mon casque sous mon bras et frappe à la porte en métal.

C'est Sean qui m'ouvre.

— Le Fauve ! J'ai entendu dire que tu étais notre nouvelle star.

Je secoue la tête.

— C'était juste une pub. Avec une seule réplique.

Josie apparaît derrière lui, le visage rayonnant.

— Entre et raconte-moi tout !

Je les rejoins, elle et Sean, à la table carrée où ils étaient en train de déjeuner, et pose mon casque sur le sol.

— OK, pour commencer, je ne savais pas qu'il fallait autant de gens pour tourner une pub de deux minutes.

— Ah, ouais, acquiesce Josie. La production n'est pas donnée. Multiplie ça par un milliard et tu auras un film. C'est pour ça que les studios n'arrêtent pas d'étirer les franchises célèbres ou de faire des reboots. Ils veulent être certains que le film marche, pour amortir leur investissement.

Elle se penche, ses yeux bleus pétillants.

— Alors, raconte-nous tout en détail à partir du moment où tu es arrivé sur le plateau jusqu'à maintenant.

Je jette un coup d'œil à Sean, qui a l'air amusé. J'ai l'impression qu'elle en demande un peu trop. Je lui fais un résumé et lui confesse le seul moment inconfortable : j'ai dû me maquiller. Je ne savais pas que les hommes se maquillaient devant la caméra. C'est un maigre prix à payer pour le chèque reçu à la fin.

— Dis-nous ta réplique, lance-t-elle en applaudissant.

Je lève un doigt, visualise Harper dans ma tête, avec sa beauté classique : sa masse de boucles noires, la vulnérabilité qui se cache dans son regard et ses lèvres roses à l'air si douces. Bon sang, j'ai tellement envie d'elle. Je regarde Josie et prononce ma réplique :

— Prêt pour ma femme.

Elle émet un cri suraigu.

— Oh mon Dieu, il a un don. C'était *incroyable*

Je détourne la tête, embarrassé, mais aussi heureux.

— Mark va m'engager un coach personnel de comédie.

Josie m'étreint le bras.

— Ça t'aidera à élargir ta palette de talents, mais Garrett, tu as déjà l'instinct qu'il faut, assure-t-elle, avant de se tourner vers Sean. Ça ne t'a pas donné des frissons, à toi ?

— Non, pas vraiment, répond-il sèchement.

— Eh bien, tu n'es pas une femme, dit-elle en lui tapotant l'épaule. Les femmes vont adorer cette pub, et les hommes auront envie d'être lui. Qu'est-ce que tu portais ?

— *Ça*, ça me donne des frissons, lance Sean, le visage impassible.

Josie couvre les oreilles de Sean tout en murmurant un aparté assez fort pour être entendu par n'importe quel public. Sean lève les yeux au ciel.

— Je t'ai vu torse nu au lac. Tu es un homme sublime. La caméra va te dévorer.

Elle retire les mains des oreilles de Sean et lui adresse un sourire espiègle.

— Merci, dis-je en me frottant la nuque.

— Tu as fini de reluquer mon petit frère ? demande Sean d'un ton contrarié.

— Je lui donne mon point de vue professionnel objectif ! proteste Josie. De toute façon, si j'avais rencontré Garrett avant toi, je lui aurais demandé s'il avait un grand frère grognon et j'aurais fini avec toi quoi qu'il arrive, alors tu peux te calmer un peu, monsieur.

Sean émet un petit rire, prend son menton entre ses doigts et l'embrasse.

Je détourne la tête. Il y a une limite au nombre de couples ridiculement heureux en amour qu'un homme peut supporter.

— Harper est dans sa caravane ? m'enquis-je.

Josie affiche un large sourire.

— Je vais lui envoyer un message pour lui demander.

Elle prend son téléphone sur la table et écrit un message bien trop long pour une simple question. *Quand est-ce que je retiendrai la leçon ?*

Je réprime un grognement. Je croyais que Josie saurait où elle est.

— Qu'est-ce que tu lui as dit, cette fois ?

Elle sourit.

— Juste que tu étais là et que tu aimerais la voir. Oh, et aussi que tu avais joué dans une pub, parce que je suis si excitée pour toi. Elle a dit que tu pouvais passer la voir avant de partir.

Je prends mon casque et me lève.

— Elle avait l'air en colère ou heureuse, pour la pub ?

Josie hausse les épaules.

— Elle n'a fait aucun commentaire.

Je pousse un brusque soupir.

— Je voulais lui annoncer moi-même.

Elle grimace.

— Désolée. Je me suis laissée emporter. La prochaine fois, je ne répéterai plus rien de ce qui concerne ton travail dans la publicité.

Elle fait le geste de zipper ses lèvres.

— Très bien, dis-je d'une voix plus douce. À plus tard.

Je me retourne et me dirige vers la porte.

— Bonne chance ! lance Josie dans mon dos.

Je tourne la tête vers elle.

— Pour ma prochaine audition, ou avec Harper ?

Elle regarde Sean, qui hausse les sourcils. Elle m'adresse un faible sourire.

— Oui, se contente-t-elle de répondre, avant de m'indiquer comment rejoindre la caravane d'Harper à partir d'ici.

— Merci, dis-je avant de sortir.

C'est mignon que Josie veuille qu'on se mette ensemble, mais mieux vaudrait qu'elle reste en dehors de ça. Je n'ai pas envie d'avoir à gérer sa déception en plus de la mienne. C'est loin d'être gagné, entre Harper et moi.

Je trouve mon chemin à travers les rangées de caravanes jusqu'à celle de Harper. Joe est assis sur la marche, en train de manger un sandwich.

— Eh, Joe, comment se passe ton boulot de garde du corps ?

— À merveille. J'ai un appartement à Gramercy Park, à

côté du sien. Je n'ai dû faire fuir que quelques types d'un regard mauvais. Pas d'armes, ni rien de tout ça.

Ma poitrine se comprime. Je déteste l'idée que des hommes bizarres viennent la harceler.

— Je suis bien content qu'elle t'ait.

Il descend de la marche pour me laisser passer.

— C'est vraiment une chic fille. Certaines de ces actrices sont si prétentieuses, tu sais ?

Il regarde à droite et à gauche, puis ajoute :

— Je ne nommerai personne, mais ma dernière cliente était un sacré numéro.

— J'imagine très bien. Je vais juste… commencé-je en montrant la porte.

— Ouais, bien sûr. Elle repart sur le plateau dans un quart d'heure.

Je frappe à la porte.

— Eh, c'est Garrett.

— Entre !

J'ouvre la porte et la découvre assise par terre, vêtue d'un pull blanc au col en V et d'une longue jupe noire plissée. Elle est dans la position du lotus, les mains posées sur les genoux paumes vers le haut.

— Du yoga ? m'étonné-je.

— Il m'arrive de faire du yoga, mais là, je faisais de la méditation en pleine conscience. Ça m'aide à me concentrer et à me préparer à reprendre le boulot.

Elle prend une grande inspiration et la relâche, puis se lève avec grâce. Elle sent les fleurs. Le jasmin, peut-être ? Une de mes ex adorait les huiles essentielles et expérimentait avec un tas de parfums différents pour créer des cosmétiques arti-sanaux. Elle lève les yeux vers moi, une expression désabusée sur le visage.

— Josie m'a appris que tu étais l'un d'entre nous, mainte-nant. Carte SAG en main et prêt à conquérir le monde.

— Josie exagère. Tu sais qu'elle a tendance à s'enthou-siasmer pour un rien, hein ? Elle est comme un chiot qui sautille sur place.

Elle incline la tête et se dirige vers son mini-frigo pour prendre une bouteille d'eau. Elle me la tend.

— Merci, dis-je en la prenant.

Elle en prend une autre pour elle-même et me fait signe de m'asseoir sur le canapé. Je m'exécute et pose mon casque au sol. Elle me rejoint, coinçant une jambe sous elle et se tournant face à moi.

— Sean m'a donné les chevilles d'étagères que tu avais envoyées, et j'ai réparé l'autre étagère moi-même. Je me suis sentie très bricoleuse. Merci de t'en être souvenu.

Je réprime un sourire à l'idée qu'elle se sente bricoleuse après avoir enfoncé des chevilles dans des trous déjà percés.

— Aucun problème.

Elle jette un coup d'œil à mon casque.

— Laisse-moi deviner, tu conduis une Harley.

— Ouais. J'étais si impatient de partager la nouvelle que j'ai oublié d'accrocher mon casque à l'arrière. Pourquoi, j'ai l'air d'en conduire une ?

— Un type baraqué comme toi ? Euh, ouais.

Je souris.

— Mon frère me l'a donnée quand il a décidé qu'il avait besoin d'une voiture pour son enfant. Il a une Mazda noire équipée d'un excellent système stéréo. Totalement gaspillé par des chansons pour enfants.

Elle pince les lèvres, une expression amusée sur son beau visage.

— Une moto et une voiture de sport. C'est un peu cliché.

— Tu conduis quoi, toi ?

— Quand je suis à Los Angeles, je conduis une Prius.

— Les voitures électriques sont cool.

— C'est un peu un cliché d'acteur de LA, avoue-t-elle avec un regard penaud.

— Ah ! Tu dénigres ma Harley en sous-entendant qu'elle est clichée, en disant ça. Tu oublies que je parle couramment le langage des femmes.

Elle lève les yeux au ciel.

— À cause de ta longue liste de petites amies, je suppose.

Je sirote mon eau, réfléchissant à ma réponse. Je sais qu'il ne vaut mieux pas parler de son ex à une femme qui m'intéresse.

— Je suis un monogame en série, j'ai donc l'occasion d'apprendre à connaître les femmes assez bien pour comprendre leur langage.

Maintenant, je parle comme un woke au lieu d'un séducteur.

— Et je ne suis jamais infidèle, ajouté-je.

Contrairement à ton ex.

Elle remue sur son siège, mal à l'aise.

— Eh bien, euh… Alors, tu as aimé être acteur ?

Je n'arrive pas à déterminer si elle est heureuse pour moi ou pas. Le ton de sa voix et son expression sont devenus impassibles. La dernière chose dont j'ai envie, c'est qu'elle croie que je me suis servi d'elle pour entrer dans ce métier.

— Ce n'est pas comme si c'était une carrière, pour moi. J'ai juste tourné dans une pub. Avec une seule réplique.

— Tu n'as pas répondu à ma question.

— C'était marrant, admets-je.

C'était l'éclate, et je suis impatient de recommencer. Je garde ça pour moi, la culpabilité tempérant ma joie. Je n'ai pas envie qu'elle le prenne mal, et une partie de moi a le sentiment que je ne devrais pas apprécier quelque chose qui risquerait de m'éloigner de l'entreprise familiale.

— Oui, ça peut être marrant, admet-elle en souriant. Quand j'ai découvert le théâtre quand j'étais enfant, j'ai eu l'impression de trouver une maison. Un endroit où je pouvais enfin m'exprimer.

— En jouant le rôle de quelqu'un d'autre ?

Elle se penche, les yeux brillants.

— On amène toujours une partie de soi, dans un rôle. Et parfois, ce sont les parties les plus affreuses, qu'on ne peut pas montrer au monde. C'est cathartique, de faire sortir tout ça.

— Je doute vraiment qu'il y ait quoi que ce soit d'affreux chez toi.

Elle dissimule un sourire derrière son eau en bouteille et en boit une gorgée.

— Merci. Mais tu vois ce que je veux dire ? Tout le monde a un côté sombre qu'il n'exprime pas. Les humains sont compliqués et capables de posséder tout un spectre de personnalité, de la plus pure bonté à la pire des malveillances.

— Pas moi, affirmé-je en secouant la tête. Je ne suis pas aussi compliqué. Et je suis clairement un type bien.

Elle se détend et se laisse aller en arrière sur le canapé.

— Ce n'est peut-être pas grave que tu aies cette impression. Parfois, il suffit d'avoir le physique qu'il faut pour voir sa carrière décoller. C'est bien plus difficile pour une femme de percer à Hollywood.

Je ricane.

— Je ne suis pas à Hollywood. C'était juste une pub. Même si je dois admettre que je suis enthousiasmé par la paie. Je fais un casting pour une autre pub la semaine prochaine. Je n'aurais jamais cru pouvoir me permettre d'acheter une maison aussi tôt. C'est ahurissant tout l'argent qu'on peut se faire avec un truc aussi fun.

— Il y a aussi ça, admet-elle en inclinant la tête.

— C'était marrant de faire semblant de me raser, de mettre du faux après-rasage, tout ça pendant que ces gens bossaient autour de moi. Je veux dire, toute la scène était drôle et surréaliste.

Elle joue avec l'étiquette de sa bouteille d'eau, et murmure :

— Je suis contente que tu sois satisfait de l'opportunité qui t'a été offerte.

Les mots qu'elle ne dit pas planent entre nous : *grâce à moi*. Je dois m'assurer qu'elle sache bien mon point de vue sur le sujet.

Je me renfonce dans le canapé et tourne la tête vers elle.

— Côtelette d'agneau.

Elle lève les yeux vers moi, un petit sourire jouant sur ses lèvres.

— Oui ?

— Je ne vois pas ça comme une carrière. C'est juste un boulot à côté. Je ne vois un coach en comédie que pour éviter d'être ridicule à une audition. Pour cette pub, je n'avais qu'une réplique à prononcer, mais si ça devient plus compliqué, comme, qui sait, « donnez à votre chien les croquettes qui lui feront faire de belles crottes », eh bien, je dois être préparé.

Elle éclate de rire. Je me détends et souris.

— J'aimerais te remercier pour le rôle que tu as joué dans l'apparition de cette opportunité. Je savais que c'est en faisant semblant d'être ton petit ami au gala que j'ai été repéré par mon agent.

Elle arrête de sourire.

— Ton agent, marmonne-t-elle. Bien sûr.

Je sens presque ses défenses se lever.

— Je n'avais jamais envisagé ça, et je n'en avais même jamais eu envie, mais c'est là, et ça me paraîtrait stupide de laisser passer un boulot aussi lucratif. Tu sais combien je gagne, dans le bâtiment ?

Elle secoue la tête.

— Je n'ai pas besoin de savoir, répond-elle en levant le menton. On est quittes, hein ? Je me suis servie de toi pour préserver mes relations publiques au gala, et tu as eu le pied mis à l'étrier. C'est donnant-donnant.

Je lui prends la main et elle baisse les yeux dessus, mais ne se dégage pas.

— Maintenant, on est tous les deux dans une meilleure situation. On n'a pas besoin de feindre quoi que ce soit pour t'aider à sauver la face, et je n'attends rien de toi à part toi.

Elle croise mon regard, l'air méfiante.

— Qu'est-ce que tu entends par là, au juste ?

— Je me fiche d'être vu avec toi en public. On ne fera ça que si tu en as envie. Je veux aussi ton intimité.

Elle sourit un peu.

— Cette phrase paraît un peu coquine.

Pour une fois, je n'essayais pas de faire des sous-entendus pour flirter.

— Harper, je ne cherche pas à trier un coup. Je pourrais faire ça n'importe où.

— Tu m'étonnes.

Je prends sa mâchoire dans ma main et plonge mon regard dans le sien.

— Je te vois samedi pour dîner chez toi. Tu veux qu'on fasse autre chose ?

Elle cligne plusieurs fois des paupières, l'air d'un lapin pris dans les phares d'une voiture. J'attends qu'elle se soit reprise, caressant son cou avec mon pouce. Sa peau est si douce.

Elle déglutit.

— Ma publiciste peut nous obtenir des tickets pour *Wicked*. C'est ma comédie musicale préférée.

— Je suis partant.

— Garrett ?

Je replace une mèche de cheveux derrière son oreille et me penche pour lui murmurer :

— Oui, côtelette d'agneau ?

— Je ne suis pas sûre d'être prête pour une relation, avoue-t-elle d'une voix douce et vulnérable.

Je l'embrasse sur la joue, si content qu'elle me dise ce qui se passe dans sa tête au lieu de dresser des murs.

— Un rendez-vous à la fois. C'est tout. Le premier, ce sera samedi soir.

Je prends mon casque et me lève. Elle le regarde, coincé sous mon bras.

— Tu comptes aller au théâtre en Harley pour voir *Wicked* ?

— Ça dépend à quelle distance ton appartement est du théâtre. Tu veux faire un tour dessus ? On pourrait quitter la ville un autre jour pour une petite virée à deux.

— Je te vois, avec ton langage charmeur sournois, dit-elle en agitant un doigt devant moi.

Je fronce les sourcils, feignant d'être confus. J'adore la taquiner avec des sous-entendus sexy.

Elle pince les lèvres, une lueur amusée dansant dans ses yeux.

— Tu es doué. Ta fausse confusion était très convaincante, mais tu es avec une actrice professionnelle, ici, remarque-t-elle en dessinant un cercle autour d'elle. Je décrypte tous tes tics.

Je m'incline.

— Dans ce cas, je vais laisser l'experte travailler. La reine de Summerdale, mon point d'eau préféré, dis-je en agitant les sourcils.

— Tu es un animal ! lâche-t-elle en soupirant.

Je fais un clin d'œil et sors. Elle est si drôle.

12

____

Harper

Je fais les cent pas dans mon appartement, envisage de déboucher le vin en avance, avant de rejeter cette idée. On est samedi soir – mon rencard numéro un avec Garrett – et il est en chemin. Pourquoi a-t-il numéroté les rencards ? Combien s'attend-il à ce qu'il y en ait ? Que se passera-t-il quand on atteindra un certain nombre ? Débloquerai-je un nouveau niveau d'intimité ? Je n'ai jamais connu d'homme aussi franc sur ce qui se passait entre nous. La plupart ne prononcent même pas le mot « couple », sans parler de l'évoquer avant le premier rencard. Il est presque trop beau pour être vrai. Il va me faire la cuisine et on va aller voir *Wicked* à Broadway. Combien d'hommes seraient prêts à faire tout ça ? Je retourne dans ma chambre et me regarde à nouveau dans le miroir sur pied. Cette tenue est-elle exagérée ? En général, je mets une tenue habillée pour aller au théâtre, et je dois toujours être maquillée et sur mon trente-et-un quand je sors en public, mais est-ce que ça enverra le mauvais message à Garrett ? Ai-je l'air trop empressée ? Je porte une chemise noire transparente et une jupe ample noire et or. Ça me donne un look un peu rétro. J'ai opté pour la simplicité au niveau des accessoires – créoles en or et hauts talons en cuir noir verni. Une touche de mon parfum préféré au jasmin. Mes cheveux sont noués en chignon lâche. C'est sobre, avec une touche sexy. J'ai envie d'y aller lentement avec Garrett, parce que, eh bien, une partie de moi espère que ce soit le début de quelque chose de spécial. Je dois être certaine au plus profond de moi qu'il vaut la peine de risquer mon cœur vulnérable. Je n'ai jamais été aussi forte que je le voulais. Autrefois, je pleurais pour un rien et je pensais être un échec. Il s'avère que c'est bien utile, dans ma profession, parce que je peux pleurer sur commande. Mes émotions sont intenses, ma sensibilité élevée, d'où mon système de défense. Je me rappelle d'être prudente. Il est dans le métier aussi, maintenant, ce qui veut dire qu'il peut encore vouloir un coup de pouce pour grimper le prochain barreau de l'échelle. J'espère qu'il n'est pas du genre à se servir de moi comme ça, mais c'est arrivé trop souvent pour que j'écarte complètement cette possibilité. J'essaie d'être heureuse pour lui, parce qu'il est tellement emballé. Apparemment, il fait surtout ça pour s'acheter une maison. C'est super, et beaucoup de gens aspirent à ça. Il n'y a rien de mal à ça.

Une petite partie de moi ne peut s'empêcher d'être jalouse de la facilité avec laquelle il s'est lancé. Grâce à son physique, toutes les portes se sont ouvertes pour lui. J'ai dû endurer des auditions et des rejets incessants. *Des centaines,* avant d'obtenir un rôle. Quand j'avais quatorze ans, j'ai passé un an à faire le trajet aller-retour jusqu'à Manhattan pour me rendre aux auditions. Une fille de quatorze ans, prenant le train et se repérant en pleine ville pour trouver les lieux des auditions ! Quand j'y repense, je me dis que ma grand-mère s'est montrée plutôt laxiste. Elle s'est sûrement dit que les trajets éreintants en transports en commun et les rejets étoufferaient rapidement mes aspirations. J'ai eu de la chance d'obtenir un rôle au bout d'un an. Lui, il est arrivé et a obtenu un rôle dans une pub le jour même.

La vie est injuste. Plus tôt on le comprend, mieux c'est.

Merci, Général Joan ! La voix de ma grand-mère ne quitte jamais ma tête. Elle a eu une influence si forte sur moi qu'elle a laissé une marque indélébile. Je devrais lui rendre visite.

Elle a quatre-vingt-sept ans, maintenant, et je ne sais pas combien de temps il me reste à passer avec elle. Même si elle est toujours aussi forte et féroce que jamais. J'ai vingt-huit ans. Plutôt que de laisser ma mère me faire adopter, elle s'est chargée de m'éduquer à cinquante-neuf ans, un âge où la plupart des femmes n'élèvent plus de bébés. On est une famille, c'est comme ça, comme elle dit.

Je me penche vers le miroir pour examiner mon mascara. Tout est parfait. Je retourne dans le salon et m'assois dans le coin de mon canapé vert pâle confortable. Tout a des tons pastel, dans mon appartement. Le salon est dédié au confort – un canapé, deux fauteuils moelleux assortis, beaucoup de coussins que j'ai tricotés moi-même et un tapis doux aux motifs géométriques. C'est mon refuge, où je peux me blottir.

Je regarde mon téléphone. Il m'a peut-être envoyé un message pour me prévenir qu'il serait en retard, ou qu'il ne pouvait pas venir, finalement. J'ai déjà entendu toutes les excuses possibles, de la part de types ayant trouvé une meilleure invitation le soir de notre rencard. Pas de message. Un élan de nervosité m'envahit. Un point pour moi. Il ne s'est pas rétracté. *Seigneur, j'ai placé la barre si bas que c'en est pitoyable.*

J'ouvre *La fripouille et la Gouvernante*, d'Alice Segal sur mon téléphone. Rien ne me détend mieux que de me perdre dans les badinages amusants de cette époque lointaine. Oh ! Je devrais aller chercher mon livre papier pour le donner à Garrett. Il m'a dit qu'il demanderait à Alice de me le dédicacer. Et s'il m'invitait au palais, où elle vit ? J'ai le sentiment qu'on pourrait être très amies, Alice et moi. Ou la version d'elle que je connais à travers ses histoires, en tout cas. C'est ridicule, je sais. Elle ne ressemble pas plus à ses personnages que je ne ressemble à ceux que je joue. Même si j'ai entendu dire que la fripouille était inspirée de son mari dans la vraie vie, le prince Lucas Rourke. (J'aurais dû faire le lien entre Lucas, Alice et Garrett plus tôt. Les Rourke royaux sont les cousins de Garrett, bien sûr). À une époque, Lucas était le célibataire royal le plus convoité du monde, et il correspondait tout à fait à sa description de la fripouille. Maintenant, il est follement épris d'elle. (c'est l'une des manières dont son héroïne aime le décrire).

Je sors le livre de ma bibliothèque et le serre contre ma poitrine. Je devrais faire dédicacer tous ses livres. Je les rassemble et les mets dans un sac en toile pour Garrett.

L'interphone buzze et mon cœur accélère. *Calme-toi.* C'est un type sympa. Mon cerveau le sait ; je dois juste convaincre mon cœur. Josie chante ses louanges tout le temps. Elle m'a même confié que sa mère le surnommait ours en peluche. J'étais un peu embarrassée pour lui qu'elle m'ait partagé cette information, mais je peux comprendre. C'est un gros ours en peluche musclé.

J'appuie sur le bouton de l'interphone.

— Oui ?

— Votre rencard est là, annonce Joe.

Mon nouveau garde du corps, insiste pour que tous mes visiteurs passent par lui, pour que personne ne puisse se faufiler jusqu'à moi grâce à une fausse identité.

— Le mec sexy, ajoute Garrett.

Je ris et ouvre la porte.

— Salut, entre.

Il porte un sac isotherme sur une épaule et un sachet en papier brun sous l'autre bras.

— J'avais un peu de temps, alors j'ai préparé le dîner en avance.

— Oh, cool.

Je le dirige vers la cuisine et il dépose tout sur le comptoir.

— J'ai préparé des enchiladas, parce que c'est plus facile à transporter.

Un coin de ses lèvres s'étire et il ajoute :

— Pour tout dire, je n'avais pas envie de faire la cuisine ici et de tacher mon costume avant d'aller au théâtre.

— C'est un très beau costume.

Il est noir, avec une chemise blanche ouverte et sans cravate. C'est la chemise ouverte qui attire mon attention, parce qu'elle expose son torse viril et bronzé.

Je meurs d'envie d'en voir plus. Josie m'a dit qu'il était torse nu, dans sa publicité, et qu'il est sublime. C'est si injuste, que le reste du monde puisse voir ça et pas moi.

— Merci. Tu es magnifique.

Je prends une grande inspiration et détourne les yeux.

— Du vin ?

— La réponse adéquate était « merci ».

— Je ne suis pas douée avec les compliments, avoué-je en agitant une main en l'air. Merci d'avoir dit ça.

— Je le pense vraiment.

Je me mords la lèvre inférieure, des papillons rebondissant partout en moi. De l'excitation ? De la nervosité ? Du désir ? Je suis dans tous mes états.

— Je vais chercher le vin.

Il sourit. Il a la quantité parfaite de barbe sur le menton, c'est si sexy.

— J'ai amené de la bière. Ça te dérange si je la mets dans ton frigo ?

— Pas du tout.

Il y dépose le pack de six. Compte-t-il boire tout ça, ou va-t-il revenir pour le rencard numéro deux, trois et… Une sueur froide m'envahit. Pourquoi un pack de six bières me fait-il l'effet d'un engagement ? Et pourquoi suis-je aussi terrifiée ? Ce n'est pas comme si je n'étais jamais sortie avec personne, ou n'avais jamais été amoureuse. C'est juste que j'ai connu tant de mauvaises expériences que j'ai du mal à retenter le coup. *C'est tout à fait normal,* me rassuré-je. Seulement trois semaines ont passé depuis que j'ai découvert que Colton m'avait trompée. Je suis prudente, c'est tout.

Garrett boit une gorgée de bière, m'étudiant par-dessus le goulot de la bouteille.

— Tu as besoin d'aide pour déboucher le vin ?

— Pardon, j'étais distraite. Je peux me débrouiller.

Je vais vers le tiroir de la cuisine, où je range mon tire-bouchon, mais il le bloque en partie avec son corps.

— Tu peux te déplacer un peu pour que je puisse ouvrir le tiroir ?

— Il y a une taxe.

Je lève des yeux méfiants vers lui.

— Quel genre de taxe ?

— Tu dois croiser mon regard pendant plus de trois secondes, pour que je n'aie pas la sensation de te terrifier.

Je m'oblige à garder les yeux rivés aux siens, puisant dans ma personnalité dure à cuire.

— Tu ne me terrifies pas. Ne sois pas ridicule.

— Je ne te ferais jamais de mal.

— Je sais. Décale-toi, s'il te plaît.

Il me pince le menton.

— De quelque manière que ce soit, d'accord ? Tu peux te détendre.

Les battements de mon cœur redoublent dans ma poitrine.

— Je suis très détendue.

— OK, côtelette d'agneau, répond-il en laissant retomber sa main et en s'écartant du passage. Dis ça à ton pouls qui bat comme un lapin piégé à ton cou.

— Ah ah, lâché-je en prenant le tire-bouchon. D'abord je suis un agneau, et maintenant un lapin. Quelqu'un est très carnivore.

Je récupère le vin au frigo et le débouche d'un geste efficace.

— Un lapin terrifié pourrait-il faire ça ?

Il pince les lèvres, une lueur amusée dansant dans ses yeux.

— J'en doute. Il n'a pas de pouces opposables.

Je suis tentée de boire directement à la bouteille. Maintenant qu'il a remarqué ma nervosité, elle n'a fait qu'empirer.

— Va t'asseoir à la table de la salle à manger. Je vais servir le dîner.

J'indique la table de bois clair dans la pièce à vivre. Il affiche un sourire narquois, puis s'y rend. La façon dont il parvient à voir au-delà de mes talents d'actrice est un peu déconcertante. La plupart des hommes en sont incapables. Hum… Avec lui, mon cri d'orgasme simulé ne fonctionnera pas. *Oh, là, on se calme.* Je récupère un verre de vin et le remplis presque à ras bord par accident. Je lui tourne le dos et en bois une bonne gorgée. Il n'a pas besoin de savoir la quantité que j'ai versée. Et bue.

— Ton appartement est exactement comme je l'imaginais, dit-il.

— Vraiment ?

— Ouais. Doux et féminin. Tu as déjà vécu avec un homme ?

— Une fois. Ses affaires juraient avec les miennes. Et elles étaient hideuses. Il a ramené un fauteuil inclinable en cuir noir et une table basse en verre carrée.

Je pose mon verre de vin sur la table en face de lui, prends nos assiettes et retourne dans la cuisine. Un demi-mur sépare la cuisine de la pièce à vivre, je le vois donc étudier mon appartement.

— Si tu viens chez moi un jour, j'ai un canapé très semblable au tien, remarque-t-il. Mis à part que les coussins étaient vendus avec et qu'ils sont beiges. Tu as fait ceux-là toi-même ?

— Oui.

Je jette un coup d'œil aux coussins tricotés bleus, blancs et jaunes à motifs gaéliques assortis. J'expérimentais, mais j'aime le résultat.

— J'ai commencé le tricot sur le tournage de ma première série, en prenant pour exemple l'actrice qui jouait ma mère. Elle disait que ça évite de passer ses journées devant le buffet. On nous sert toujours des goûters et des plats préparés. Ça m'a évité de me goinfrer de M&M's tous les jours.

— Il y a pire, comme vice.

— C'est vrai.

J'en ai déjà été témoin. Quand on prend de la drogue, on finit toujours pas s'écraser en flammes. Beaucoup d'actrices fument aussi, en partie pour se retenir de manger, en partie de nervosité. Je tricote et je lis. Je suppose que je suis un peu pantouflarde.

Je retire le couvercle des enchiladas et place la main au-dessus.

— Ils sont encore chauds. Et ils ont l'air si bons.

Il a même saupoudré des échalotes dessus. Je lui sers une grosse portion, me doutant qu'il doit beaucoup manger, étant aussi costaud, et je prends une part plus petite pour moi-même.

Je reviens à la table avec les assiettes et m'assois, plaçant ma serviette sur mes genoux.

— Je ferais mieux de faire attention à ne pas en renverser sur moi.

— Moi aussi.

Il se lève et retire sa veste, le mouvement de ses bras musclés attirant mon attention tandis qu'il pose la veste sur le dossier de sa chaise. Puis il s'assoit et rentre sa serviette dans le col de sa chemise.

— Pourquoi tu ne manges pas, côtelette d'agneau ? demande-t-il avec un sourire.

Grillée. Il sait que j'étais en train de le reluquer. *Je ferais mieux d'être plus subtile.*

— Je me montrais polie en t'attendant.

Il me fait un clin d'œil.

— C'est gentil.

Puis il coupe ses enchiladas et en prend une bouchée. Je fais pareil. La combinaison de saveurs fond sur ma langue, un délice épicé avec du fromage fondu.

— C'est incroyable !

— Merci. Je sais suivre une recette.

— Qu'est-ce que tu sais faire d'autre ?

— Tout ce que tu désires, répond-il en me regardant dans les yeux.

Sa voix rocailleuse se frotte contre mes entrailles.

Je rougis et mon pouls cogne dans mes veines. J'ouvre la bouche, puis la referme.

Il sourit d'un air narquois et recommence à manger. Cet homme sait parfaitement l'effet qu'il me fait.

Pourtant, pour une raison que j'ignore, je n'arrive pas à riposter. Ça risquerait de dérailler. Je finirais par attraper sa chemise pour le traîner en travers de la table et obtenir tout ce que je veux de lui. Je ne suis pas douée pour me contrôler, une fois que ça devient physique. Le sexe et mes émotions se brouillent dans ma tête et je deviens incapable de considérer la situation avec une once d'objectivité. C'est sûrement pour ça que j'ai si souvent été trahie alors que je ne m'y attendais pas du tout. J'ai envie de voir le meilleur chez un homme, mais ils finissent toujours par me décevoir.

— Portons un toast, propose-t-il en levant sa bière vers moi.

Je lève mon verre de vin, que j'ai complètement oublié de boire.

— D'accord.

— À notre premier rencard. Qu'il soit moins embarrassant que les autres premières fois.

Je plisse les yeux à ce sous-entendu, et il sourit. Je fais tinter mon verre contre le sien.

— Je suis d'accord pour que ce soit moins embarrassant.

— Tant mieux.

Il boit une gorgée de bière, repose sa bouteille et retire la serviette de sa chemise.

— Alors débarrassons-nous de tout ça.

— Quoi ?

Il écarte nos assiettes et recourbe un doigt vers moi.

— Le baiser de bonne nuit. Comme ça, il n'y aura aucune tension inconfortable à la fin de la soirée.

Je le dévisage, complètement prise de court. Qui fait ça ? Qui fait ne serait-ce que l'envisager ?

— Tu préfères que je vienne vers toi ? demande-t-il.

Il suppose que je suis d'accord pour qu'on s'embrasse. La question est juste de savoir comment.

— Harper, notre assiette est en train de refroidir, remarque-t-il en recourbant à nouveau le doigt. Et on ne doit pas rater le spectacle.

Soudain, j'éprouve le besoin urgent de me pencher vers lui. Il referme la main sur ma mâchoire et dépose un léger baiser sur mes lèvres. Un élan de sensations me submerge comme un verre de whisky, puissant et brûlant dès la première gorgée, me réchauffant jusqu'aux doigts de pied.

Il s'écarte, les yeux rivés aux miens.

— Tu vas bien ?

— Oui, dis-je doucement.

Il replace mon assiette devant moi.

— On n'a plus à craindre le moindre moment embarrassant, maintenant. Dis-moi comment s'est passé le tournage d'aujourd'hui.

Je tourne vivement les yeux vers lui. Il semble si décontracté et à l'aise. N'a-t-il pas senti cette alchimie entre nous ? Il me fait signe de me lancer, les yeux brûlants. Il l'a senti. Je laisse échapper un petit soupir heureux. Vous savez quoi ? Il a raison. Mieux vaut se débarrasser de notre gêne tout de suite. Alors je lui raconte ma journée de tournage, et explique que le comédien censé chauffer la foule s'est fait porter pâle à la dernière minute. Josie a donc dû aller les divertir rien qu'en discutant avec eux. Je ne pourrais jamais faire ça, mais elle a beaucoup d'expérience en improvisation et fait même du stand-up sur son temps de loisir. *Je frissonne rien que d'y penser.*

Le reste du repas se passe de manière si détendue que je suis surprise quand il me demande si j'ai envie qu'on fasse une balade avant le spectacle ou qu'on traîne ici.

Il pose sa serviette sur al table et se lève.

— On a encore un peu de temps, vu que j'ai préparé le repas en avance.

Il a l'air si détendu. Trop. Ça me donne l'impression qu'il a fait la cuisine en avance pour qu'on ait plus de temps tous les deux. Il est malin, et trouve toujours des moyens de se rapprocher de moi. Et est-ce vraiment une si mauvaise chose ? Il semble sincère.

Ses lèvres s'étirent, une expression perplexe sur son beau visage.

— Tu réfléchis vraiment beaucoup.

— Mieux vaut sûrement qu'on reste ici. Joe devrait nous suivre partout, si on sortait, dis-je avec un geste vers la porte.

— OK.

Il reste planté là, les mains dans les poches, à me regarder.

— Je vais faire la vaisselle, puisque tu as fait la cuisine. Je te rejoins sur le canapé.

— Je vais t'aider.

C'est bizarre, qu'un homme se porte volontaire pour donner un coup de main. Je suis sûrement trop habituée aux hommes pourris gâtés qui ont du personnel pour s'occuper de ce genre de trivialités. Garrrett remonte ses manches, puis rassemble nos assiettes. Ses avant-bras sont bronzés et couverts de muscles. Je meurs d'envie de caresser le contour de ses muscles à cet endroit, et à tant d'autres. Je le rejoins devant l'évier, où il rince les couverts avant de les mettre dans le lave-vaisselle. Il me laisse à peine l'occasion de faire quoi que ce soit, mis à part ranger nos verres. On termine en un rien de temps. Il y a encore des restes, je referme donc le couvercle du récipient en verre et le mets au frigo.

— Ça te dérange si je laisse le plat et la bière ici ? demande-t-il.

— Pas du tout. Ce n'est pas comme si tu pouvais les emmener au théâtre. Je te les rendrai par l'intermédiaire de Josie.

— Ou bien je pourrai venir les chercher.

— Bien sûr. Comme tu préfères.

Ma voix a pris un ton haut perché. J'ai l'impression de m'être déjà engagée pour le rencard numéro deux chez moi. Je ne sais pas combien de temps je pourrai résister à la tentation.

Il sourit, le regard doux.

— Pour une fois, je n'ai ajouté aucun double sens charmeur. C'est juste un plat, un sac et cinq bières. Tu peux les garder, ou je peux revenir les chercher plus tard. C'est juste des objets, hein ?

Je le dévisage.

— Comment tu fais ça ? Comment tu devines à quoi je pense ?

— Tu es quelqu'un de sensible, hein ?

Je referme vivement la bouche. C'est un énorme défaut, que j'ai travaillé toute ma vie pour cacher.

Il m'étreint le bras.

— Je sais que tu l'es. Ça se voit dans tes yeux. Ça transparaît dans *Living Gold*. Je le suis aussi. Je peux donc lire en toi tout autant que tu peux lire en moi. Si tu essayais, en tout cas. Je sens bien que tu ne fais pas vraiment d'efforts pour ça, ou tu ne te serais jamais comportée comme un lapin effrayé, tout à l'heure.

— Je n'étais *pas* un lapin effrayé, protesté-je entre mes dents.

Il se penche vers mon oreille et j'attends la répartie murmurée qui va sûrement me surprendre, mais au lieu de ça, ses lèvres effleurent mon cou. Mes genoux vacillent. Il croise mon regard et caresse ma lèvre inférieure du pouce.

— C'est vrai. Tu es ma côtelette d'agneau.

Je suis sans voix. Il me prend la main et me guide vers le canapé. Je le suis aveuglément, l'impatience me submergeant. Je suis peut-être sa côtelette d'agneau.

Je m'arrête, la nervosité prenant le dessus. Je ferais mieux de gagner du temps, de raccourcir la possibilité pour qu'on passe de s'embrasser à se déshabiller.

— J'ai besoin d'aller me rafraîchir un peu.

— Bien sûr.

Il s'assoit sur le canapé, se laisse aller contre le dossier et sort son téléphone. Je pousse un soupir et rejoins la salle de bain. Au bout de quelques minutes, je ressors avec l'haleine sentant la menthe, mon maquillage réappliqué avec soin et une détermination nouvelle. Je vais prendre le contrôle de cette soirée. Je ne resterai pas assise là comme une boule de nerfs, à tenter de me réfréner. J'attends de lui quelque chose de très spécifique. Je retourne dans le salon et m'arrête en face du canapé, laissant la table basse entre nous.

— Il nous reste encore un peu de temps.

— Oui.

Je carre les épaules et lâche :

— J'aimerais te voir torse nu.

13

———

Harper

Il m'adresse un sourire, qu'il dissimule bien vite.

— Et pourquoi ça ?

— Parce que tous les autres vont avoir l'occasion de te voir torse nu dans cette pub, dis-je avec un geste vers lui. Ça ne me paraît être que justice.

Il se lève et réduit la distance, les yeux rivés aux miens.

— Je ne sais pas, Harper, répond-il d'une voix traînante.

— C'est à toi de voir, bien sûr. Aucune pression.

Waouh. J'ai l'impression d'être l'homme de cette relation, à orchestrer ainsi notre rapprochement physique.

Il s'arrête tout juste hors de portée et je regarde la peau bronzée exposée en haut de sa chemise. Il a laissé les deux boutons du haut déboutonnés. Je suis si tentée de finir de l'ouvrir moi-même, mais j'ai envie qu'il se sente à l'aise avec ça. *Évidemment qu'il est à l'aise avec ça ! Il a retiré sa chemise devant de parfaits étrangers !*

Il attend que je croise son regard avant de dire d'une voix aguicheuse :

— Ça me paraît un peu rapide pour un premier rencard.

Il déboutonne le troisième bouton, m'offrant un aperçu de ses pectoraux.

— Je ne suis pas sûr que ça me plaise.

Nouveau bouton.

Je réduis la distance, fascinée. J'ai déjà vu des torses musclés, mais jamais à ce point. Il ressemble à un guerrier – larges épaules et torse massif. Je l'imagine sans mal manier une épée.

— Continue, murmuré-je.

— Le spectacle te plaît ? demande-t-il d'une voix rauque tout en ôtant un nouveau bouton.

Ses abdos ondulants apparaissent devant mes yeux avides.

— Encore, dis-je.

— Je vais être à court de boutons.

Il retire le dernier et la chemise s'ouvre en grand, mais elle est encore rentrée dans son pantalon, qui obstrue ma vue.

Je retire la chemise de son pantalon et en écarte les pans. *Waouh. Juste… waouh.* Tout son torse n'est composé que de sillons de muscles successifs. Ses abdos mènent à un V profond qui disparaît sous la ceinture de son pantalon. Je suis tiraillée entre l'envie de lui demander de retirer son pantalon et celle d'explorer ce qu'il m'offre déjà.

Il prend ma mâchoire en coupe et me fait lever les yeux vers les siens.

— Et après ?

— J'ai envie de te toucher, mais je ne veux pas que tu bouges.

— Vas-y.

Je retire sa chemise, mes doigts effleurant sa peau chaude. Je plie la chemise en deux avec soin et la laisse tomber sur la table basse, avant de reporter mon attention sur lui. Il est tout à moi, maintenant. Je pose les paumes sur son torse et explore, appréciant la texture de ses muscles durs. Il se met à respirer plus fort et je deviens plus audacieuse, laissant mes doigts planer au-dessus de ses tétons plats, glisser le long de ses flancs et retracer le V profond que je meurs d'envie de suivre jusqu'en bas. Je jette un coup d'œil à la bosse dans son pantalon, puis relève les yeux vers lui.

— Tu es aussi sublime que l'avait dit Josie, admets-je tout

en laissant remonter mes mains jusqu'à ses épaules massives.

Il ferme les yeux, une expression tendue sur le visage.

— Ne parle pas de Josie, s'il te plaît. Elle est comme une sœur, pour moi. Ça m'embrouille la tête.

J'enroule un bras autour de lui, appréciant les étendues de muscles durs sur son dos.

— Désolée. Tu ressembles à un guerrier, fort et robuste. Je t'imagine sans mal combattre un dragon.

— Je suis prêt à combattre un dragon pour toi, Harper, répond-il, les yeux rivés aux miens.

Des frissons me parcourent, une part primale de moi appréciant l'idée qu'il soit mon protecteur.

— Je te crois.

— Tu sais que c'est une torture, de rester immobile pendant que tu me tripotes. Je vais remettre ma chemise.

— Non, pas encore !

Je passe les bras autour de son cou, pressant tout mon corps contre lui. Il enroule les bras autour de moi, me maintenant contre lui, un bras autour de ma taille et l'autre au niveau de ma nuque. Quand je lève la tête et presse mes lèvres sur les siennes, le geste me paraît aussi naturel que de respirer.

Il grogne et prend les commandes, ses lèvres exigeantes et sa langue plongeant dans ma bouche. Le désir me transperce avec une intensité stupéfiante. Ça n'a rien à voir avec son baiser d'au revoir délicat de tout à l'heure, à la table. Celui-ci est brûlant et avide. Soudain, j'en veux plus, m'efforçant de me rapprocher, voulant fusionner avec lui. Je porte les mains à ses fesses et le presse fermement contre moi. Sa grande main glisse le long de mon dos pour m'étreindre les fesses à son tour et nous maintenir mêlés ensemble. Oh, Seigneur. Le désir est écrasant. Ce baiser sans fin.

Un long moment plus tard, j'écarte ma bouche, la respiration forte.

— Tu as un préservatif ?

— Non, répond-il, les yeux rivés sur ma bouche.

— Pas grave. Je prends la pilule.

— Accorde-moi quelques minutes, répond-il en se détournant.

Je regarde son dos, puis je ne peux m'empêcher de le toucher, de l'embrasser et de le goûter. Ses omoplates sont une œuvre d'art. Un guerrier, c'est certain.

— Harp, il faut qu'on ralentisse, dit-il d'une voix étranglée.

Je me glisse devant lui.

— Je ne crois pas avoir jamais autant eu envie de quelqu'un que j'aie envie de toi.

Il m'attire à lui pour m'étreindre, pressant ma tête contre sa poitrine. Son cœur cogne fort contre mon oreille. Je ne peux pas faire grand-chose à part lui rendre son étreinte. J'ai violemment envie de lui, mais il y a quelque chose de très agréable à être nichée dans ses bras forts. Même si ça ne fait rien pour apaiser le brasier qui fait rage en moi.

— On peut rater le spectacle.

— On va aller au bout de notre rencard, répond-il d'une voix ferme. Je veux être sûr que tu me fais assez confiance pour me donner plus que ton corps.

Je me tortille contre lui, ayant trop envie de lui pour ces discussions rationnelles.

— S'il te plaît ?

Il émet un petit rire.

— Me voir torse nu t'a vraiment fait de l'effet, hein ?

— Oui.

— Retire ta culotte.

J'obéis aussitôt, déjà trempée de désir.

Il me retourne de manière à plaquer mon dos contre lui, puis remonte lentement ma robe sur mes hanches. Ses lèvres se pressent contre mon cou, déposant des baisers brûlants le long de ma gorge. J'incline la tête pour lui offrir un meilleur accès. Ses dents frottent contre moi tandis que ses doigts glissent vers l'intérieur de ma cuisse. Tout mon corps se raidit, prêt à sentir ses doigts atteindre le centre de mon plaisir. Son autre main fait pareil, parcourant lentement la face interne de ma cuisse.

— Garrett, tu me tortures.

— Ah, tu sais ce que ça fait, maintenant.

— S'il te plaît, murmuré-je.

— Tu aurais vraiment fait l'impasse sur le préservatif pour moi ? Tu fais ça souvent ?

— Jamais. Mais je n'ai jamais eu autant envie de quelqu'un jusqu'alors.

Il grogne.

— Tu n'as aucune idée à quel point tu m'excites.

Il recommence sa lente torture, ses doigts glissant paresseusement le long de l'intérieur de ma cuisse, déviant de côté pour remonter ma hanche, de haut en bas, se rapprochant de plus en plus sans jamais tout à fait atteindre l'endroit où j'ai le plus besoin de lui.

Je prends sa main et la place fermement où je la veux. Il émet un petit rire.

— Tu n'es pas du genre à y aller lentement, hein ?

Il tourne autour de moi, fait des cercles, m'aguiche et me rend folle. Puis il referme la main sur moi et me maintient dans sa grande main, parfaitement immobile.

Je serre les dents. *J'ai envie de le tuer. Lentement.* C'est ce qu'il est en train de me faire.

Il me tue de frustration.

Je prends son poignet et serre, espérant que cela l'encouragera à entamer un peu de mouvements.

— On n'a plus beaucoup de temps, et ça me prend toujours un moment.

Il prend mon lobe d'oreille entre ses dents.

— Tu es trempée, tu y es déjà presque. Tu vas exploser comme un feu d'artifice, avec moi.

Je soupire, m'apprêtant à rétorquer « si tu te décides à faire quelque chose avant le siècle prochain ! » Sauf que ma respiration se coince dans ma gorge quand il aspire la peau de mon cou dans sa bouche tout en plongeant les doigts entre mes jambes, me caressant selon un rythme qui me fait remuer les hanches à la même cadence. Je ferme les yeux et lâche prise comme je ne l'avais encore jamais fait, mon esprit se vidant complètement et mon corps se ramollissant. La force solide et la chaleur émanant de lui, sa poigne ferme sur mon cou, ses doigts sûrs, tout cela m'aide à me détendre. Je suis aussitôt récompensée par une spirale de plaisir, et tout en moi se crispe.

Il s'écarte de mon cou pour me parler à l'oreille pendant que ses doigts se glissent en moi en mouvements lents et profonds. Un plaisir intense émane de moi tandis que la tension grandit.

— Si belle, si sexy. J'adore te sentir lâcher prise.

— Je suis tout près, hoqueté-je, stupéfaite de la rapidité à laquelle j'en suis arrivée là.

Il retire ses doigts.

— Je sais. La prochaine fois, je serai en toi.

Un élan de désir me submerge, l'envie douloureuse d'être remplie est insoutenable. Je me presse instinctivement contre lui, et son érection massive se plaque contre mes fesses. Il se déplace, ne me laissant pas le chercher.

— Contente-toi de prendre ce que je te donne.

Ses doigts m'effleurent légèrement, et quand je me détends contre lui, il accélère le rythme, me caressant plus fermement.

J'arque la tête en arrière.

— Oh, Seigneur ! Garrett !

— Lâche prise, ordonne-t-il, sa voix grave contenant une note d'autorité.

J'explose, mes hanches se balançant de leur propre gré, l'afflux de sensations me coupant le souffle. Des vagues de plaisir successives me submergent. Je halète pendant qu'il reste avec moi, ses doigts me faisant ressentir toujours plus, jusqu'à ce que je sois vidée. Il plaque fermement la main entre mes jambes et me mordille le cou. Je sursaute, électrifiée et prisonnière de son étreinte. Je ne sais pas s'il compte en faire plus ou me lâcher. Je ne suis pas sûre de pouvoir en supporter plus, mais je crois qu'il parviendrait à faire en sorte que ce soit le cas.

Il retire sa main et je laisse échapper un soupir, m'accrochant à son bras tout en me laissant aller en arrière contre lui. Il garde le silence.

Avec un gros effort, je me redresse et me tourne vers lui.

— Comment tu vas ?

— Très bien, répond-il en rabaissant ma jupe.

Je jette un œil à la bosse dans son pantalon.

— Tu veux que je te donne un coup de main ?

— Une autre fois.

— Pourquoi ?

— Parce que je veux que tu saches que je peux donner sans rien demander en retour.

J'entrouvre les lèvres. C'est comme s'il connaissait à la fois mes peurs et la manière de les surpasser. Je crois que personne n'a jamais réussi à me comprendre aussi bien.

— Tu es un homme bien.

Il me pince le menton et m'embrasse tendrement. Un élan d'affection me traverse, et je passe les bras autour de lui.

Il soutient mon regard, sans cesser de me tenir le menton.

— Je suis content que tu le penses, dit-il d'une voix rauque.

Je l'embrasse à nouveau, lentement, cette fois, encore sous le coup de mon orgasme.

Il rompt le baiser et m'adresse un sourire.

— On devrait se mettre en route. Je t'attends dans le couloir, je vais essayer de me calmer un peu.

— Oh, je connais un meilleur endroit pour ça. On pourrait aller sur le toit. J'ai un accès privé à un petit jardin avec une belle vue.

Je récupère ma culotte et lance.

— Laisse-moi le temps de me rafraîchir un peu.

— Fais attention. Souviens-toi ce qui s'est passé la dernière fois que tu es allée te rafraîchir. Tu m'as attaqué. Qu'est-ce que ce sera ensuite ? demande-t-il, faisant un geste vers ma culotte et fronçant les sourcils. Il y a une limite à ce qu'un homme peut supporter de voir. Je ne suis pas ton strip-teaseur personnel, tu sais.

Je ris.

— Je t'apprécie vraiment, Garrett. Tu es différent de la plupart des types avec qui je suis sortie.

Il sourit.

— Je te renvoie le compliment. Et je suis content qu'on arrête de faire comme si on voulait juste être amis.

Il me retourne et me donne une petite tape sur les fesses. Je pousse un petit cri de surprise.

— Rentre là-dedans, maintenant, avant que je devienne fou de désir.

Je rejoins ma chambre, flottant presque au-dessus du sol.

Garrett

Harper et moi sommes allés sur le toit pour prendre l'air, et j'ai fini par me sentir à nouveau plus à l'aise. Je n'osais plus la toucher ou l'embrasser. Il y a une limite à la tentation qu'on peut endurer. Par chance, il est l'heure de partir. J'ai vraiment envie de voir *Wicked* avec elle, surtout parce que j'ai envie de découvrir ce qu'elle préfère. Je veux tout savoir d'elle. Elle est forte et vulnérable à la fois. J'ai envie de la protéger, de la garder, de l'avoir sous moi.

Ouais, au diable mes résolutions d'y aller lentement. Je sais quels sons elle fait quand elle jouit, sa sensation sous mes doigts, son odeur sexy. Raison pour laquelle je dois m'assurer qu'on ait d'autres rencards. Je n'ai pas envie que tout ça ne soit qu'un éclair brûlant qui ne sera qu'un pétard mouillé. Ça va être dur, parce mes plans de laisser les choses mijoter entre nous s'est envolé. Cette femme ne peut pas me résister.

Nous nous dirigeons vers la porte. Je me penche pour l'ouvrir quand elle m'attrape soudain par ma chemise, me fait baisser la tête et m'embrasse. Mon instinct prend le relais et je la plaque contre la porte, pressant mon corps contre elle tandis que ma bouche s'écrase sur la sienne. Elle émet ce miaulement venu du fond de sa gorge qui me rend dur comme la pierre. Ses doigts sont emmêlés dans mes cheveux, sa jambe s'enroule autour de moi et ses hanches s'arquent, en voulant plus. Je rabaisse sa jambe, sachant ce dont elle a besoin. Je glisse la main entre ses jambes et palpe sa peau humide. J'arrache ma bouche à la sienne.

— Pas de culotte, hoqueté-je.

— J'ai tellement besoin de te sentir en moi, dit-elle d'un ton d'urgence tout en remontant sa jupe sur ses hanches.

Je jette un coup d'œil à ce qu'elle me propose et la fine ligne de maîtrise de soi qu'il me restait craque. Je la soulève et elle s'empresse d'enrouler ses jambes autour de moi. Je nous tourne vers le mur et nos bouches fusionnent tandis que j'ouvre mon pantalon. Ses mains errent partout sur moi, ses baisers sont frénétiques, impatients. Je remonte sa jambe plus haut, l'écartant un peu plus, et presse le doigt sur sa fente. Oh, Seigneur. Je mobilise les dernières bribes de volonté qu'il me reste et romps le baiser pour vérifier que c'est ce qu'elle veut.

— Tu es sûre ?

— Oui ! s'exclame-t-elle en m'attrapant les fesses pour m'attirer tout contre elle. J'ai envie de toi.

Je m'enfonce profondément, et la sensation de son corps étroit qui m'étreint me fait presque terminer avant même qu'on ait commencé. Je prends une inspiration et commence à compter à l'envers, m'efforçant de tenir le coup.

Elle enfonce ses ongles dans mes épaules.

— Ouiii, siffle-t-elle avec un long soupir. Oh mon Dieu. Tu es incroyable.

Je l'embrasse.

— C'est toi qui es incroyable.

— Baise-moi.

Je m'enfonce vite et fort, rendu fou par ses petits gémisse-ments de plaisir. Elle lève les hanches à chaque coup de reins, me prenant plus profondément. Encore et encore, dans un élan de plaisir fiévreux. Son corps se crispe autour de moi, puis elle jouit avec un cri. Je lâche prise, la pilonnant jusqu'à exploser. L'intensité est si vive qu'elle me coupe le souffle et brouille ma vision. *Seigneur.* Je m'écroule contre elle, la respi-ration forte et couvert de sueur.

Un long moment plus tard, elle lève la tête.

— Je crois que je ne pourrai plus jamais prendre mon pied avec un autre homme, maintenant.

J'émets un petit rire et l'embrasse.

— Tant mieux. Parce que je n'ai pas envie que tu ailles avec un autre homme.

— Tu veux une relation exclusive, hein ?

— Totalement.

Elle affiche un sourire rayonnant.

— Je suis contente qu'on l'ait fait. Je n'aurais jamais pu tenir pendant tout un spectacle de Broadway avec l'envie de te sentir en moi.

J'écarte une mèche de cheveux de son visage.

— J'avais envie d'être en toi aussi. C'est encore le cas. C'est fou, hein ?

— Pas du tout.

Je me retire et la repose sur ses pieds. Ses jambes tremblent et elle s'accroche à moi.

— Tous ces exercices de Pilates, et je tremble quand même.

— Tu n'es pas habituée à enrouler les jambes autour d'un fauve comme moi. Je devrais participer à tes exercices de Pilates, dis-je en remontant mon pantalon et en le boutonnant. Étirer les jambes, les resserrer et pousser.

— Une routine d'entraînement sacrément cochonne. Ça pourrait me plaire.

Sa peau brille et ses yeux promettent plus.

— Tu es sûr de toujours vouloir aller au spectacle ? m'interroge-t-elle.

Je ne peux pas lui résister. Je la soulève et la prends dans mes bras. Elle me lèche le pectoral.

— On ira à l'entracte.

Je ne peux pas me tromper en pensant avec ma queue, hein ?

— Ou bien un autre soir, ronronne-t-elle.

Je ne peux rien lui refuser, même si j'avais les meilleures intentions du monde pour ce soir. L'envie de m'unir à elle est si forte. On instaurera de la confiance au lit. On aura tout le temps de parler plus tard.

14

Garrett

— Quand est-ce qu'on fait le rencard numéro deux ? demande-t-elle en remontant le long de mon corps et en s'étirant comme une chatte sur moi.

— Samedi prochain, mon cœur, dis-je en lui caressant le dos. On ira voir *Wicked*.

Elle sourit, les yeux pétillants.

— Tu es diabolique.

— Tu es à moi.

Elle baisse la tête, puis s'écarte vivement de moi.

Je la prends dans mes bras, l'étreignant en cuillère contre moi avant de lui murmurer à l'oreille :

— Je serai bon avec toi.

Elle rit, mal à l'aise.

— Je ne suis pas habituée à tous ces mots doux.

Je laisse échapper un soupir.

— Tu vois, c'est exactement pour ça que je voulais y aller lentement. Si on avait eu un vrai rencard, tu aurais eu le temps de voir que tu pouvais me faire confiance, grâce à mes actions.

— Alors c'est ma faute ?

— Oui.

— Comment ça ? réplique-t-elle, l'air en colère.

Je fourre mon nez contre son cou.

— Tu m'as obligé à me déshabiller, tu m'as peloté, puis tu m'as supplié de te baiser.

Elle tortille ses fesses contre moi.

— C'est vrai que j'ai fait ça, hein ?

— Et j'ai adoré chaque minute. Maintenant, je vais passer la nuit ici. Je vais sûrement dormir un peu en cuillère contre toi, te baiser beaucoup, et demain, on fera quelque chose de plus en accord avec un rencard. Samedi prochain comptera donc comme le rencard numéro trois.

— Tu as déjà tout prévu, hein ?

Elle semble satisfaite de mon plan, mais elle essaie de ne pas le montrer.

— Oui.

— Je suis censée rendre visite à ma grand-mère, demain.

— Dans ce cas, je vais rencontrer ta grand-mère.

Elle regarde par-dessus son épaule, les yeux ronds.

— Sérieux ?

— Pourquoi pas ? Toutes les femmes m'adorent, quel que soit leur âge.

— Prétentieux, dit-elle en se blottissant à nouveau contre moi.

— Et ça te plaît.

— Je dois te prévenir, c'est une dure à cuire. Je la surnomme le Général Joan. En secret. Ne l'appelle jamais comme ça.

J'émets un petit rire.

— Je sais gérer les dures à cuire.

— Grâce à moi ?

Je la serre contre moi. *Adorable.*

— Je te le dis depuis le premier jour : tu es une gentille. Cette facette coriace n'est qu'un rôle que tu joues.

— La plupart des gens ne le voient pas.

Je l'attire contre mon dos, caresse sa joue douce et l'embrasse.

— Je te vois comme tu es.

Elle ouvre les bras pour moi et je la rejoins, dans notre

petit cocon privé de chaleur, d'affection et peut-être plus. Clairement plus.

~

Harper

Me voilà donc à l'arrière de la Harley de Garrett, en route pour Summerdale pour rendre visite au Général Joan. Je n'ai pas emmené mon garde du corps, parce que personne ne m'embête jamais, à Summerdale. Et puis, il n'y avait pas de place pour lui sur la moto. Ah ah. Garrett est assez massif pour effrayer la plupart des hommes. L'air frais qui me fouette le visage, la vitesse et l'homme que j'étreins me donnent l'impression que tout va pour le mieux dans le meilleur des mondes. On est le dernier week-end de septembre, une merveilleuse journée d'automne, et les feuilles commencent tout juste à prendre des teintes dorées, oranges et rouges le long de l'autoroute.

Je suis bien contente que Garrett me serve de tampon lors de ma visite d'aujourd'hui à ma grand-mère, mais j'ai aussi un peu de peine pour lui. Il ne sait pas dans quoi il s'embarque. Quand on pense à une grand-mère de quatre-vingt-sept ans, on imagine quelqu'un de chaleureux et affectueux. Je sais que Garrett a l'air d'un dur, mais de ce que j'ai appris de lui, c'est vraiment un gros ours en peluche. Je n'arrive toujours pas à croire qu'il me trouve gentille. Grand-mère rirait bien à cette description ! Mais Garrett insiste pour m'appeler « mon cœur », et la tendresse avec laquelle il le dit me fait fondre.

Il connaissait déjà la route jusqu'à Summerdale, puisque sa famille vient ici pour le week-end de la fête du Travail. Il ralentit en tournant sur Lakeshore Drive et m'indique du doigt les deux maisons que sa famille a louées à diverses occasions.

Il se gare devant une grande maison d'un étage.

— C'est celle où on est venue récemment.

Je me penche pour qu'il puisse me voir.

— Je ne sais pas qui vit ici en ce moment. Prends la deuxième à gauche un peu plus loin. La maison de ma grand-mère est la dernière de la rue.

Il reprend sa route. Summerdale est une communauté récente, fondée dans les années soixante par un groupe de hippies ayant vu cet endroit comme leur nouvelle utopie. Le lac est au centre de la ville et des maisons aux larges terrasses ont été bâties tout autour. De hauts arbres entourent le lac. La ville a la forme d'une roue de vélo, avec des rayons émanant du lac. Il y a une rue principale sur l'un des rayons, avec un café, une petite épicerie, un restaurant avec un bar populaire et un studio de yoga. D'autres rayons mènent à des églises, des écoles, un hôtel de ville et d'autres maisons comme celle où j'ai grandi. Ces maisons ont été ajoutées dans les années soixante-dix. Des pistes cyclables relient le tout.

C'est le genre d'endroit où un enfant peut se balader à vélo tout seul, sans restriction. Le taux de criminalité est faible et la qualité de vie élevée. Les fondateurs de la ville sont presque tous à la retraite et ont déménagé. L'immobilier a grimpé à mesure que de plus en plus de professionnels venant de la grande ville se sont installés ici avec leurs enfants. Malgré tout, un bon nombre de gens ayant grandi ici sont revenus s'y installer pour élever leurs enfants ici, ou ne sont même jamais partis. Mes trois plus proches amies sont revenues ici, et j'espère les voir durant ma visite.

Bientôt, la maison coloniale blanche d'un étage dans laquelle j'ai grandi apparaît. Je suis contente de voir que la cour est propre et la maison en bon état. Je paie un service de jardinage et embauche régulièrement l'homme à tout faire du coin.

Grand-mère insiste pour s'occuper de ses parterres de fleurs elle-même, même si elle a des problèmes de hanche.

Il gare la moto dans la rue et retire son casque, avant de me regarder par-dessus son épaule.

— Descends en premier, dit-il, ses lèvres tressaillant.

— Pas de sous-entendus coquins ici, le préviens-je.

Je descends de la moto, les jambes un peu tremblantes à

cause des vibrations puissantes de la moto sous moi. Je retire mon casque. Tout paraît si calme, d'un coup, sans le rugissement du moteur. Peu à peu, les sons familiers de la maison me parviennent, tandis qu'une légère brise fait bruisser les arbres et que les oiseaux chantent allègrement.

Je lisse mes cheveux bouclés du mieux que je peux.

— De quoi j'ai l'air ?

— Tu es magnifique, comme toujours.

Il descend de la moto, attache nos casques à l'arrière et revient vers moi pour m'embrasser sur la joue.

— Je n'ai pas les cheveux ébouriffés par le casque ?

— Je n'en ai pas l'impression, répond-il en caressant mes cheveux à deux mains.

Je suis sûre d'avoir les cheveux tout ébouriffés. C'est inévitable, avec ces boucles désordonnées.

Je baisse les yeux sur mon chemisier bouffant bleu pâle, mon jean et mes bottines noires. Grand-mère n'approuve pas les vêtements « aguicheurs » qui sont trop décolletés. Tout est couvert. Je retire ma veste en jean, l'un de mes habits préférés, que je n'ai pas souvent l'occasion de porter. Mais il fait chaud, et on n'est plus sur la moto avec le vent pour nous rafraîchir.

— Prêt ? lui demandé-je.

— J'ai l'impression qu'on se prépare à une embuscade.

— Pas loin.

Il porte une veste en cuir noire, un jean délavé et des bottes de motard noires. C'est très sexy. Il était hors de question que je lui demande de se changer, mais je sais déjà ce qu'en pensera ma mère. C'est son problème.

Il se dirige vers la porte. Je le retiens par la manche. Il s'arrête et se retourne, sourcils haussés d'un air interrogateur.

Je me mets sur la pointe des pieds et lui murmure à l'oreille :

— Ne te sens pas offensé quoi qu'elle dise, et ne me juge pas en rapport avec ce qu'elle dira non plus. On n'est pas d'accord sur beaucoup de choses.

Il baisse les yeux sur ma main qui lui tient la manche.

— Autre chose ?

— Elle désapprouve les motos. Elle dit que c'est un aller simple vers la morgue. Désolée. Je suis sûre que tu es très expérimenté et que tu ne vas que chez les grand-mères, et pas à la morgue.

Il émet un petit rire.

— Ouais. Tu aurais préféré qu'on loue une voiture ?

— Oh non, j'ai adoré ça. J'avais déjà roulé en Vespa en Italie, une fois. C'est très drôle.

Il me prend la main et me fait remonter l'allée jusqu'à la porte.

— Tu ne viens pas de comparer ma Harley à une Vespa.

Je souris.

— Ta moto est bien plus puissante.

— Euh, ouais, et plus cool, aussi. Tu as plus ou moins conduit un scooter.

— Ce n'était pas un scooter.

— Sa vitesse maximale devait être de trente miles à l'heure.

— Ah ah ! Je suis presque sûre d'être montée jusqu'à soixante-dix.

— En kilomètres ?

Je pince les lèvres et réfléchis.

— On était en Italie. Hum.

Nous entrons sous le porche en ciment et je regarde la sonnette. Je lui ai dit qu'on arriverait entre quatorze heures et quatorze heures trente, et on est à l'heure. Elle devrait être réveillée. Elle mange ses repas tôt et fait une sieste deux heures après son déjeuner.

— Tu comptes appuyer sur cette sonnette à un moment donné ? demande-t-il.

— C'est toi qui as appuyé sur ma sonnette tout à l'heure, remarqué-je, tentant de gagner du temps avec l'un de ces sous-entendus.

Tout est bon pour retarder l'inévitable.

— Tu veux que je le fasse ? propose-t-il gentiment.

— Je suis tout à fait capable d'appuyer sur une sonnette. Oh, et tu devras l'appeler Mme Ellis.

Je presse la sonnette et me prépare. Je refuse de mordre à l'hameçon et de la laisser me blesser avec ses mots. On a toujours été aux antipodes l'une de l'autre. Je suis sensible, elle est coriace. Par conséquent, elle a dû me rendre coriace.

La porte s'ouvre quelques instants plus tard et ma grand-mère apparaît, nous étudiant à travers la vitre de la contre-porte. Elle semble aussi bien mise que d'habitude, avec son écharpe turquoise nouée autour du cou, son chemisier en coton jaune pâle à manches longues et son pantalon noir. Ses cheveux sont blancs, coupés court et coiffés sur le côté en une petite vague ; ses yeux marron sont affûtés, ses pommettes plus affûtées encore. Elle me jette un coup d'œil avant d'étudier Garrett, sans faire le moindre geste pour ouvrir la contre-porte.

— Bonjour, madame, lance Garrett à travers la vitre.

Elle se tourne vers moi et crie à travers la fenêtre :

— Il ressemble à un voyou !

— Grand-mère ! Ce n'est *pas* un voyou. Tu veux bien nous laisser entrer ?

Elle arque un sourcil, déverrouille la contre-porte et repart en boitillant vers son fauteuil favori dans le salon. Il est bleu clair et muni d'une petite ottomane. Ce fauteuil est plus vieux que moi. J'ai déjà tenté de moderniser les meubles de cette maison, mais elle ne veut pas que je « gaspille mon argent » pour des objets qui ne sont pas nécessaires.

Je m'assois en face d'elle sur le canapé floral plein de bosses, avec sa housse en plastique. Garrett s'installe à côté de moi et le plastique couine bruyamment sous lui.

Ma grand-mère reporte son attention sur moi et, avec son regard perçant typique du General Joan, lance :

— Tu viens enfin me voir après être de retour en ville depuis six semaines. Il était temps.

— J'aurais dû venir plus tôt, je sais, dis-je. Mon emploi du temps est très chargé.

Elle renifle.

— Tu as bien trouvé le temps de badiner avec un homme, rétorque-t-elle en se tournant vers Garrett. Vous vous baladez souvent avec ma fille à cheval sur votre fusée ? C'est comme ça que ça se passe dans le ghetto, non ?

Je m'étrangle avec ma salive, mortifiée par cette pique envers Garrett, qui est l'un des hommes les plus gentils que j'aie rencontrés depuis très longtemps. Je me tourne vers lui, prête à m'excuser pour elle, mais ce fou furieux est en train de sourire.

Il pose les coudes sur ses genoux pour se pencher vers elle.

— Je vis dans un quartier très sympa de Brooklyn, madame. Je travaille dans le bâtiment, au sein de l'entreprise de ma famille. C'est la première fois que j'emmène Harper sur ma moto, mais si elle n'est pas à l'aise, je trouverai un autre moyen de nous emmener là où nous voulons aller, bien sûr.

Ma grand-mère cligne plusieurs fois des paupières, s'efforçant sûrement de décider si elle vient de trouver meilleur qu'elle ou s'il est sincère. Après tout, il n'a pas dit qu'il ne me prendrait plus jamais sur sa moto. Il a dit qu'il ferait ce qui me met à l'aise. Et il a esquivé avec soin cette histoire de fusée. *Un point pour Garrett !*

— Grand-mère, tu veux que j'aille faire du thé ou chercher une boisson pour tout le monde ?

Je ne m'attends pas à ce qu'elle nous serve, avec sa hanche douloureuse. Elle dit que la douleur est facile à gérer et qu'elle n'a pas confiance en ces docteurs qui veulent la rendre « bionique » en remplaçant sa hanche.

— Je m'en occupe, répond-elle en se levant de sa chaise avec difficulté.

Elle devrait utiliser une canne, mais elle voit ça comme un signe de faiblesse. Elle refuse de croire qu'elle est vieille et rejette l'étiquette de citoyen senior, ainsi que toutes les remises qui vont avec. Elle est entêtée même à son propre détriment.

Je demande à Garrett ce qu'il voudrait boire et passe l'arche menant à la cuisine pour l'aider. Il ne peut pas nous voir d'ici, mais je suis sûre qu'il nous entend, vu qu'on est juste à côté du salon. Je prie pour que ma grand-mère ne dise rien d'insultant à son sujet.

— Ça fait plaisir de te voir, dis-je en tendant les bras pour l'étreindre.

Elle me tapote le dos d'un bras et murmure :

— Ça faisait trop longtemps. Je sais que ce n'est pas drôle, de traîner avec ta vieille grand-mère.

Je sors deux tasses et un verre pour Garrett pendant qu'elle remplit la théière d'eau.

— Je croyais que tu n'étais pas vieille, juste mature.

— C'est juste une expression pour bien faire passer le message. J'ai encore toute ma tête.

Elle allume la flamme sous la théière, appuie sur le bouton de l'évent de cuisinière au-dessus et se tourne face à moi, bras croisés.

— Depuis combien de temps est-ce que tu vois cet homme ? demande-t-elle en haussant la voix par-dessus le bruit.

J'aimerais beaucoup éteindre la hotte pour qu'elle baisse la voix, mais je sais qu'elle piquerait une crise, arguant que le gaz au propane risque de causer une explosion, s'il n'est pas correctement ventilé. Je décide de répondre avec brièveté et honnêteté, sans trop en révéler aux oreilles de Garrett.

— Pas longtemps. On s'est rencontrés il y a trois semaines.

— Il travaille vraiment dans le bâtiment ?

— Oui. Pourquoi ?

Elle fait un geste vers le salon.

— Comment as-tu fait pour le rencontrer, alors que tu travailles dans une série et lui sur un chantier ? Quelque chose cloche, dans cette histoire.

Je lui explique notre lien commun avec Josie.

— Les métiers du bâtiment sont plus acceptables que celui d'acteur, remarque-t-elle avec un signe de tête, avant d'aller récupérer sa boîte de sachets de thé.

— Tous ces acteurs avec qui tu es sortie sont trop imbus d'eux-mêmes.

Je serre les dents. D'accord, je suis peut-être sortie avec

des types à l'égo démesuré, mais je suis actrice, moi aussi, et cette remarque était aussi une pique envers moi. Elle trouve ridicule que je bénéficie d'un traitement spécial et que je sois payée autant pour faire semblant d'être quelqu'un d'autre. Elle n'a jamais compris que c'était un art. Et puis, les gens ont besoin de divertissement.

— Garrett a du respect pour le métier d'acteur, dis-je. En fait, il vient même de jouer dans une pub.

Elle plisse les yeux et lance un regard noir en direction du salon.

— Après t'avoir rencontrée ?

— Ouais, acquiescé-je, soudain saisie d'un mauvais pressentiment.

— C'est pire, lâche-t-elle. Débarrasse-toi de lui avant qu'il profite de toi pour atteindre le succès. Tu n'en mèneras pas large, quand il te surpassera.

— Pourquoi me surpasserait-il ?

— Tu l'as regardé ? Il me rappelle Gary Cooper, il a le potentiel pour devenir une vraie star du cinéma, avec cette démarche assurée et ce physique avantageux. Tu sais, Gary Cooper a démarré sa carrière en tant que doublure dans les scènes de conduite à moto, comme ton copain motard.

Je suis bien versée dans les vieilles stars du cinéma qu'elle apprécie. Gary avait l'attrait élégant d'un monsieur tout le monde.

Je prends une grande inspiration, m'efforçant de garder patience.

— Ce n'est pas mon copain motard.

— Appelle-le comme tu veux. Dieu nous garde que les gens s'engagent l'un envers l'autre, ou disent à voix haute qu'ils sont en couple. Vous rendez les choses si compliquées, vous, les jeunes.

Je remplis le verre d'eau, éprouvant le besoin d'aller voir si le pauvre Garrett va bien.

— Je reviens tout de suite, dis-je avant de sortir pour lui donner le verre.

Il le prend avec un sourire.

— Merci. Qui est Gary Cooper ?

— Un acteur qui était très célèbre durant l'âge d'or d'Hollywood, dans les années 1940, dis-je, avant de baisser la voix. Sérieusement, n'écoute pas un mot de ce qu'elle dira.

Il dissimule un sourire derrière le bord de son verre.

— Maintenant, je vois d'où tu tiens ta paranoïa.

— Je ne suis pas parano.

Il reprend son sérieux.

— Tu n'étais pas ravie d'apprendre que j'avais un agent.

— Je m'en suis remise. Et puis, ce n'est pas comme si je n'avais pas connu une longue liste de profiteurs avant toi. Ma méfiance est basée sur des faits. J'essaie d'être plus confiante pour toi.

Il me prend la main et dépose un baiser sur mes articulations. Une série de chatouillis me remonte le long du bras.

— Harper ! aboie le Général Joan. Qu'est-ce que vous faites, tous les deux, sans surveillance ?

Je lève les yeux au ciel et il émet un petit rire. Comme si on était en train de se rouler des pelles sur son vieux canapé couvert d'une housse.

Je la rejoins dans la cuisine.

— Comment tu te sens, en ce moment.

— Bien, répond-elle en balayant cette question de la main. Tu n'es pas près d'hériter de cette maison.

Je souris.

— Tu as beaucoup de pression dans la salle de bain ? J'aimerais beaucoup faire installer une douche avec plusieurs jets.

Elle étrécit les yeux.

— Ah ! C'est aussi lamentable que d'habitude. Je ne peux même pas lancer la machine à laver et prendre ma douche en même temps.

— Je pourrais appeler un plombier…

— Bah.

Je soupire. Ne jamais montrer de faiblesse, ne jamais demander d'aide. Elle a toujours été si irascible. Son mari, mon grand-père, est mort quand j'avais cinq ans. Je ne me souviens pas beaucoup de lui, mais sur les photos, il est toujours souriant, un bras passé autour d'elle. Elle ne souriait que pour lui. Je me suis toujours demandé si c'était le fait de le perdre qui l'avait endurcie, ou si elle l'avait toujours été. Sa fille, ma mère, m'a donné naissance et n'est jamais revenue. Il n'y a toujours eu que moi et le Général. J'ai quelques oncles plus âgés, ses fils, ainsi que leurs femmes et mes cousins, mais ils ne vivent pas dans le coin. L'un de mes oncles et la raison pour laquelle je me suis impliquée auprès du Meilleur Ami de l'Homme.

Quelques minutes plus tard, nous sommes installés au salon avec notre Earl Grey. Garrett range son téléphone à notre retour.

— Ne poste pas des photos de chez moi sur internet, lui lance ma grand-mère.

Je ferme les yeux. Je suis sûre que tout le monde meurt d'envie de voir une maison des années 70 contenant encore les meubles d'époque, ainsi qu'un monte-escalier. Je l'ai fait installer l'année dernière, quand j'ai vu à quelle lenteur elle montait les marches à cause de sa hanche. Elle a protesté, mais elle l'utilise.

— Non, madame, répond Garrett. Je regardais juste le score du match des Giants.

— Les hommes et leurs balles, soupire-t-elle.

Garrett réprime un sourire et me lance un regard. Je secoue la tête. Elle n'a pas dit ça dans un sens cochon.

— Tu as regardé *Living Gold* ? l'interrogé-je.

Elle ne l'a jamais évoqué lors de nos conversations télé-phoniques, et j'attendais son verdict.

— Bien sûr que oui, répond-elle d'un ton indigné.

Une partie de moi a envie de savoir si elle a aimé et une autre, plus avisée, me recommande de ne pas poser de questions dont je n'ai pas envie de connaître la réponse.

— Harper est fantastique, remarque Garrett.

Ma grand-mère l'étudie du regard, puis lance :

— Ça passe trop tard. Vingt-et-une heures. J'arrive à peine à garder les yeux ouverts.

— Je t'ai dit qu'on pouvait l'enregistrer pour que tu le regardes plus tard.

Je lui ai fait installer le câble, après une dispute au sujet de toutes les chaînes inutiles. Je voulais qu'elle puisse voir mon travail.

Elle fait un geste vers la télé et la boîte du câble posée dessus.

— Il y a trop de boutons sur cette fichue télécommande. J'ai autant de chances de tout effacer que de le regarder.

— Je vais vous montrer, madame. Ce n'est compliqué que la première fois.

Sans attendre de réponse, Garrett me tend son verre d'eau, se lève et se dirige vers la télécommande posée sur la table basse à côté de son fauteuil.

Ma grand-mère écarquille les yeux.

— Excusez-moi, c'est ma télécommande.

— Je sais, Madame Ellis. Regardez.

Garrett s'agenouille à côté d'elle et appuie sur les touches tout en expliquant chacune d'entre elles.

— Je ne me souviendrai jamais de toutes ces bêtises.

Elle secoue la tête et sirote son thé, ayant décidé de se désintéresser de toute l'affaire.

Après avoir tout configuré, il pointe à nouveau les touches du doigt.

— Il n'y a qu'à appuyer là, puis sur « play ». J'ai configuré la télécommande de manière à ce qu'elle n'efface jamais rien, mais vous pourrez le modifier quand vous voulez. Vous avez un téléphone ?

— Dans la cuisine.

Elle parle du téléphone fixe. Garrett me lance un regard amusé, et je lève une paume.

— J'ai essayé de lui acheter un téléphone portable, mais elle a refusé.

— Je n'ai pas besoin d'entendre ce truc me biper dessus tout le temps, rétorque-t-elle. Tout le monde est esclave de son téléphone, de nos jours. Pas moi.

Garrett se redresse, va dans la cuisine et revient quelques

minutes plus tard avec un petit morceau de papier plié. Il le lui tend.

— C'est mon numéro de téléphone, madame. Appelez-moi si vous avez le moindre souci pour regarder votre enregistrement. Je vous expliquerai la marche à suivre.

Elle prend le papier avec méfiance et le pose sur la table basse avant de reporter son regard inflexible sur lui. La plupart des gens auraient battu en retraite. Pas Garrett.

— Je peux vous aider avec autre chose, madame ? demande-t-il.

— Tu peux t'asseoir, voilà ce que tu peux faire, réplique-t-elle.

— Oui madame.

Il s'assoit à côté de moi. Je lui tends son verre, stupéfaite par son sang-froide face à cette femme irritable.

— Ton ouvrier du bâtiment est pratique, me dit ma grand-mère. Il pourrait peut-être jeter un œil au portail de derrière. Le loquet est cassé et au moindre coup de vent, ce fichu truc s'ouvre et se referme, s'ouvre et se referme.

Garrett se lève.

— Je serais ravi d'y jeter un œil, madame. Où sont les outils ?

— Au garage, répond-elle. Par là.

Elle pointe du doigt vers la cuisine. Ébahie, je le regarde disparaître dans la cuisine. Pour commencer, ma grand-mère ne demande jamais l'aide de personne. Ensuite, il n'a pas à travailler pour elle. Je l'ai amené en tant qu'invité. Il y a un homme à tout faire, en ville, qui pourrait se charger de ça pour elle.

Elle sirote allégrement son thé.

— Pourquoi ne pas avoir demandé à Frank de s'occuper du portail de derrière ? l'interrogé-je.

— Frank s'est blessé au dos.

— Et pourquoi pas Adam ? C'est le charpentier de la ville.

— Je ne lui fais pas confiance pour ce genre de boulot. Il ne sait que couper et scier.

— Mais tu fais confiance à Garrett ?

— Tu avais remarqué que son nom ressemblait beaucoup à Gary ? Gary Cooper, ça, c'était un vrai homme.

Elle hoche une fois la tête, puis se penche en avant.

— Ton petit ami a de très bonnes manières.

— Oui, c'est vrai.

Je souris en moi-même, stupéfiée par la tournure des événements. C'était l'un des rares compliments distribués par le Général Joan.

— Mais je n'aime toujours pas cette moto, ajoute-t-elle. Que je ne te voie plus rouler là-dessus.

— Et comment je suis censée rentrer en ville ?

— Tu n'es pas trop bien pour prendre les transports en public, si ?

Je serre les dents. Je ne lui ai pas parlé des risques liés à la célébrité, en particulier la manière dont certains mecs flippants réagissent à ma vue, mais il est hors de question que je rentre en train alors que je dispose d'un moyen de transport tout à fait convenable ici.

— Je ne sais pas pourquoi tu continues à sous-entendre que je suis trop bien pour quoi que ce soit, répliqué-je. Je suis toujours la même personne qu'avant.

— Non, c'est faux. Inutile de prétendre le contraire.

Je pousse un soupir.

— Je me suis dit qu'on pourrait t'emmener dîner. Ensuite, j'irai rendre visite à Sydney, Audrey et Jenna avant de rentrer.

— Je ne pense pas que ton nouveau petit ami sera intéressé par le restaurant spécial lève-tôt. Pars quand tu en auras envie. Je voudrais juste te dire une chose.

Elle marque une pause, les yeux rivés aux miens.

— Sois prudente avec lui. Je comprends qu'il te plaise, mais n'oublie jamais l'appât du gain dans ta profession. J'imagine qu'un ouvrier du bâtiment ne doit pas gagner beaucoup d'argent.

Ma poitrine se comprime.

— Il ne m'a jamais demandé aucune aide financière.

— Sois maligne, Harper. Qu'est-ce que je t'ai appris ?

— À ne jamais montrer de faiblesse, dis-je en grinçant des dents.

— C'est ça. Sinon, d'autres en tireront avantage. Comme tous tes pitoyables ex. Tu n'arrêtes pas de te faire avoir par les jolis minois. Ce n'est pas ça qui fait un homme. Je m'en veux de ne pas avoir pu t'offrir d'exemple masculin dans cette maison.

Elle cligne plusieurs fois des paupières et détourne les yeux.

— Ton grand-père aurait pu en être un. C'était un vrai homme.

Je n'ai que de vagues souvenirs de lui. Il semblait grand et courageux, à mes yeux de petites filles, et avait un gros rire tonitruant.

— Désolée. Je sais qu'il te manque.

Je laisse de côté sa mention à mes ex. Je sais que mon passif avec les hommes n'est pas brillant. Je suis trop confiante et je ne rencontre quasiment que des gens liés à mon métier d'une manière ou d'une autre. Elle balaie ma compassion et pince les lèvres.

— J'espère me tromper sur Gary.

Je ne prends pas la peine de corriger son nom. J'espère aussi.

15

Harper

Après notre visite à Grand-mère, Garrett s'engage sur le parking d'une vieille maison à bardeaux blancs, avec une enseigne en bois suspendue au-dessus indiquant « L'auberge du cavalier ». Au-dessous est inscrit « 1788 ». Cet endroit appartient à mon amie, désormais, et dispose d'un restaurant et d'un bar. Aux temps jadis, ce n'était qu'une auberge. J'ai vraiment cru que je ne sortirais jamais de chez ma grand-mère. Elle lui a fait réparer le portail, ouvrir une fenêtre bloquée par la peinture dans sa salle de couture, puis elle l'a interrogé sur ses intentions envers moi. Elle est même allée jusqu'à lui demander s'il était du genre à courir les filles où à se marier !

Et il a dit qu'il était du genre à se marier !

Grand-mère n'a pas été impressionnée. Moi, j'ai failli m'évanouir. C'est comme s'il sortait tout droit de l'une des romances d'Alice Segal, sauf qu'il est réel. Je n'arrête pas de lui étreindre la taille. On est encore sur sa moto, dans le parking.

Il coupe le moteur, retire son casque et me regarde par-dessus son épaule.

— Cette ville doit avoir une histoire très ancienne.

J'esquisse un sourire rêveur.

— L'auberge était là avant la ville, elle date de l'époque où c'était un arrêt pour diligences. Maintenant, c'est un restaurant avec un bar au fond. Mon amie Sydney en est la propriétaire.

— On peut… euh… entrer, ou tu préfères rester assise là à m'enlacer ?

Je desserre mon étreinte et retire mon casque.

— Je n'arrive pas à croire que tu as appelé ma grand-mère Reine Joan.

— Elle me rappelle vraiment mon père, avec sa voix autoritaire. Elle pourrait avoir du sang royal.

Je secoue la tête en souriant.

— Elle a adoré.

J'étais stupéfaite. Ma grand-mère était aux anges.

Il sourit.

— Je t'ai dit que toutes les femmes m'adoraient quel que soit leur âge.

— Je m'en souviens, mais elle est dans une catégorie à part, niveau grincheuse.

— Les gens sont tous pareils. Ils veulent juste être reconnus à leur juste valeur et être traités avec gentillesse.

Ma gorge se serre d'émotion. Il est si… parfait. Est-ce vraiment possible d'être aussi parfait ? C'est effrayant, mais j'ai envie de croire en lui.

— Prête à prendre ton pied ? demande-t-il avec un clin d'œil.

Je ris et descends de la moto. Il est toujours en train de flirter.

Quelques minutes plus tard, il m'ouvre la porte en bois du restaurant et j'entre dans l'espace chaleureux et accueillant. Un bureau de réceptionniste se trouve dans l'entrée, désormais vite, et juste derrière, il y a une immense cheminée en pierre qui était utilisée pour faire la cuisine, à l'époque. La salle à manger à l'avant est vide, puisqu'on est en fin d'après-midi. Le bar est au fond, ainsi qu'une large pièce ajoutée dans les années 70. C'est le seul bar à des kilomètres à la ronde, et les locaux s'y rassemblent souvent pour regarder du sport sur les trois écrans plats suspendus derrière le bar.

Un jeune homme que je ne connais pas est en train de préparer les tables pour le dîner dans la salle à manger.

— Bonjour, lance-t-il. On n'ouvre pas avant dix-sept heures pour le dîner, mais vous pouvez vous rendre au bar.

— Merci, dis-je avec un signe de tête. Je suis une amie de Sydney. Elle m'attend.

Je prends la main de Garrett et le guide dans le labyrinthe de tables en bois sombre. On dirait que Sydney essaie de rendre les lieux plus chics. Je me demande si le menu a changé aussi. Avant, elle proposait des plats réconfortants typiques du coin – du hachis, du poulet frit, des hamburgers. Presque tous les plats étaient accompagnés de pommes de terre au four ou de frites. Je jette un œil au coin du mur.

— Salut !

Sydney est en train de travailler derrière le bar, ses cheveux auburn noués en un chignon désordonné. Elle laisse tomber son chiffon et lève les mains au ciel.

— Oh mon Dieu ! C'est Harper Ellis !

J'éclate de rire. Elle aime se faire passer pour une fan. Quelques clients du bar en train de regarder le match de football tournent la tête. Je ne les connais pas, ce sont des hommes d'une trentaine d'années. Ils jettent un coup d'œil à Garrett et reportent leur attention sur le match.

Sydney retire son tablier et s'empresse de contourner le bar pour me serrer dans ses bras.

— La célèbre Harper Ellis ! Et serait-ce le prince secret de Brooklyn ? demande-t-elle en souriant à Garrett. J'ai placé une alerte Google sur son nom, vu qu'elle ne prend pas la peine de me tenir au courant de ses succès de carrière.

Garrett sourit et lui tend la main.

— C'est bien moi, même si le secret de mon statut de prince s'est éventé. Garrett Rourke.

— Sydney Robinson. Je suis la propriétaire de ce beau bordel.

Elle plaque les mains sur les hanches et parcourt des yeux

le restaurant historique dont elle a hérité de son père. Son T-shirt rose orné d'un cœur en strass, son jean skinny noir et ses bottes à hauts talons semblent déplacés dans ce décor historique et peu éclairé. Non pas que je m'attendais à ce qu'elle porte une vieille robe de l'époque coloniale.

— C'est sympa, répond Garrett en se balançant sur ses talons. Le sol est un peu gondolé.

— Ah, oui, admet-elle. Le sol est incliné, le plafond bas et les poutres sont d'époque.

Elle fait un geste du bras et continue :

— On dispose de toutes les touches historiques sympas et de tous les soucis modernes. Laissez-moi trouver un remplaçant derrière le bar et on ira s'asseoir.

Elle va chercher le type qu'on a vu dans la pièce principale pour qu'il prenne sa place. Puis elle tire son téléphone de sa poche arrière de jean et se met à pianoter sur le clavier.

— Je préviens Jenna et Audrey que tu es arrivée. Elles sont dans le coin. Jenna vient d'ouvrir une pâtisserie dans l'ancien café.

— Une seconde, le café est fermé ? m'étonné-je.

Elle hausse les sourcils.

— Euh, ouais, depuis l'année dernière. Essaie de rester à la page. Tout va très vite, à Summerdale.

— Et Arc-en-ciel, alors ?

Elle était l'un des derniers fondateurs hippies, et la propriétaire du café.

Elle nous fait signe de la rejoindre autour d'une table pour quatre.

— Elle a pris sa retraite en Floride, comme tous les seniors. À l'exception de ta grand-mère.

Une fois qu'on est tous assis, elle laisse tomber son menton dans sa main et me demande d'un ton rayonnant :

— Comment ça s'est passé avec elle ?

Elle sait à quel point le général peut être difficile.

— Avec moi, comme je m'y attendais, dis-je. Elle a fait courir Garrett partout pour qu'il répare tout ce qu'elle ne voulait pas confier à Adam, parce que comment faire confiance à un maître charpentier avec ce genre de petit boulot ?

— Il faut être un ouvrier du bâtiment talentueux pour réparer le loquet d'un portail de derrière.

Sydney sourit.

— J'ai mis le holà quand elle lui a demandé de boucher un trou qu'une marmotte avait creusé sous sa clôture, reprends-je. Bien sûr, elle m'a aussi prévenue d'être prudente. Elle pense que tous les hommes ont des motifs inavoués.

Sydney pince les lèvres et réfléchit à ça.

— Tu sais, je ne peux pas lui donner tort. Certains sont plus doués pour le cacher que d'autres. Regarde mon père, c'était un type bien. Personne ne savait qu'il avait mené cet endroit à la faillite avant de mourir.

Je lui lance un regard compatissant. Elle était proche de son père. Sa mère est morte à douze ans. Après la mort de son père, le grand frère de Sydney a repris le restaurant. L'année dernière il a annoncé que c'était une cause perdue et qu'il voulait le vendre. Sydney est rentrée à la maison, déterminée à préserver l'héritage de la ville et de son père.

— J'ai fait des études de marketing, continue Sydney, et je me suis dit que tout ce qu'il faudrait c'était un bon bouche-à-oreille et une bonne publicité. Eh bien, ça demande aussi de l'argent. Je suis rejetée par toutes les banques à cause de nos dettes.

— Combien ? demandé-je.

— Non, m'arrête-t-elle en levant la main. Je ne vais pas demander de coup de main à mon amie riche et célèbre.

— Tu pourrais me rembourser.

— C'est une affaire du coin. Un investissement local destiné aux locaux. Tu n'arrêtes pas de faire des dons au Meilleur Ami de l'Homme. Tu as une portée globale, maintenant, jeune dame.

Nous bavardons un peu, nous remémorant le bon vieux temps. Puis elle fait un signe du bras par-dessus mon épaule.

— Elle est là, et elle a amené son prince secret !

Garrett se retourne pour sourire à mes amies.

— C'est juste Garrett.

Je me lève pour saluer Jenna et Audrey.

— Ça faisait trop longtemps.

Jenna est longue et fine, surprenant pour quelqu'un qui aime autant la pâtisserie. On s'attendrait à ce qu'elle ait des poignées d'amour. Elle porte un col roulé noir, un jean et des bottes noires. Audrey est plus sobre dans sa tunique beige et son pantalon de yoga de la même couleur. Ses cheveux noirs forment un contraste saisissant. Elle dirige la bibliothèque locale. Je les étreins toutes les deux.

Audrey jette un œil en direction du bar avant de tourner à nouveau la tête vers nous. Je ne l'avais pas remarqué à notre arrivée, vu que Sydney m'a distraite par son enthousiasme et ses gros câlins. Son grand frère, Drew, est assis dans un coin, une bière à la main et les yeux levés vers le match. Il est aussi ténébreux que Sydney est lumineuse. Difficile de lui en vouloir, après avoir servi dans l'armée de terre pour plusieurs déploiements. Même s'il n'a jamais été du genre jovial. Il a cinq ans de plus que nous et s'intéresse rarement aux amies de sa petite sœur. Audrey a secrètement le béguin pour lui depuis aussi longtemps que je me souvienne. Elle lui écrivait même régulièrement, quand il était en déploiement, mais apparemment, elle ne lui a avoué ce qu'elle ressentait pour lui dans aucune de ses lettres.

Une fois qu'on est tous assis autour d'une grande table ronde avec un verre d'eau glacée et un bol de bretzels, Sydney annonce :

— Garrett est bien plus sympa que Nick.

C'est mon ex d'il y a quelques années. Elle l'a rencontré quand elle m'a rendu visite à Los Angeles.

Jenna étudie Garrett.

— Il n'est pas fidèle à l'adage selon lequel plus ils sont beaux, plus ils sont cons, hein ?

— Euh, merci ? hésite Garrett.

— On a senti que tu n'étais pas un connard dès le départ, assure Sydney en se penchant derrière moi pour parler directement à Garrett. D'abord, tu as accompagné Harper à son événement caritatif quand elle s'est retrouvée célibataire sans crier gare.

— Ça ressemble à un nom de sitcom, remarqué-je. *Célibataire sans crier gare.*

— En parlant de ça, on adore *Living Gold*, dit Audrey. On a fait une séance de visionnage au bar à la sortie du premier épisode.

— Oh, merci, les filles.

Elles adorent toujours tout ce dans quoi je joue.

Garrett passe un bras autour du dossier de ma chaise, la main posée sur mon épaule. Elle se réchauffe là où il me touche.

— On a aussi fait une séance de visionnage chez mes parents, vu que ma belle-sœur Josie Abbott joue dedans.

— Oh mon Dieu, je l'adore ! s'exclame Sydney.

— Elle est comment ? demande Jenna.

Elles se tournent toutes vers Garrett, impatientes d'en savoir plus sur Josie.

Je fais un signe de la main devant leur visage.

— Euh, les filles, je vous rappelle que je travaille avec elle depuis sept semaines.

— Ouais, ouais, répond Sydney sans cesser de regarder Garrett avec espoir.

Ce dernier sourit.

— Elle est géniale. Pétillante et extravertie.

— Je m'en doutais, répond Sydney. Contrairement à notre Harp, qui ne sort de sa coquille que sur les plateaux.

Elle me donne un coup de coude.

— Sydney était ma coéquipière dans notre club de théâtre de l'école, informé-je Garrett.

— Tout à fait, acquiesce Sydney. Mais Harp a toujours été la star.

— Sydney sait chanter et elle est drôle, dis-je.

Elle retire le bandeau dans ses cheveux et secoue ses longs cheveux auburn de manière théâtrale.

— On se serait attendu à ce que Broadway m'appelle, après notre spectacle de *Grease* en première année, remarque-t-elle, avant de me tirer la langue. Harper nous a abandonnés pour Hollywood après cette première année.

— On est si fières d'elle ! s'exclame Jenna.

Audrey hoche vigoureusement la tête.

— J'aurais aimé être là pour voir ça, répond Garrett. Je n'ai jamais joué qu'une seule réplique.

— Garrett vient de tourner sa première pub, expliqué-je en pointant le pouce vers Garrett.

Mes amies arrêtent de sourire. Je sais que je me suis souvent plainte que mes ex se servaient de moi, mais Garrett est différent. Cet homme a fait les corvées de ma grand-mère pendant son jour de repos. Et il a fait la cuisine pour moi.

Il est du genre à *se marier*.

Dans une prise de conscience vertigineuse, je réalise que je suis en train de tomber amoureuse de lui. C'est une sensation trop précipitée, effrayante et hors de contrôle, mais c'est la vérité. À cet instant, mes défenses s'effritent complètement. Je ne peux pas combattre. C'est trop puissant, différent de tout ce que j'ai jamais pu ressentir.

— Oh, tu es dans le métier aussi ? lui demande Sydney d'un ton tendu.

— Je viens de me lancer, en fait, répond-il. Après le gala, je me suis trouvé un agent. Mon vrai métier reste le bâtiment, et je vais jouer dans quelques trucs à côté. J'ai eu ma première session avec mon coach personnel de comédie, et le métier d'acteur est bien plus compliqué que je le pensais.

Il m'étreint l'épaule et continue :

— Plus j'en apprends dessus, plus j'admire Harper et ce qu'elle est capable de faire avec ses rôles.

J'esquisse ce qui est sûrement un sourire rêveur.

— Merci.

Sydney me lance un regard interrogateur, vérifiant que cette histoire de pub ne me dérange pas.

Je lui fais signe que tout va bien d'un petit signe de tête.

— Je peux vous servir autre chose ? nous lance le type derrière le bar.

Sydney se lève aussitôt.

— Je vais nous chercher du champagne pour fêter la nouvelle série de Harper, dit-elle, avant de se pencher en souriant. Un bon cru.

— Je vais payer, dis-je.

— Arrête ça ! Cet endroit est à moi. C'est déduit.

— Du champagne déductible des impôts ? la taquiné-je. Qui fait tes comptes ?

— Ah ah !

Dès qu'elle est hors de portée de voix, je me tourne vers mes amies et baisse la voix.

— Comment ça va, ici, sincèrement ? Elle va réussir à rester ouverte ?

Jenna et Audrey échangent un regard. Audrey est la première à prendre la parole, dans un murmure :

— Elle travaille sur une grosse fête du Réveillon de Nouvel An, avec des enchères silencieuses pour une levée de fonds. Après ça, je ne suis pas sûre qu'il lui reste assez pour garder le restaurant ouvert.

— Il vaudrait peut-être mieux qu'elle ferme, chuchote Jenna. Je sais que c'est un bâtiment historique, mais si elle vend, quelqu'un avec de l'argent pourrait le récupérer et en faire quelque chose de nouveau. Comme j'ai transformé le café en pâtisserie.

— Tu ne travaillais pas dans l'informatique ? demandé-je à Jenna. Ça payait bien.

— Mon âme était en train de mourir, répond-elle.

— Ah.

Elle balaie cette remarque de la main et reprend :

— Tu ne sais pas ce que c'est, puisque tu as suivi ton cœur dès le départ. Le reste d'entre nous regardent autour d'eux et se disent « c'est tout ? ».

— Toi aussi, Audrey ? m'enquis-je.

— Je suis satisfaite de mon métier à la bibliothèque, mais même moi, je me demande parfois si l'herbe n'est pas plus verte ailleurs, dans une autre branche. Quelque chose d'excitant.

Je la dévisage.

— Comme quoi ?

Audrey ne s'est toujours intéressée qu'aux livres.

— Le pole-danse, lance Sydney avec un rire en revenant avec le champagne. Notre petite Audrey se trémoussant.

Audrey secoue la tête, rougit et jette un coup d'œil à Garrett. Il sourit.

— C'est plutôt pour toi, ça, Syd.

— Je suis prête à payer pour voir ça, lancé-je.

Sydney tend la main, paume ouverte.

— Juste Audrey, précisé-je.

Cette dernière secoue vigoureusement la tête tout en agitant les mains.

— Non, non.

Tout le monde éclate de rire.

Sydney débouche le champagne et nous applaudissons. Une fois que tout le monde a un verre à la main, Sydney lève le sien.

— À Harper, notre fille du coin qui a réussi !

Je lève mon verre vers elles.

— À vous, femmes merveilleuses que vous êtes. Vous m'avez manquée. Je vous jure de revenir plus souvent vous rendre visite.

— Je bois à ça, dit Sydney.

Nous faisons tinter nos verres et buvons.

— Tu devrais passer les jeudis soir, suggère Sydney. On a commencé un club de lecture.

— Tu veux dire qu'Audrey l'a commencé, hein ?

Sydney incline la tête.

— C'est vrai, mais on le tient ici. Je l'ai renommé le Club de Vin du Jeudi Soir, parce que de qui se moque-t-on ? Audrey est la seule à finir le livre. Le reste d'entre nous boit du vin et échange des ragots. Comme ça, on fait d'une pierre deux coups : on soutient le Cavalier et on a l'impression d'être plus intellectuelles. Le groupe n'arrête pas de grandir, et le vin coule à flots.

Audrey soupire et lève les yeux au plafond.

— J'aimerais bien assister à l'une des soirées du club de

vin du jeudi, dis-je. Dommage que ce soit impossible. J'ai mes répétitions générales tous les jeudis, et ensuite je dois être en pleine forme pour l'enregistrement du vendredi. Pas de soirée tardive à boire du vin.

Sydney rejette ses cheveux par-dessus son épaule et me regarde en papillonnant des cils.

— Un jour, quand tu sortiras de ton train-train d'Hollywood, tu auras du temps pour ces événements sociaux plus glamours.

Garrett émet un petit rire. Il sait à quoi ressemble un tapis rouge, maintenant. On parle pendant un bon moment. Elles sont curieuses d'en savoir plus sur la part royale de Garrett, et il ne les déçoit pas, leur racontant un tas de détails sur Villroy. Avant qu'on parte, j'essaie une dernière fois de contribuer à la sauvegarde du Cavalier. Sydney refuse catégoriquement. Pour finir, je lance :

— Je serai là pour ta fabuleuse fête du Réveillon de Nouvel An, et tu ne pourras pas m'empêcher de participer aux enchères. En fait, je vais même faire don de quelques objets, moi aussi.

Ses yeux bleus s'illuminent.

— Oh, Harp, ce serait fantastique. Je sais que tu n'es jamais assaillie par les fans quand tu es en ville, mais tu es célèbre, et je sais que ta présence attirera du monde.

Je pousse un soupir théâtral.

— Tout le monde m'adore sauf le Général Joan.

Et j'aimerais ne pas avoir à ce point besoin de son approbation.

— Tu es invité aussi, Garrett, dit Sydney.

— Merci, sourit-il.

Je secoue la tête.

— Il escortera sûrement ma grand-mère ici. Il l'a appelée Reine Joan, et elle a failli défaillir.

Je ne précise pas que j'ai moi-même failli le faire à un moment donné.

Sydney donne une tape sur la table.

— Non ! Le général a défailli ?

— Elle préfère Garrett à moi. Il lui a montré comment

enregistrer *Living Gold*, il a réparé son portail de derrière et il a décoincé sa fenêtre collée par la peinture.

Sydney le scrute.

— Je commence à le préférer à toi, moi aussi. Qu'est-ce que tu pourrais réparer, ici ?

— De quoi as-tu besoin ? demande-t-il.

Je lève une main.

— Non, non, non. Tu n'as qu'à appeler Adam, ou un sous-traitant local. Lui, il s'en va.

Elle sort une carte de visite et la lui tend. Il se lève et la met dans sa poche arrière. Cet homme est vraiment trop généreux. Mon cœur a officiellement fondu. Aucun mur ne pourrait jamais se dresser autour de lui.

J'étreins mes amies pour leur dire au revoir et rejoins Garrett. Il passe un bras autour de ma taille et lance à Sydney :

— Je reviendrai t'aider avec ma boîte à outils. Peut-être avant ta fête du Nouvel An.

— J'adore ce type ! s'exclame Sydney, avant de pointer un doigt vers lui. Mais ne lui fais pas de mal. Elle a déjà assez souffert.

— Je la traiterai bien, assure-t-il d'une voix solennelle.

Je lui étreins la taille. *Je fonds.*

Sydney s'approche en souriant et lui donne une tape amusée dans le biceps. Elle a des frères, et c'est sa manière d'être amicale. Quand elle m'a donné un coup de poing au jardin d'enfants, en disant qu'elle voulait être mon amie, je suis rentrée chez moi en pleurant. Je ne voulais pas d'une amie qui me frappait. Ma grand-mère m'a conseillé de lui rendre les coups avec une force égale (ce qui n'était pas grand-chose, j'étais plus vexée qu'autre chose), et on est amies depuis lors.

Garrett sourit et leur fait signe au revoir. Je suppose qu'il est habitué aux coups de poing, avec cinq grands frères.

Nous sortons du restaurant. Je n'aurais pas dû attendre aussi longtemps avant de venir. J'ai laissé mon stress à l'idée de rendre visite à ma grand-mère me tenir loin de mes amies.

Il n'y a rien de mieux que d'avoir des amies qu'on a connu toute sa vie. Je sais qu'elles me voient pour ce que je suis vraiment.

Garrett récupère nos casques à l'arrière de sa moto.

— Alors, tu crois que je serai là au Réveillon du Nouvel An ?

— J'espère, lâché-je.

C'est dans trois mois. En général, je n'admets jamais mes espoirs pour l'avenir aussi tôt dans une relation, mais c'est la vérité.

Il m'embrasse.

— J'apprécie que tu sois de cet avis à mon sujet. Rentrons, maintenant. J'ai à nouveau très envie de toi.

Un frisson me parcourt. Je passe les bras autour de son cou et l'embrasse passionnément.

— Harper Ellis ! s'exclame une voix stridente de vieille femme.

Je recule d'un bon et regarde autour de moi, affolée, cherchant ma grand-mère des yeux. Sydney me regarde depuis une fenêtre ouverte du restaurant.

— Ah ah ! Je la tiens toujours.

Elle est très douée pour faire des imitations.

— Très drôle, lâché-je en secouant la tête. Ou pas !

— Mieux vaut faire ce genre de trucs dans l'intimité, remarque-t-elle. Ça va jaser, et tu entendras parler du Général !

Garrett émet un petit rire et me tend mon casque.

— Les petites villes et leurs ragots, hein ?

— C'est assez effrayant la vitesse à laquelle les rumeurs se répandent, acquiescé-je.

Je fais un signe de la main à Sydney, qui retourne à l'intérieur.

Son téléphone sonne et il le sort de sa poche.

— Oh oh. C'est ta grand-mère. Elle veut sûrement savoir pourquoi tu m'as agressé sur un parking.

Je hoquette.

— Non ! Ne réponds pas.

Il sourit et grimpe sur sa moto.

— C'est mon frère.

Je lui donne une tape sur l'épaule, grimpe derrière lui et presse ma joue brûlante contre son dos. C'est le risque de rentrer à la maison. Je me sens comme une ado prise sur le fait avec le *bad boy* du coin.

Sauf que cette fois, c'est en fait un type bien.

16

Ce soir, c'est notre deuxième rencard, et on va enfin aller voir *Wicked*. Je suis impatient d'apprendre la bonne nouvelle à Harper. Je frappe à la porte de son appartement. Elle sait que j'arrive. J'ai déjà passé la sécurité de l'immeuble, son garde a été notifié de mon arrivée et elle aussi. Ces couches successives de protection ne me dérangent pas. N'importe quoi pour la protéger. Joe attend qu'elle ouvre la porte à mes côtés.

Elle ouvre avec un large sourire et fait un pas en arrière.

— Entre.

Je salue Joe de la tête et ferme la porte derrière moi.

— Salut, ma belle.

Elle prend la pose en levant une hanche, dans sa robe rouge sombre sans manche, puis elle passe les bras autour de moi et m'embrasse sans retenue. J'enroule les bras autour d'elle, toujours aussi enivré par elle. Elle se frotte contre moi et je glisse la main jusque ses fesses pour les étreindre. Elle gémit dans ma bouche et je suis prêt à la prendre sur-le-champ.

Je romps le baiser, déterminé à avoir ce rencard avec elle.

— Harp.

Ses yeux noisette sont brillants et ses joues rouges.

— Un coup vite fait ?

Je souris.

— Sois raisonnable. Ils vont finir par s'énerver que tu prennes ces sièges réservés et que tu ne viennes pas.

— Tu as raison, dit-elle d'un ton boudeur. Après.

Je l'embrasse et lui mordille la lèvre inférieure.

— J'attends ça avec impatience.

Je m'écarte d'elle, m'efforçant de me ressaisir.

— Je vais juste chercher mon sac à main et prévenir Joe.

Quelques minutes plus tard, nous descendons dans l'ascenseur avec son garde. On n'est qu'à un quart d'heure en voiture du théâtre. Elle porte un châle blanc autour des épaules, en dentelle qui laisse entrevoir la peau nue au-dessous. C'est si sexy. Elle me raconte sa semaine de travail et est tout excitée parce qu'une grosse star de cinéma, Claire Jordan, est passée sur le plateau pour rendre visite à Josie, qui la connaît grâce à une connexion avec la famille Rourke. C'est la première fois que j'entends parler de ça. Apparemment, ma cousine, la princesse Sylvia, a employé une planificatrice de mariage américaine pour son mariage aux États-Unis, et il s'avère que cette dernière est une amie proche de Claire. Cette connexion s'est transférée de Sean à Sylvia à la planificatrice de mariage à Claire, à Josie puis à Harper. Le monde est petit. Ça me fait me dire que j'aurais peut-être fini par rencontrer Harper par le biais de l'un de ces liens. Le destin, en somme.

— Le mieux, et je n'en avais aucune idée, continue Harper, c'est que Claire a sa propre entreprise de production, au Connecticut.

— Cool.

— Ouais, je lui ai dit que j'étais intéressée par la réalisation et elle m'a répondu qu'elle adorerait me revoir pour me parler d'un projet ! Elle a beaucoup de projets dans les tuyaux : des films, des séries télé, et même une émission de télé-réalité basée sur les voitures anciennes. Tu as déjà entendu parler de *Hot Finds* ? Ils partent à la recherche de voitures anciennes à…

— Réparer. Oui, j'adore cette émission avec Ty et Park.

Elle sautille sur la pointe des pieds.

— Je ne m'attends pas à ce qu'elle me donne un projet à réaliser, mais si je pouvais réaliser un épisode d'une série déjà bien établie quand je serai en pause pour *Living Gold,* ce serait un bon début. Notre dernier épisode est tourné à la fin du mois. Ensuite, on va devoir attendre de voir si on est renouvelés pour d'autres épisodes.

Elle me sourit et ajoute :

— Ça pourrait vouloir dire que je resterais dans le coin pendant un bon moment.

— Ça me plaît, comme idée.

Les portes de l'ascenseur s'ouvrent et Joe sort en premier. Il passe la porte d'entrée devant nous et l'attend. Je lui tiens la porte ouverte et la suis. La voiture est garée juste devant, une Mercedes argentée.

— Amanda, s'écrie un homme, emmène-moi avec toi.

Harper écarquille les yeux en voyant l'homme d'âge moyen débraillé, avec sa chemise à manches courtes tachées et son pantalon de jogging. Joe s'avance vers lui et lui dit de reculer. Harper se précipite sur le siège arrière de la voiture et je la suis.

— C'est l'homme qui s'est introduit dans mon appartement, dit-elle en se tordant le cou pour savoir où il est parti. Il veut qu'Amanda la dure à cuire le fouette.

Joe revient vers nous, et je ne vois plus le type nulle part.

— Joe l'a fait fuir, la rassuré-je en me tournant vers elle.

Elle me prend la main et la serre.

— Il s'est fait arrêter. Je suppose qu'il est sorti de prison.

— Tu as une ordonnance de restriction contre lui ?

— Oui.

— Alors signale-le.

— Allons-y, dit Joe en se glissant sur le siège avant.

Le chauffeur s'écarte du trottoir. Joe se tourne vers Harper.

— Je vais le signaler pour infraction à son ordonnance de restriction. Il a des problèmes mentaux. Je lui ai dit que tu n'étais pas Amanda et qu'il devait laisser Harper Ellis tranquille ou il serait arrêté. Il m'a aboyé dessus et s'est enfui en courant.

— Comme un chien, tu veux dire ? m'étonné-je.

— Ouais. Harper, je m'occupe de tout. Ne laisse pas cet incident gâcher ta soirée. Il est perturbé. Je ne pense pas qu'il te veuille du mal, il espère surtout que tu le dresseras comme un chien.

Harper laisse échapper un soupir tremblant.

— Oui, eh bien, c'est hors de question.

— Il ne peut pas entrer dans l'immeuble, continue Joe. N'y pense plus.

Il me lance un regard laissant entendre « intervient, mec ».

Je prends sa mâchoire entre mes doigts et l'embrasse.

— Quiconque voulant s'approcher de toi devra passer sur le corps de deux gorilles massifs prêts à lui botter les fesses.

Elle m'adresse un sourire tremblant et pose la main sur ma poitrine.

— Ça me rappelle quand je t'ai pris pour mon garde.

— La meilleure journée de ma vie, dis-je en posant la main sur la sienne.

Elle déboutonne ma chemise blanche assez pour glisser la main dedans et me caresse la poitrine.

— Tu es une excellente distraction, ronronne-t-elle.

Je replace ses cheveux derrière son oreille. *J'espère être plus que ça.*

Elle retire sa main et reboutonne ma chemise.

— Bon, je t'ai raconté ma semaine. Comment s'est passée la tienne ?

— Eh bien, pour commencer, je suis à nouveau devenu oncle.

Je ne peux m'empêcher d'afficher un large sourire, tandis que je sors mon téléphone pour lui montrer la photo de mes nièces jumelles.

— Ce sont les filles de mon frère aîné, Dylan, Maya et Eva. Ce sont de fausses jumelles, même s'il est difficile de les différencier pour l'instant. Maya porte le chapeau à rayures jaunes et Eva celui à rayures roses. La maman et les bébés se portent à merveille.

— Félicitations ! Ça te fait combien de nièces et de neveux ?

— Trois nièces, toutes du côté de la famille de Dylan, mais d'autres sont en route. La femme de mon frère Jack doit accoucher la première semaine de novembre. Celle de Connor est enceinte aussi, mais c'est encore récent. Bref, on organise une fête de grande sœur chez mes parents, demain. C'est une tradition de famille, d'organiser une fête pour l'autre frère ou sœur avant l'arrivée du bébé à la maison, pour qu'il se sente spécial. Tous mes grands frères en ont eu une quand le prochain garçon arrivait pour leur prendre leur place de bébé de la famille, sauf ton serviteur, puisque je suis le plus jeune. Tu veux venir ?

J'ai envie de la présenter à ma famille, parce que j'ai un bon pressentiment sur nous.

Elle écarquille les yeux et en reste bouche bée.

J'appuie sous son menton pour lui faire fermer la bouche et l'embrasse.

— Pourquoi tu es aussi stupéfaite ?

— Tu veux que je rencontre tes parents et, genre, toute ta famille ?

— Oui, ce sera marrant.

Elle me dévisage.

— Ça a l'air très sérieux.

— J'ai rencontré ta grand-mère.

— C'était plutôt… enfin, tu as proposé…

— J'étais un tampon ?

— Ouais.

Je range mon téléphone, cachant ma déception.

— Pas grave. Tu n'es pas obligée de venir.

— Si, je vais venir. Je ne suis pas habituée à rencontrer les parents de mes petits amis. Je suis nerveuse, maintenant. Je dois amener quelque chose ?

Je souris.

— Ce n'est pas nécessaire. Et ne t'inquiète pas, Josie sera là aussi. Mes frères sont comme moi, en moins cool.

Elle éclate de rire.

— Et pour continuer avec les bonnes nouvelles, j'ai décroché un autre rôle dans une pub. Je suis vraiment emballé. Le tournage a lieu vendredi prochain. C'est une pub pour une voiture électrique, que je devrais rendre cool en faisant semblant de la conduire. D'après le scénario, je dois me garer en ville, la brancher à une station de recharge et m'éloigner avec ma jolie petite amie. Aucune réplique, alors c'est super facile. J'ai demandé si tu pouvais jouer ma petite amie, mais ils ont déjà quelqu'un.

Elle se mord la lèvre inférieure. Je la regarde dans les yeux.

— Tu es contrariée parce que j'ai demandé un rôle pour toi, ou parce que j'ai été retenu ?

— Ni l'un ni l'autre, assure-t-elle en m'étreignant le bras. C'était sympa de ta part de penser à moi.

— Je suis vraiment excité. Après ça, j'aurai assez d'argent pour un acompte sur une maison. C'est un rêve devenu réalité.

Elle pose la tête sur mon épaule et je passe un bras autour d'elle.

— Je suis contente sur toi.

Elle n'a pas l'air très enthousiaste, mais elle fait des efforts. Il lui faudra du temps avant de me faire confiance. Je comprends, et je suis prêt à attendre. Ce que je ne veux pas, c'est abandonner ce qui promet d'être une nouvelle carrière lucrative. Mon agent travaille dur pour me trouver d'autres boulots meilleurs, et j'adore bosser avec mon coach de comédie, qui est très encourageant.

Je commence à envisager le métier d'acteur comme une vraie possibilité. Pour la première fois de ma vie, j'ai de l'ambition, une chose pour laquelle j'ai envie de travailler dur. Et c'est une carrière personnelle. Dans mon boulot, je suis remplaçable. C'est un fait. Mes frères pourront toujours embaucher un autre type dans l'équipe. S'ils voulaient vraiment que je reste, ils m'auraient offert un titre et un poste. Je ne devrais pas me sentir aussi coupable à l'idée de partir de mon côté.

Ma famille et Harper doivent être d'accord avec cette nouvelle direction prise dans ma vie, parce que si on me propose un gros truc, je ne ferai pas une croix dessus.

~

Harper

J'essaie de digérer cette soirée qui s'est avérée une vraie tornade, jusqu'ici. J'étais excitée à l'idée de voir Garrett, puis on m'a rappelé pourquoi j'ai un garde du corps quand Walter m'a à nouveau approchée. Puis Garrett m'a invitée à rencontrer ses parents, ce qui est déjà bien assez stressant, mais *en plus*, il m'a annoncé qu'il avait décroché un rôle dans une autre pub. Je suis heureuse pour lui. Vraiment. Comment pourrais-je ne pas l'être, alors qu'il est aussi enthousiaste ? Ce n'est pas ma faute si ma première réaction instinctive est la méfiance. Je fais des efforts pour dépasser ça. Je n'ai pas envie de gâcher ce qu'il y a entre nous parce que mon instinct émet des signaux d'alarme. Dans ce cas précis, il se trompe. Je dois le croire. Nous entrons dans la salle de théâtre par une porte de derrière et nous dirigeons vers une porte latérale, où nous sommes escortés jusqu'à nos sièges au centre de la salle. J'essaie de me détendre. C'est mon spectacle préféré, après tout. Je l'ai déjà vu neuf fois. J'adore la musique, mais surtout, j'aime l'histoire de la méchante sorcière incomprise, que tout le monde juge parce que son apparence est différente. Elle est née avec la peau verte. Ça me rappelle qu'on doit juger les gens sur leur personnalité, et pas leur apparence. En tant qu'actrice, je m'efforce toujours de comprendre l'essence d'un personnage.

Le spectacle commence quelques minutes plus tard et je me surprends à regarder Garrett du coin de l'œil, tout autant que le spectacle sur la scène. Il a l'air immergé dans l'histoire. J'espère que ça lui plaît. J'adorerais l'emmener à d'autres spectacles de Broadway. Dès que le rideau tombe pour l'entracte et que les lumières se rallument, de demande :

— Qu'est-ce que tu en penses jusqu'ici ?

— C'est génial. J'adore la musique en live, et c'est une forme d'art en soi, la façon dont ils racontent l'histoire avec elle. Et ces deux actrices principales ont tellement de coffre, c'est incroyable !

J'affiche une expression rayonnante. Il comprend.

— Oui. Seuls les meilleurs des meilleurs accèdent à Broadway. Il n'y a jamais de mauvaise performance. En tout cas, je n'en ai jamais vue.

— Combien de fois tu as vu celui-là ? demande-t-il en me donnant un petit coup de coude.

— C'est la dixième fois ce soir. Je viendrais le voir toutes les semaines, si je pouvais. À la fin, je suis censée rencontrer une partie de la troupe et prendre quelques photos avec eux.

— Tu ne m'avais pas dit. Je leur demanderai de signer mon programme.

— Bien sûr, l'encouragé-je, avant de me pencher vers lui. Ensuite, on pourra rentrer chez moi et reprendre où on s'est arrêté tout à l'heure.

Il sourit et me tapote le nez.

— Petite coquine.

— Je plaide coupable, ris-je.

Personne ne m'avait encore jamais appelée comme ça.

Après le spectacle, qui était incroyable, nous attendons que les spectateurs soient partis avant de nous glisser derrière les rideaux pour rencontrer les acteurs. Ils sont surexcités après leur performance, et c'est super de revoir tout le monde. J'ai déjà rencontré cette troupe trois fois.

L'actrice qui joue la gentille sorcière dédicace le programme de Garrett et un photographe appelé par ma publiciste prend une photo d'eux ensemble. Je les rejoins et ils prennent d'autres photos. Ensuite, on prend un cliché avec la méchante sorcière, puis avec tout le casting.

— On a prévu de sortir après ça, lance Glinda la gentille sorcière (alias Laurie). Vous voulez venir avec nous ?

— En fait, répond Garrett en passant un bras autour de moi, Harper est impatiente de me ramener chez elle.

Je lui donne une tape amusée sur la poitrine, secrètement

ravie qu'il n'ait pas cédé à l'appel de la fête. Je veux qu'il me veuille pour moi-même, et pas pour les paillettes qui m'entourent.

— Oooh, Harp, on dirait que tu as attrapé un vrai homme, lance Laurie.

Elle se lèche le doigt et émet un grésillement quand elle lui touche l'épaule. Garrett rit.

— C'était super de tous vous revoir. Votre performance était fantastique, dis-je. Amusez-vous bien ce soir !

Avant de sortir, je l'entends chantonner :

— Toi aussi, la séductrice.

Je ris. Garrett me prend la main et entrelace ses doigts avec les miens tandis qu'on va retrouver Joe, avant de sortir par la porte de derrière. Ni tarés ni paparazzis, et nous rejoignons la voiture en toute sécurité. Je pousse un soupir soulagé.

— Je comprends pourquoi tu aimes à ce point ce spectacle, dit-il. Tu es la méchante sorcière, et ta grand-mère la gentille sorcière.

Je prends une brusque inspiration. Je n'arrive pas à croire qu'il a compris ça. C'est vrai. Leur vie est entremêlée et opposée. L'une doit surmonter beaucoup d'épreuves et l'autre a la vie facile. Je me suis toujours sentie méchante, incapable de vivre selon ses standards stricts.

— Qu'est-il arrivé à tes parents ? demande-t-il gentiment.

Non seulement il est très intuitif et sensible, mais en plus il est très précautionneux avec moi. Il me donne envie de me confier.

— Je te raconterai mon histoire si tu me racontes la tienne, lui soufflé-je à l'oreille. Pas ici.

— D'accord. Mais mon histoire est ennuyeuse.

— Ah ! Il n'y a rien d'ennuyeux à être né dans la royauté. Tes belles-sœurs sont-elles considérées comme des princesses ?

Il hausse les sourcils.

— En fait, oui.

Je n'ajoute rien de plus. On sait tous les deux pourquoi j'ai demandé ça. Si tout continue d'aller aussi bien entre nous, je deviendrai peut-être un jour une princesse. Je ne serais pas contre l'idée de porter une tiare et de vivre au palais de Villroy.

— J'ai très envie d'aller à ce bal sur le thème de la Régence, avoué-je.

— Tu te sers de moi pour rencontrer Alice.

— Disons plutôt que c'est deux pour le prix d'un.

Il rit.

— La dernière fois, elle a enfilé à son bébé, Sigourney, une petite robe bleue assortie à la sienne. Elle fait les choses à fond. Je veux bien t'emmener avec moi la prochaine fois, à une condition.

— Laquelle ?

— Tu dois me promettre de ne pas oublier que j'existe quand tu auras rencontré ton idole.

Une bulle de pur bonheur enfle en moi.

— Oui, dis-je en rougissant d'excitation.

C'est alors que je me souviens de ma grand-mère.

— Mais je ne peux pas. Ma grand-mère attend ma visite pour Noël, et elle ne rajeunit pas. Je ne sais pas combien de Noëls avec elle il me reste.

— Elle est forte comme un bœuf. Elle peut nous accompagner dans le jet royal. Je parie qu'elle serait tout à fait à sa place avec mes cousins. Et elle s'entendrait très bien avec mon père.

— Peut-être.

Je ne peux pas lui demander de voyager pour des raisons égoïstes. Et si elle tombait malade ? Ce serait ma faute.

— Bien sûr, on verra où on en est d'ici là.

Une fois de retour dans l'intimité de mon appartement, il fait comme chez lui et s'installe sur mon canapé, avant de tapoter la place à côté de lui.

— C'est l'heure des histoires, dit-il. Raconte-moi la tienne, je te raconte la mienne.

Soudain, je me sens nerveuse. L'avertissement de ma grand-mère résonne dans ma tête : ne jamais montrer ses faiblesses. Puis la voix de ma publiciste intervient : chaque personne que tu laisses se rapprocher de toi doit signer un accord de confidentialité. Je me montre vulnérable avec lui. Et je dois être courageuse et continuer. C'est la seule solution pour vraiment établir un lien avec l'homme dont je commence à soupçonner d'être tombée amoureuse.

Je le rejoins sur le canapé et prends une grande inspiration.

— Il n'y a pas grand-chose à dire. Je n'ai jamais rencontré mon père. Il était marié et avait sa propre famille.

Je déglutis, surprise que ça m'ébranle encore après toutes ces années sans qu'il me reconnaisse.

— Ma mère m'a eue très jeune et m'a laissée aux soins de ma grand-mère quand j'étais bébé. Ma grand-mère est sa mère.

— Ta mère biologique te rendait-elle visite ?

Je souris un peu. C'est sympa de sa part de la qualifier comme ça. Je ne l'ai jamais considérée comme une vraie mère.

— Non. Je crois qu'elle ne se sentait pas la bienvenue. Ma grand-mère l'a sûrement fait fuir.

— Tu as déjà essayé de reprendre contact avec elle ?

Je déteste avoir à l'admettre, parce que ça prouve le peu d'intérêt qu'elle avait pour moi.

— Non, je comptais le faire une fois adulte, mais… elle m'a contactée quand j'ai décroché mon premier rôle dans une série, à quinze ans. On s'est rencontrées à Los Angeles. Elle m'a demandé de l'argent, et quand j'ai refusé, elle m'a dit que ma grand-mère m'avait dressée contre elle. À l'époque, j'économisais tous mes salaires, parce que j'étais terrifiée à l'idée de me faire virer et de ne jamais plus retrouver de travail.

Il m'embrasse.

— Je suis désolé.

Une boule se forme dans ma gorge.

— Ne répète ça à personne, d'accord ? Ça reste entre nous.

— Bien sûr. À qui est-ce que je dirais ça ?

— Un tas de gens paieraient très cher pour obtenir des sales histoires à mon sujet.

— Harp, tu me connais mieux que ça, maintenant, non ?

Je cligne des paupières pour réfréner mes larmes.

— Parfois, j'ai du mal à faire confiance. J'essaie, d'accord ?

— Tout ce que tu me diras ne sera jamais répété. Je n'essaie pas d'obtenir quoi que ce soit de toi, mis à part... ta compagnie.

— Qu'est-ce que tu allais dire ?

Il secoue la tête en souriant.

— Non. Ce n'est pas le moment de faire des blagues salaces. À mon tour, maintenant. Mon histoire est simple. Je t'ai déjà dit que mon père avait été banni. Après ça, on a mené une vie assez normale, de mon point de vue. Quand je suis arrivé, mon père travaillait pour l'entreprise de construction de mon oncle et gérait l'aspect financier, tandis que ma mère nous élevait tous les six. Ils ont arrêté de faire des enfants une fois qu'ils ont atteint la perfection, comme tu peux le voir, dit-il en faisant un geste vers lui-même.

— Bien sûr, ris-je.

— Mes frères et moi avons été introduits dans l'entreprise et notre oncle nous a appris le métier. Quand il a pris sa retraite, il nous a donné l'entreprise. Nous sommes copropriétaires à parts égales. Mes frères aînés ont trouvé chacun une niche dans laquelle travailler, dans la nouvelle entreprise qu'on a créée pour le développement immobilier, Rourke Management. J'ai loupé le coche là-dessus. Je ne suis toujours qu'un ouvrier du bâtiment. Au début, ils pensaient que je n'étais pas assez expérimenté pour un poste a haut niveau, et maintenant, tous les postes sont pris, explique-t-il d'un ton amer.

— C'est la deuxième fois que tu mentionnes le fait d'avoir été laissé de côté.

— Oui, eh bien, je suppose que j'y pense souvent, ces derniers temps. Soudain, j'éprouve l'ambition d'accéder à plus que ça.

— Avec une carrière d'acteur, par exemple.

— Ce serait génial, je ne vais pas le nier.

Il m'adresse un sourire sexy et ses grandes mains

remontent ma robe. Puis il me soulève pour me poser à califourchon sur lui.

— Passons au plus important, maintenant.

J'enroule les bras autour de son cou et l'embrasse,
soulagée que cet instant de confessions intimes soit terminé.
Cette partie-là est tellement plus facile – sa bouche sur la
mienne et ses mains errant partout sur moi.

Il se lève, me gardant enveloppée autour de lui, et se
dirige vers la chambre. Nous ne prononçons plus un mot. Il
n'y a plus qu'une union passionnée. Je me répète de ne pas
m'en faire pour cette ambition qu'il s'est trouvée. Je ne peux
laisser cela se mettre entre nous.

17

Harper

Extrêmement nerveuse, j'attends sur la marche du porche de la maison en brique où Garrett a grandi. Mon niveau de stress avoisine le trac éprouvé avant de monter sur scène. Difficile de croire que six garçons ont grandi dans cette petite maison, surtout s'ils sont aussi larges que lui. J'imagine sans mal leurs années ados, avec toute cette testostérone – la sueur, les voix fortes, le fait de manger tout ce qui nous tombe sous la main. J'imagine sa mère comme une femme épuisée et prématurément vieillie, c'est pourquoi quand la porte s'ouvre et révèle une belle femme d'une cinquantaine d'années aux cheveux brun foncé lui arrivant aux épaules, aux yeux bleu vif et à la peau claire et douce, vêtue d'un pull rose pâle d'un pantalon noir confortable et de bottes noires, je suis stupéfaite. Elle pourrait jouer dans une pub pour les crèmes anti-âge. J'ai envie de connaître tous ses secrets de beauté. Je ne plaisante pas.

— Bonjour, bienvenus ! s'exclame-t-elle en reculant pour nous laisser entrer. Je suis si contente que vous ayez pu venir pour le jour spécial d'Olivia.

Elle a prononcé le nom « Olivia » plus fort que nécessaire. C'est la fille de Dylan. J'ai mémorisé tous les prénoms de la famille en chemin. J'entends de la musique en arrière-plan, une mélodie enjouée à propos d'un dauphin. Des chansons pour enfant ?

Je rentre et vois une adorable petite fille vêtue d'une tiare argentée à paillettes, d'un justaucorps rose et d'un tutu assorti en train de tourbillonner dans le salon. Elle lance un regard rayonnant à sa grand-mère, nous aperçoit et se retourne pour s'agripper à la jambe de pantalon d'un homme âgé. Ce doit être le père de Garrett ; la ressemblance est frappante, même si Garrett est plus musclé. Ils ont les mêmes yeux aigue-marine, les mêmes pommettes affûtées et la même mâchoire carrée.

Garrett fait les présentations. M. et Mme Rourke m'accueillent de manière chaleureuse, ainsi que Joe. J'ai amené mon garde du corps pour ma propre tranquillité d'esprit. Je n'avais pas envie que quelqu'un me suive jusqu'ici ou fasse irruption chez eux. Garrett m'a affirmé que ses parents ne seraient pas surpris par la présence de Joe, vu qu'au palais, les gardes sont la norme. Son père a grandi parmi eux.

— Dylan va passer un peu plus tard pour manger un bout de gâteau, explique Mme Rourke. Ariana est à l'hôpital avec les jumelles pour une journée de plus. Ce jour est donc consacré à la grande sœur.

Garrett me fait signe de le suivre, un cadeau pour Olivia sous le bras.

Il s'accroupit devant elle, tandis qu'elle est toujours accrochée à la jambe de son grand-père.

— Joyaux jour de la grande sœur, Olivia ! Voici mon amie Harper.

Il dépose le gros cadeau au sol devant elle.

— Salut ! lancé-je en me penchant à son niveau. Tu dois être très excitée à l'idée de devenir grande sœur.

Elle hoche la tête et regarde le cadeau, avec son papier couvert de ballons aux couleurs vives.

Garrett fait un geste vers lui.

— C'est de notre part, à Harper et moi. Vas-y, ouvre-le.

Elle tire sur le papier et en arrache un tout petit morceau. Puis un autre. Ça risque de prendre un moment.

Garrett se redresse, et je l'imite.

M. Rourke reste debout derrière Olivia, qui déballe son cadeau de manière appliquée, petit morceau par petit morceau.

— Dylan voudrait te parler du poste de chef d'équipe, plus tard.

— Comment ça ? s'étonne Garrett. C'est le poste de Jack.

— Jack a décidé de rester à la maison avec son nouveau bébé pendant deux ans, tandis que Riley travaillera à plein temps.

Garrett écarquille les yeux.

— Vraiment ? Et Dylan veut que je devienne chef d'équipe, *moi* ?

— Bien sûr.

— Et quand Jack reviendra ?

M. Rourke sourit.

— Si tout continue comme en ce moment, l'entreprise sera assez grande pour que vous puissiez tous vous y épanouir.

Garrett fronce les sourcils, l'air plongé dans ses pensées. Je sais ce qu'il se dit. C'est la promotion qu'il a toujours voulue, mais il y a aussi ce boulot d'acteur qu'il aimerait voir décoller, ce qui l'obligerait à abandonner l'entreprise familiale quand elle a le plus besoin de lui. Il m'a dit que la femme de Jack devait accoucher bientôt.

Il pousse un long soupir et baisse les yeux sur Olivia.

— Tu veux de l'aide ?

Elle secoue la tête, sa tiare s'inclinant en avant. Elle la repousse de ses yeux et la replace au sommet de sa tête à deux mains. Ses cheveux son brun foncé et ondulés. Je n'avais jamais les cheveux détachés, quand j'étais enfant. Le Général Joan pensait que mes boucles rebelles devaient être disciplinées et attachées en permanence. Par une queue de cheval ou des tresses.

— Quel âge a-t-elle ? demandé-je.

— Vingt mois, répond M. Rourke. Ma femme et moi aimons beaucoup vous regarder dans *Living gold*. En fait elle était déjà très fan de vous avant ça, avec *Capital Asset*.

— Merci. Ça me fait plaisir.

Garrett m'a appris à recevoir les compliments avec politesse. Ah ah.

Nous baissons tous les yeux sur Olivia. Elle a fini d'ôter l'emballage et s'efforce de retirer son cadeau du carton. C'est un kit de sport, composé d'un ballon de football en mousse, d'un ballon de basket et d'un de rugby.

— Ouvre, s'il te plaît, dit-elle en levant les yeux sur les adultes.

M. Rourke prend la boîte.

— L'emballage est difficile à ouvrir. Laisse-moi aller chercher des ciseaux pour m'en charger.

C'est à ce moment-là que la porte s'ouvre et qu'un homme séduisant portant une veste en cuir noir et un jean entre.

— Où est ma fille ?

— Papa ! s'exclame Olivia en accourant vers lui.

Ce doit être Dylan. Mes yeux me brûlent à cette réunion. Il la soulève et la serre dans ses bras. Elle pose la tête sur son épaule et l'étreint de toutes ses forces, l'air aux anges. Il la jette en l'air, la rattrape et l'embrasse sur la joue.

— Tu m'as manqué, ces deux dernières nuits, ma puce. Tu t'es bien amusée avec Grand-mère et grand-père ?

— Hum hum, acquiesce-t-elle. Et aussi avec Nonna et Nonno.

— Waouh, tout le gang s'est rassemblé rien que pour toi, approuve-t-il en la hissant sur sa hanche. Tu dois être une enfant très spéciale.

Il lève la main pour saluer Garrett et s'avance pour lui donner une tape sur le dos.

— Oui, répond-elle. Je suis une grande sœur. J'aide Maya et Eva.

Elle plisse le nez et chantonne :

— Ce sont juste des bébés.

Elle parle vraiment bien, pour une petite fille de cet âge. Pour une raison inconnue, j'étais persuadée que les enfants ne faisaient jamais de phrase complète avant leurs deux ans. Non pas que j'aie la moindre expérience avec les enfants.

— Elles ont tellement de chance de t'avoir.

Son père la repose et elle court à la cuisine, où Mme Rourke se bat avec les liens en plastique qui maintiennent les ballons de sport.

— Salut, je suis Dylan, lance-t-il en tendant la main.

— Harper, me présenté-je en lui serrant la main. Je te reconnais pour t'avoir vu sur les photos du mariage à Villroy. C'était un événement important.

Il sourit, ses yeux bleus pétillants.

— C'est sûr. J'étais le prince héritier, jusqu'à ce que je cesse de l'être. En tout cas, c'était une belle réunion. Et Josie m'a dit qu'elle adorait travailler avec toi sur *Living Gold*. C'est une série marrante.

— Merci, dis-je en croisant les doigts devant moi. Espérons qu'assez de gens penseront la même chose.

L'audience n'a pas été énorme, mais d'après mon agent, beaucoup de spectateurs de notre chaîne préfèrent regarder tous les épisodes d'un coup une fois qu'ils sont sortis.

— Je saurai si la série a droit à une deuxième saison la première semaine de novembre.

Garrett fronce les sourcils.

— Je touche du bois pour que ce soit le cas, mais tu sais ce que tu feras sinon ? Tu resteras quand même dans le coin ?

Dylan s'excuse et va rejoindre sa fille à la cuisine, étreignant l'épaule de son père avant de s'approcher de l'évier pour remplir un gobelet d'eau à sa fille. Quel excellent père. Ma vie aurait-elle été très différente, si j'avais eu des parents aimants comme Olivia ? Garrett a connu ça aussi. Je n'aurais peut-être pas ressenti le besoin de m'échapper en jouant d'autres rôles, ou de voyager aussi loin à un aussi jeune âge. Je balaie ces pensées. Je suis contente de ma carrière. Et mon enfance m'a donné la volonté d'en arriver là où je suis aujourd'hui. Ça valait mieux comme ça.

Garrett me prend la main et me guide jusqu'à un canapé bleu foncé douillet.

— Harp ?

Je croise les jambes et me tourne vers lui.

— Oui ?

— Tu n'as pas répondu à ma question. Tu resteras dans le coin, si *Living Gold* n'est pas renouvelé ?

— S'il y a du travail pour moi, oui. J'espère avoir une opportunité de réaliser quelque chose, mais je ne sais pas. Je dois aller là où est le boulot. Enfin, tu as vu comment ça marche avec Josie.

— C'est vrai. Je surveille sa maison bien assez souvent, répond-il en m'étreignant la main. J'espère qu'on restera en contact, si on doit être séparés.

Ma poitrine se comprime. Il est si expressif. Je ne sais même pas quoi dire.

— Merci.

Mme Rourke ouvre la porte de la cuisine.

— Venez par ici, tout le monde !

Elle me regarde et ajoute :

— Quelqu'un t'a proposé un verre ?

— Je m'en occupe, dit Garrett en bondissant sur ses pieds.

Je le suis dans la cuisine. Tout le monde sort du sous-sol et s'entasse dans la cuisine, rassemblé autour de l'îlot. Qu'est-ce qu'ils faisaient là-dessous ? Je n'ai rien entendu. Bien sûr, la musique pour enfants est forte, et j'étais distraite par les gens que j'ai rencontrés.

Garrett se fraie un chemin dans la pièce, me présentant à ses frères et leurs femmes, mais l'une de celles-ci n'a pas besoin d'être présentée.

— L'une d'entre nous, l'une d'entre nous, chantonne Josie, une lueur dansant dans ses yeux bleus, avant de passer les bras autour de moi. Ça fait quoi, deux jours qu'on ne s'est pas vus ? Quoi de neuf ?

J'éclate de rire.

— Pas grand-chose. On a vu *Wicked* hier, et me voilà.

— Oh, j'adore *Wicked*. Mais le rôle de mes rêves, c'est Dolly dans *Hello, Dolly*. C'est quoi, le rôle de tes rêves à Broadway ?

— Elphaba dans *Wicked*, mais je n'ai pas assez de coffre pour la jouer.

— Vraiment ? s'étonne-t-elle en inclinant la tête. Je t'ai toujours imaginée en Marian, la bibliothécaire dans *The Music Man.*

Elle se tourne vers Garrett et continue :

— C'est une femme si douce. Marian passe de la bibliothécaire coincée à la femme heureuse et plus confiante.

— Pourquoi ? Parce que j'adore les livres ? l'interrogé-je.

Une lueur amusée danse dans les yeux de Josie.

— Hum hum.

— Parce que je suis coincée et méfiante, deviné-je. Eh bien, merci.

— Tu as tout compris, lance Garrett en pointant Josie du doigt, avant de passer un bras autour de ma taille. Tu devrais essayer de décrocher ce rôle.

Je pince les lèvres.

— Je vais faire ça.

— Je suis sérieux, insiste-t-il.

Je me tourne vers lui, m'efforçant de garder mon calme.

— Je ne peux pas me contenter de décider d'avoir un rôle. Il faut qu'il y ait un spectacle en cours, que ça corresponde à mon emploi du temps et qu'ils pensent que j'en suis capable.

Je ne suis pas coincée et méfiante. Je ne suis certainement pas coincée, et je fais de gros efforts pour ne pas être méfiante. Tu ne te rends donc pas compte à quel point je me suis rendue vulnérable avec toi ?

Il fronce les sourcils. Je n'arrête pas d'oublier qu'il est au diapason avec moi.

— Fais en sorte que ça arrive, dit Josie. Si tu en as envie, en tout cas. Je t'imaginais comme ça, c'est tout. Alors…

Elle grimace et continue :

— La situation a l'air assez périlleuse, pour *Living Gold.* Je trouvais ça si bon, mais ça n'a peut-être pas touché le public. Les audiences déclinent de semaine en semaine.

Mon estomac se tord, mais je garde une expression optimiste.

— Mon agent m'a dit d'attendre et de voir si les audiences

grandissent. Les adeptes du *binge-watching* pourraient la sauver.

— Je suis en train d'étudier quelques scripts que Claire m'a envoyés, expliqua-t-elle.

— Cool.

Je n'ai reçu aucun script.

Elle sent aussitôt ma gêne et reprend :

— Elle est comme un mentor, pour moi. Eh, je pourrais être ton mentor. Ça te dirait ?

Comment refuser ? Même si je suis plus âgée et que je travaille dans ce métier depuis plus longtemps. Elle a obtenu des rôles plutôt importants dans deux films, alors que je n'ai jamais eu que de petits rôles. Elle *devrait* peut-être être mon mentor.

— Avec plaisir.

— Oh, j'ai parlé comme une femme imbue d'elle-même, hein ? se reprend-elle en m'étreignant le bras.

Elle fait signe à Garrett de reculer et passe les bras autour de mes épaules.

— Sache juste que je suis là, si tu as besoin de moi, d'accord ?

— D'accord, merci.

Soudain, mon genou flanche et j'émets un hoquet. Un ballon de football vient de me heurter l'arrière de la jambe.

Olivia passe en courant, suivant la balle, et l'envoie à la cuisine d'un coup de pied.

— Va jouer avec ça dehors, jeune fille, aboie M. Rourke. Qui veut jouer au ballon avec Olivia ?

Tous les hommes la suivent dehors. Waouh. Toute une équipe de football composée d'hommes virils suivant une petite fille dans la cour.

— C'est une belle journée d'automne, dit Mme Rourke. Installons-nous sur la terrasse. Je vais chercher les légumes.

Une fois installée sur la terrasse de derrière avec les femmes, je passe un bon moment, à bavarder et manger des légumes plongés dans la sauce. Il y a moi, Mme Rourke, Josie et les femmes. Becca et Riley sont toutes deux enceintes et discutent de ça. Riley doit accoucher à la fin du mois. Becca n'a même pas encore de ventre. Elle est grande et fine, je suppose donc que le bébé a de la place pour s'étirer, pour l'instant. Nous bavardons tout en regardant sept hommes adultes, y compris Joe, suivre une petite fille avec un ballon de football en mousse et l'acclamant quand elle l'envoie vers le petit filet que quelqu'un a trouvé stocké quelque part. Elle gagne.

Les Bianchi, les voisins, passent nous voir. Il s'avère que ce sont les grands-parents d'Olivia. Dylan a épousé la fille d'à côté. Je suis si curieuse de rencontrer sa femme. Sa mère est du genre culottée et avec beaucoup de franc-parler, le visage caché derrière sa frange brun foncé et ses grosses lunettes. Son mari est plus discret et sourit beaucoup.

Mme Rourke me présente à eux.

— L'actrice superstar, dit Mme Bianchi. Il y en a deux dans la famille, maintenant. Bientôt, vous allez tous déménager à Hollywood.

— Je ne suis pas une superstar, dis-je, secrètement ravie que ce soit ce qu'elle pense.

Hollywood ne m'a jamais accordé ce statut.

— Bien sûr que si, insiste-t-elle. Je t'ai vue dans deux séries télé populaires. Tu veux bien m'aider à rentrer les manicotti ?

Elle tient deux plateaux couverts en équilibre dans ses mains.

— Bien sûr, acquiescé-je, surprise qu'elle me demande ça alors qu'on vient tout juste de se rencontrer.

Son mari tient un pichet d'eau dans lequel flottent des tranches de fruits.

Je la suis dans la maison.

— J'ai apporté de l'eau saine, m'explique-t-elle par-dessus son épaule. J'ai dû y ajouter quelques vitamines pour toutes les femmes enceintes de cette maison. Ma fille dit que les jumelles seront ses derniers enfants, mais je ne manque pas de petits-enfants à gâter, maintenant que les derniers fils Rourke commencent à se caser. On est une grande famille, ici.

— C'est très sympa.

Je pose le plateau encore chaud sur l'îlot.

Elle rassemble des assiettes en plastique et commence à les remplir avec une grosse spatule.

— Alors, c'est du sérieux, entre toi et Garrett ?

Je manque de m'étrangler avec ma salive. C'est le genre de question que je m'attendais à entendre de la part de la mère de Garrett, pas de sa voisine.

— Je ne sais pas.

Où est Garrett ?

— Hum hum. Depuis combien de temps vous sortez ensemble ?

Je regarde vers la porte de derrière, souhaitant que Garrett remarque que je suis en train de me faire cuisiner par sa voisine.

— Euh, on s'est rencontrés il y a un mois, mais je suppose qu'on peut dire qu'on sort officiellement ensemble depuis…

Je m'interromps, ne sachant trop comment expliquer qu'on a d'abord eu des rencards « amicaux » qui, maintenant que j'y réfléchis, étaient en fait de vrais rencards sans la partie où on couche ensemble. Elle me lance un regard entendu.

— Je suis au courant de comment ça se passe, quand on sort ensemble, de nos jours. Ma propre fille a vécu dans le pêcher avant que Dylan fasse d'elle une femme honnête. Ça a fonctionné, alors comment dire que c'est mal ? À moins de demander l'avis du Père Richards.

Elle récupère une grosse portion de manicotti d'un geste expert et la dépose dans une assiette.

— Josie voyage beaucoup pour son travail. Avez-vous parlé de comment ça se passera, pour toi et Garrett ?

Je ravale ma salive. *Elle compte répéter tout ça à Mme Rourke ?*

— Euh, il dit qu'il espère qu'on restera en contact.

Elle sourit.

— C'est un amour. Tu le sais, hein ?

Elle attend que j'aie hoché la tête avant de continuer.

— Il l'a toujours été, même s'il essaie de le cacher sous ses gros muscles et son expression patibulaire. Il est le seul à envoyer des messages réguliers à sa mère pour la tenir au courant. On l'a su dès qu'il t'a rencontrée.

Mes joues se réchauffent.

— Oh. C'est cool.

Je n'arrive pas à croire qu'il a dit à sa mère qu'il m'avait rencontrée ! C'est si mignon.

Elle pointe sa spatule vers moi et reprend :

— Si tu n'es pas sérieuse, tu ferais mieux de le laisser partir tout de suite. Il cherche à se caser, comme ses frères. Vingt-six ans, c'est bien assez vieux pour entamer une relation sérieuse. Quel âge as-tu ?

Elle lève la tête, ses yeux marron brillants d'une vive curiosité derrière ses lunettes.

— Vingt-huit, dis-je machinalement, même si je n'aime pas donner mon âge.

Ça peut s'avérer restrictif, pour une actrice.

— Tu espères avoir des enfants ?

Je regarde vers la porte de derrière. *Garrett !!! SOS !*

— Je ne sais pas, marmonné-je.

— N'attends pas trop longtemps. Ariana n'a commencé qu'à trente-et-un ans. Mais elle a été maligne, elle s'est servie de ces nouveaux tests d'ovulation et elle a tout planifié à la perfection. Évidemment, le fait que les hommes Rourke soient si virils aide beaucoup aussi.

Je manque de lâcher que je prends la pilule, quand je réalise que ce ne sont pas ses affaires. *Pourquoi cette femme m'interroge-t-elle comme ça ? Au secours ! Je vais prendre mes jambes à mon cou d'une minute à l'autre.*

— Je viens pour vous donner un coup de main, lance Mme Rourke en se précipitant dans la maison.

Je laisse échapper un soupir. Le reste de la famille entre derrière elle. Mon interrogatoire est terminé, Dieu merci. J'aide à distribuer les assiettes de manicotti et tout le monde se dirige vers la table à manger. Je passe en dernier avec Mme Rourke.

— Tu aimes l'art moderne ? m'interroge-t-elle avec un geste vers la peinture accrochée au mur.

Elle est hideuse – des gribouillis violet et rouge avec une tache de peinture jaune vif au milieu.

— C'est Garrett qui nous l'a donnée.

— C'était un cadeau d'anniversaire de Jack à Con, qui l'a laissé chez moi, explique Garrett depuis la table. J'aime l'art moderne.

— C'est inhabituel, dis-je d'un ton diplomate.

Mme Rourke sourit en l'admirant.

— Elle a été faite par un artiste célèbre. Qui sait, elle vaudra peut-être quelque chose un jour.

Mme Bianchi arrive derrière nous et scrute la peinture.

— Pour être franche, je ne vois pas ce qu'elle a de si spécial. Je ne paierais pas un centime pour ça.

Mme Rourke pince les lèvres et se dirige vers la table à manger. Je les rejoins. Tout le monde parle et rit, sauf Jack, qui a l'air maussade et n'arrête pas de jeter des coups d'œil à la peinture. Il était son premier propriétaire, puisqu'il l'a achetée pour Con. Une fois que j'ai terminé mes manicotti, ma curiosité prend le dessus.

— Jack, tu voulais récupérer la peinture ? l'interrogé-je. Tu l'as offerte à quelqu'un et elle a été offerte à quelqu'un d'autre, alors tu espérais peut-être…

Il se renfrogne et repousse ses cheveux ébouriffés en arrière.

— Je n'espère rien.

— Qui est l'artiste, déjà, chéri ? l'interroge Riley.

Sa femme enceinte plisse les yeux, le mettant presque au défi de le dire. Il y a clairement une tension dans l'air.

— Vous ne le connaissez pas, grommelle-t-il.

— J'aimerais bien le savoir, intervient Mme Rourke. Garrett n'a pas pu me le dire. C'est qui, Jack ?

— Je pourrais faire une recherche, renchérit M. Rourke. On devrait peut-être en faire don à un musée.

M. et Mme Rourke s'approchent de la peinture accrochée au mur du salon et inclinent la tête de droite à gauche.

— Il n'est pas signé, remarque M. Rourke. C'est peut-être écrit à l'arrière.

Il fait mine de décrocher la peinture du mur, mais Jack se précipite vers lui pour l'arrêter.

— N'y touche pas !

— Qu'est-ce qui te prend ? demande M. Rourke.

— Tu crains que ça affecte sa valeur ? l'interroge Mme Rourke.

Mme Bianchi les rejoint et secoue la tête.

— Je ne pense pas que quoi que ce soit puisse diminuer sa valeur. On dirait que quelqu'un a renversé de la peinture dessus pendant qu'il travaillait sur une meilleure peinture. Soit ça, soit elle a été faite par un enfant. Sans vouloir t'offenser, Olivia.

Olivia tourne la tête en entendant son nom, imitée par son père.

Bientôt, tout le monde est dans le salon à regarder la peinture. Riley s'assoit sur le canapé et soupire.

— Jack, dis-leur. Ça a duré assez longtemps.

Il se frotte la nuque et tourne les yeux vers elle.

— Allez, Ry.

— Quoi, Jack ? l'interroge Mme Rourke avec un sourire. Tu as payé ce tableau très cher ? Je peux te le rendre, si tu veux.

— Il s'est surpassé pour celui-là, assure Riley.

Jack lui lance un regard noir.

— Oh, Jack, je ne savais pas, dit Mme Rourke. Bon sang. On devrait peut-être le vendre et reverser les bénéfices dans l'éducation de ton enfant.

Jack ferme les yeux.

— C'est de la merde, d'accord ? lâche-t-il en ouvrant les yeux, l'air accablé. Je l'ai récupéré dans une poubelle et je l'ai donné à Con comme cadeau d'anniversaire. C'était juste une farce. Il a tout gobé et l'a accrochée à son mur.

— Salopard, lâche Con avec une note d'amusement dans la voix. J'ai dû regarde cette horreur pendant des années sur le mur de mon salon.

Jack rit, mais s'arrête brusquement quand sa mère le fusille du regard.

— Et puis Con l'a laissé avec Garrett, qui vous l'a donné.

— Je croyais qu'ils n'avaient aucun goût pour l'art, c'est tout, dit Mme Rourke entre ses dents. C'étaient les poubelles d'un artiste, au moins ?

— Je ne sais pas, répond Jack en haussant une épaule. Je l'ai trouvé dans la rue. J'en doute. Désolé. Je vais le remettre à la poubelle, là où est sa place.

Il décroche le tableau du mur et sort par la porte de derrière avec.

Garrett se penche vers moi et m'explique :

— Jack est le roi des farceurs. Je crois que je ne l'avais encore jamais entendu s'excuser, par contre.

— Je le savais ! s'exclame Mme Bianchi, rompant le silence tendu. J'avais bien dit que c'était un déchet, non ?

— Non, tu n'as pas prononcé ce mot-là, rétorque Mme Rourke.

Mme Bianchi fait un large geste du bras.

— J'ai dit que ça ne valait pas grand-chose. Comme si un enfant avait renversé son jus d'orange dessus, avant de faire pipi par-dessus.

— Tu n'as *jamais* dit ça, insiste Mme Rourke d'un ton agacé.

— Je m'y connais, en art, Tara, assure Mme Bianchi d'un ton hautain. Tu sais, tout le monde *pense* avoir bon goût, mais c'est le cas pour seules quelques rares personnes.

Mme Rourke lève le menton.

— J'ai étudié l'histoire de l'art à la fac, tu sais.

Mme Bianchi balaie cette remarque de la main.

— Je suis sûre que ces vieilles œuvres sont faciles à évaluer. L'art moderne nécessite un regard spécial, insiste-t-elle en tapotant la branche de ses lunettes.

Les deux femmes se chamaillent de plus en plus fort pour savoir laquelle s'y connaît le plus en art, et le sujet dévie on ne sait comment vers la question de savoir qui est la plus grande contributrice au dîner de Thanksgiving de l'église pour les sans-abris.

Jack revient juste au moment où leur querelle atteint son

apogée, concernant la valeur de l'art de rue. Mme Rourke assure que cela reste de l'art, et Mme Bianchi que c'est un crime pur et simple. Bon sang, il n'a pas fallu grand-chose pour les lancer, ces deux-là. J'échange un regard avec Garrett, qui hausse les épaules avant de me murmurer à l'oreille :

— Il y a eu un conflit entre elles. Je t'expliquerai plus tard.

Jack se précipite vers les deux femmes toujours debout près de l'endroit où était accrochée la peinture et lève les mains.

— Je vous en supplie, dites-moi que je n'ai pas relancé la guerre avec cette peinture.

— Quelle guerre ? s'étonne Mme Bianchi en levant les mains à son tour. Il n'y a jamais eu de guerre. *Certains* ont simplement été accusés à tort, par *certaines*.

— Mesdames, lance M. Rourke d'une voix autoritaire, je ne pense pas qu'il soit nécessaire de ressasser les vieilles rancœurs.

Mme Bianchi fait un geste vers Mme Rourke.

— Je lui ai donné une cuillère pour faire oublier tout ça, rappelle-t-elle en croisant les bras et en hochant la tête. Dès que j'ai su que nous serions liées éternellement à travers nos enfants, j'ai agi de manière honorable. J'ai acheté cette cuillère qu'elle affirmait que je lui avais volée et je l'ai emballée dans un papier cadeau pour clore les hostilités.

Elle lance un regard noir à Mme Rourke.

— Ce geste a été accueilli avec un enthousiasme tout sauf exemplaire, rappelle-t-elle en se tapotant les cheveux. Mais assez parlé de ça.

— Tu as complimenté les motifs dessus ! s'exclame Mme Rourke. Je sais que tu savais très bien de quelle cuillère je parlais...

— Maman, lance Jack d'une voix forte.

— Quoi ?

— C'était moi.

Elle fronce les sourcils.

— C'était toi ?

Il soupire.

— J'ai volé la cuillère.

Mme Rourke secoue la tête.

— Jack, c'était il y a si longtemps, tu ne devais pas avoir plus de…

— Cinq ans, termine-t-il pour elle.

Mme Bianchi affiche un sourire suffisant.

— Je ne suis pas du tout surprise. Je t'avais bien dit que je n'étais pas une voleuse.

Mme Rourke incline la tête, encore confuse, les yeux rivés sur Jack.

— Tu es en train de dire que quand tu avais cinq ans, tu as volé ma cuillère pendant le dîner entre voisins chez les Bianchi ? C'était une grosse cuillère. Comment se fait-il que je ne t'aie jamais vu avec elle ?

Il se passe une main sur le visage.

— Je l'ai cachée dans une boîte, dans la réserve de leur sous-sol. Je trouvais drôle de regarder tout le monde se demander où elle était. Comment je pouvais savoir que ça mènerait à des décennies de guerre entre vous deux ?

— Il était trop dégonflé pour se dénoncer après tout ce temps, intervient sa femme, Riley. N'oubliez pas qu'il pensait avec un cerveau miniature d'enfant de cinq ans.

Mme Rourke se renfrogne.

— Et il a hurlé de rire en secret pendant des années. Oh, Jack.

Elle se tourne vers Mme Bianchi et reprend :

— Je n'en savais rien. Je ne sais même pas quoi dire. Pendant tout ce temps…

Mme Bianchi lui étreint l'épaule.

— Inutile de dire quoi que ce soit. On est une famille, maintenant.

Elle tend la main et Mme Rourke la prend.

— Allons récupérer ta cuillère, maintenant, propose-t-elle, avant de jeter un coup d'œil à Jack. Allez, viens la dénicher, espèce de farceur. Ensuite, tu pourras nettoyer toute ma réserve le week-end prochain pour te faire pardonner.

— Et la mienne aussi, ajoute Mme Rourke.

Les épaules de Jack s'affaissent, puis son visage s'illumine.

— Je ne peux pas. J'ai un bébé en route. Riley a besoin de moi.

Cette dernière affiche un large sourire.

— Il nous reste encore pas mal de semaines, bébé. Je peux me passer un peu de toi.

Jack la pointe du doigt, puis accepte son sort et suit les deux femmes hors de la maison.

Dès que la porte s'est refermée derrière eux, Garrett lance :

— Du Jack tout craché.

Tout le monde se met à rire. Peu de temps plus tard, Mme Rourke revient, et lève triomphalement sa cuillère.

— C'est un très joli motif gaélique, remarque Mme Bianchi.

Mme Rourke la lave et la range dans le tiroir, qu'elle referme avec un soupir. Puis elle se tourne vers nous et annonce :

— Il est temps de manger le gâteau spécial grande sœur !

18

———

Garrett

Je suis épuisé, couché sur le lit de Harper et m'efforçant de reprendre mon souffle. Elle s'est jetée sur moi dès qu'on est rentré chez elle, et maintenant, sous le contrecoup du plaisir, je suis plutôt optimiste quant à la façon dont évolue notre relation. Elle a paru trouver ma famille amusante, ce qui est toujours mieux que de les croire cinglés. Puisqu'elle avait l'air à l'aise, on est restés tard, pour traîner avec tout le monde. Je pense que ma famille l'approuve, ce qui est important dans une famille comme la mienne, où nous passons tant de temps ensemble au boulot et à n'importe quelle occasion.

Dylan m'a aussi pris à part pour me proposer d'être promu chef d'équipe, avec une hausse de salaire aussi. Il m'a dit qu'il était grand temps, et qu'il espérait déjà placer Jack à un poste de directeur de projet pour me promouvoir plus tôt, mais que ce n'était pas possible financièrement jusqu'alors. Ça compte beaucoup, pour moi. J'aurais dû leur dire que je me sentais laissé de côté, mais une fois que j'ai eu assez d'expérience, je n'arrêtais pas de me dire que c'était parce qu'ils avaient besoin de quelqu'un comme moi, sur qui ils pouvaient compter pour bien faire le boulot, parmi les ouvriers. Apparemment, mon grand frère veillait à mon bienêtre, comme toujours. J'ai accepté le poste, bien sûr. Le métier d'acteur n'est qu'un boulot à côté. Mais si je me retrouve à devoir choisir entre un gros rôle ou rester auprès de ma famille, le choix sera dur. Ma loyauté envers ma famille est profonde et, pour une fois, je sais qu'ils ont vraiment besoin de moi.

Harper remue à côté de moi. La douce Harper. C'est peut-être le bon moment pour lui dire à quel point je tiens à elle.

Je roule sur le côté et lui écarte les cheveux du visage.

— Harp, je voulais juste te dire…

Elle se redresse d'un bond dans le lit et se plaque une main sur la bouche.

— Harp ?

Elle se précipite à la salle de bain et claque la porte derrière elle. S'ensuivent les sons distincts de vomissements. Mon propre estomac se tord de compassion.

Je lui accorde quelques minutes avant de sortir du lit, d'enfiler mon caleçon et de frapper à la porte.

— Tu vas bien ?

— Oui, répond-elle.

Puis elle se remet à vomir. Je grimace. Vous voyez ? « Je vais bien » ne veut jamais dire ça.

J'entends la chasse d'eau, puis de l'eau couler. Elle ouvre la porte, la peau crayeuse et les yeux vitreux.

— Je fais peut-être une indigestion. À cause du manicotti.

— J'en ai pris aussi, et je me sens très bien.

Elle me tapote le bras et passe devant moi.

— Je vais me coucher.

Je la suis et reprends ce que je m'apprêtais à dire.

— Cette soirée était spéciale…

— Oh, Seigneur.

Elle me dépasse pour se précipiter dans la salle de bain, claque la porte, la verrouille et allume le ventilateur.

C'est inquiétant. Et si elle s'évanouissait, là-dedans ? Me laisserait-elle l'aider ? La serrure est du genre trou d'épingle. Je pourrais l'ouvrir avec un morceau de fil de fer ou un trombone, s'il le fallait.

— Appelle-moi si tu as besoin de moi, lancé-je à travers la porte.

— Va-t'en, s'il te plaît. En fait, tu devrais rentrer chez toi. Je n'ai pas besoin de témoins. Ça va être affreux.

— Je peux prendre soin de toi.

— Je peux prendre soin de moi-même.

— Je reste.

Silence.

Je retourne au lit. Mais je ne dors pas. Je tends l'oreille pour l'entendre s'écrouler ou m'appeler. Elle va peut-être juste sortir en titubant et revenir se coucher.

Pour finir, après m'être un peu assoupi, je me réveille à trois heures du matin et frappe à la porte. Pas de réponse.

Je cherche quelque chose avec quoi crocheter la serrure. Je trouve un trombone sur un script posé sur la commode. Ça devrait convenir. Je le déplie, tourne le verrou de la serrure et ouvre lentement la porte.

Elle dort par terre sur une grande serviette de bain, devant les toilettes. La pauvre.

Je la soulève et elle gémit dans son sommeil. Je la remets au lit. Sa peau est moite. Je la couvre avec le drap et approche une petite poubelle du lit au cas où elle en aurait besoin.

À six heures, elle se réveille et vomit dans la poubelle. Elle s'écroule ensuite sur le matelas. Je me lève et vais vider la poubelle dans les toilettes.

— Qu'est-ce que tu fais encore ici ? croasse-t-elle à mon retour. Si ce n'est pas une indigestion, tu risques de l'attraper. C'est peut-être un genre de grippe intestinale.

— Je suis sûr que si c'est ça, tu me l'as déjà refilé, dis-je.

Je repose la poubelle près du lit avec un nouveau sac, que j'ai trouvé sous le lavabo de la salle de bain. Il sent le citron.

— Je n'ai pas envie que tu me voies comme ça, dit-elle avec un faible geste du bras pour me faire partir.

— Tu es juste malade. Tu restes cette bonne vieille Harp.

— Saint Garrett, marmonne-t-elle avant de s'endormir à nouveau.

Je sors mon téléphone et cherche sur Google ce qu'il faut

faire en cas de grippe intestinale, ou d'indigestion, pour être sûr. En temps normal, je contacterais ma mère, mais il est trop tôt pour l'appeler. La connaissant, elle voudrait venir et s'occuper de Harper elle-même. C'est une femme de terrain et elle ne recule pas devant les difficultés. Elle a déjà vu passer un tas de maladies, d'os brisés et de blessures ensanglantées, avec mes frères et moi. Parfois, je me dis qu'elle aurait fait un excellent médecin des Urgences. Rien ne peut la déstabiliser.

L'alarme sur la table de chevet de Harper se déclenche une heure plus tard et elle se réveille en sursaut, s'asseyant dans le lit avant de gémir.

— Tout tourne autour de moi.

Je l'aide à se recoucher.

— Tu t'es levée trop vite.

Elle gémit.

— Éteins ça.

Je tends la main derrière elle et coupe l'alarme.

— Je dois aller travailler, dit-elle.

— Tu es malade.

— Non, je me sens mieux, assure-t-elle, mais sans bouger.

— Tu es encore faible. Tu es restée éveillée toute la nuit à vomir tes tripes.

— Il n'y a pas que ça. Je crois que j'ai perdu quatre kilos en une nuit. Je dois au moins aller me laver les dents.

— Je vais t'aider à rejoindre la salle de bain. Vas-y doucement.

Je contourne le lit pour l'aider à s'asseoir lentement.

— Fais-moi savoir quand ce sera bon. Je ne veux pas que tu t'évanouisses.

Quelques secondes plus tard, elle dit :

— C'est bon.

Je l'aide à se lever et la guide vers la salle de bain. Elle sort sa brosse à dents et son dentifrice de l'armoire à pharmacie, mais avant même qu'elle ait pu la mettre dans sa bouche, elle se met à vomir dans le lavabo. Je lui tiens les cheveux et pose la main sur son front pour éviter qu'elle se cogne contre le robinet.

Elle finit et rince le lavabo. Puis sa bouche.

— Tu n'iras pas travailler, dis-je. Appelle pour dire que tu es malade.

— Je ne peux pas prendre de congé maladie. Des gens dépendent de moi. Le casting, l'équipe, les scénaristes. C'est le jour de la lecture.

— Qu'est-ce qui se passe à la lecture ? m'enquis-je en la ramenant au lit.

— Tout le monde se rassemble pour lire le script. L'équipe prend des notes sur tous les aspects techniques, les scénaristes notent ce qui fonctionne et ce qui ne fonctionne pas. Ils modifient le script juste après. Ils ont besoin de moi, lâche-t-elle, avant de s'écrouler sur le lit.

— Je vais appeler Josie et elle leur expliquera la situation.

— Accorde-moi juste une demi-heure, dit-elle d'une voix faible. Je suis forte. Je vais surmonter ça.

— On t'a déjà demandé d'arrêter de jouer les dures ?

— Non. Je suis si fatiguée, se plaint-elle en roulant sur le flanc.

— Tu veux refiler ce virus à tout le casting, à l'équipe et aux scénaristes ?

Elle soupire.

— Non.

— Je vais appeler pour dire que tu es malade. Ça ne durera sûrement pas plus de vingt-quatre heures. C'est le cas de la plupart des grippes intestinales, d'après internet.

— OK.

Je la laisse se reposer au lit, ajustant les rideaux de la chambre pour empêcher la lumière d'entrer. Puis je me rends au salon, appelle Josie et lui explique tout.

— Oh non, c'est terrible, lâche-t-elle. Tu veux que je vous envoie de la soupe de poulet ?

— Je vais lui en récupérer. Je suis sûr qu'elle se sentira mieux d'ici demain.

— OK, tiens-moi au courant. Et si tu tombes malade aussi, fais-le-moi savoir. Je demanderai à ta mère de venir.

Je souris. Je n'ai pas manqué de remarquer qu'elle ne s'était pas portée volontaire.

— Merci.

Une fois qu'Harper sera réveillée, je changerai les draps et je nettoierai la salle de bain. En attendant, je me sers un café et une tranche de pain grillé. C'est alors que je me souviens de son garde du corps. Je passerai à son appartement dans un petit moment, pour lui expliquer ce qui se passe.

Elle n'a peut-être pas envie que je prenne soin d'elle, mais il est hors de question que je parte tant qu'elle n'ira pas mieux.

Harper

Je suis assis au comptoir de la cuisine avec Garrett, en train d'engloutir une soupe de poulet. J'ai l'impression de m'être fait rouler dessus par un camion, mais au moins, ce virus semble en avoir terminé avec moi. J'ai été dans un état misérable pendant environ vingt-quatre heures. On est lundi soir et j'espère qu'après une bonne nuit de sommeil, je pourrai retourner bosser demain.

— Je n'arrive pas à croire que tu es resté auprès de moi, dis-je. Et que tu as nettoyé. Tu es vraiment un saint. Sérieusement, tu n'étais pas obligé de faire tout ça.

— Je prends soin de ceux que j'aime.

Je tourne vivement la tête vers lui, le cœur battant la chamade. Il sourit.

— Pourquoi as-tu l'air aussi surprise ?

— On ne sort pas ensemble depuis si longtemps que ça.

— Un peu plus d'un mois, mais j'ai l'impression qu'on a vraiment appris à se connaître.

Je regarde le comptoir et vérifie ce qu'en pense mon instinct. Aucune sirène d'alarme ne se déclenche. *Je l'aime aussi.* Ma gorge se serre d'émotion et je n'arrive pas à prononcer les mots.

— Tu n'es pas obligé de répondre quoi que ce soit, assure-t-il.

Je lève la tête et me racle la gorge.

— Je ressens quelque chose pour toi, moi aussi. Mais c'est difficile, pour moi.

— Bien sûr, je comprends. Tu as eu de mauvaises expériences. Tes ex. Les hommes, en général.

— Je finirai par laisser tout ça derrière moi. Tu n'as aucune mauvaise expérience, toi ?

— Pas vraiment. La situation a toujours été claire, pour moi. Soit ça fonctionne, soit ça ne fonctionne pas. Ce qu'il y a entre nous, j'ai la sensation que ça marche. Plus que ça, même, que c'est spécial. Tu crois que je nettoie les salles de bain de tout le monde ?

— Non, dis-je d'une petite voix.

— Ce n'était pas beau à voir.

— Je sais. Seigneur, je suis tellement désolée. Tu n'étais pas obligé de faire ça.

— Tu crois que tu vas pouvoir aller travailler demain ?

— Il le faut. Et puis, je vais mieux.

— Tu as à peine fini ta soupe. J'ai l'impression qu'un coup de vent suffirait à te renverser.

— Je surmonterai ça, assuré-je en l'embrassant. Merci pour tout.

Il sourit et me regarde d'un air tendre.

— De rien.

Après notre repas, qui n'était composé que de soupe accompagnée de biscuits pour moi (il a mangé du poulet grillé et des légumes), on s'installe sur le canapé pour regarder un film. Je le laisse choisir, et suis surprise qu'il lance un film de Star Trek.

— Tu es un fan de Star Trek ? l'interrogé-je.

— J'aime les films dans l'espace, de toute sorte. C'est le dernier endroit où on trouve encore des héros renégats. Tout le reste est toujours pareil.

— Un peu comme les westerns qui présentent des cow-boys endurcis vivant leur vie selon leurs propres termes.

— Exactement.

Je me blottis contre lui, plus comblée qu'aussi loin que je me souvienne.

— Je crois que je t'aime aussi, chuchoté-je.

— Je sais, répond-il en m'embrassant les cheveux.

Je suis trop fatiguée pour m'inquiéter de savoir ce que tout ça signifie pour notre avenir, alors je m'appuie contre lui et m'imprègne de ce moment.

Plus tard ce soir-là, je suis en train de me préparer à aller au lit quand Garrett se précipite dans la salle de bain.

— Sors ! aboie-t-il en se jetant sur les toilettes.

Je n'ai pas le temps de fermer la porte avant qu'il renvoie son dîner. Oh Bon Dieu. Je cours jusqu'au lavabo et renvoie le mien. Le son de ses vomissements a déclenché un haut-le-cœur chez moi aussi. Je me rince rapidement la bouche et sors de la pièce, avant de fermer la porte derrière moi.

Je l'entends encore, et une nausée me remonte dans la gorge. Je m'échappe au salon. Je ne suis pas malade. Ce sont juste des vomissements d'empathie. C'est très grave. Maintenant, si j'essaie de prendre soin de lui comme il a pris soin de moi, je ne vais faire qu'empirer les choses.

J'attends jusqu'à ce que je l'entende revenir dans la chambre en titubant. J'espère qu'il ne va pas s'effondrer. Je n'arriverai jamais à le relever.

Il grimpe au lit.

— C'est un virus, aucun doute. Autrement, le mien ne se serait pas déclenché aussi tard. Amène la poubelle de mon côté.

Je m'empresse de m'exécuter.

— Je suis désolée, mais je ne peux pas t'écouter vomir, parce que ça déclenche mes propres vomissements. Je vais dormir dans le salon, mais appelle-moi si tu as besoin de moi. J'essaierai de t'aider.

Il grogne.

La nuit est longue. Je l'entends se rendre à la salle de bain d'un pas titubant et y rester longtemps. Je tends l'oreille au cas où il tomberait. S'il s'effondre, ce sera bruyant. Mais non. Il se contente d'aller et venir lourdement toute la nuit. Avec un peu de chance, il ira mieux demain, et je commanderai de la soupe de poulet comme il l'a fait pour moi. Je n'ai encore jamais eu à m'occuper de quelqu'un. Ma grand-mère ne tombait jamais malade, quand j'étais petite. En tout cas, pas à ma connaissance. Peut-être qu'elle le cachait bien. Et je n'ai jamais vécu avec quelqu'un de malade jusqu'alors.

Il se lève à midi et rejoint le salon.

— Je commence à me sentir à nouveau humain. Tu as raté une autre journée de travail ?

— Oui. Je ne voulais pas partir au cas où tu aurais besoin de moi.

Il s'écroule sur le canapé à côté de moi.

— Saleté de virus. J'espère qu'on ne l'a refilé à personne à la fête.

— Il y a des chances qu'on l'ait attrapé là-bas de quelqu'un d'autre.

— Ou bien c'était un membre du casting de *Wicked*. J'ai serré beaucoup de mains. Qui sait ? Je vais prendre des nouvelles de ma famille.

Il sort son téléphone, envoie quelques messages et, quelques minutes plus tard, laisse aller sa tête en arrière sur le canapé.

— Tout le monde va bien.

— Comment tu as pu le savoir aussi vite ?

— C'est l'heure du déjeuner, au boulot. J'ai un salon de messages groupés avec mes frères. Ensuite, je n'ai eu qu'à contacter ma mère. Dieu merci. Je n'avais pas envie que les bébés jumelles soient exposées à ça. Elles sont rentrées, maintenant.

— Tu veux qu'on regarde la télé ? proposé-je.

— D'accord, j'ai bien besoin d'une distraction.

Je lui tends la télécommande et il met une chaîne de voitures, où des mécaniciens réparent un véhicule tout en expliquant la marche à suivre au spectateur. C'est une manière si masculine de se détendre.

Il passe un bras autour de mes épaules.

Je me sens si proche de lui. Personne ne s'était jamais occupé de moi comme ça. Sauf ma grand-mère, mais elle n'avait pas le choix. Elle m'aime, à sa manière. Même si j'avais besoin d'un autre type d'amour. Je dois lui pardonner. On est comme l'eau et l'huile, toutes les deux. On est conçues comme ça.

Mais avec Garrett, on est comme de la boue, qui se colle ensemble. *C'est si romantique, Harp !*

— Tu t'es si bien débrouillé pour prendre soin de moi, remarqué-je.

Il m'adresse un sourire ironique.

— Et tu es une infirmière lamentable.

— Je sais. Désolée. La nausée d'empathie était trop pour moi.

— Pas grave. J'ai survécu. Je suis habitué à ma mère, qui est un mélange entre un médecin des Urgences de Florence Nightingale.

— Tu aurais préféré être avec ta mère ?

— Non. Je choisis l'infirmière médiocre, mais sexy, sans hésiter.

Il m'embrasse et glisse une main sous mon T-shirt. Je le repousse en riant.

— Le week-end prochain. Je ne supporterai jamais de coucher avec toi après ce que je viens de traverser. Et toi non plus. Tu ne te sens pas épuisé et faible ?

— Je te laisserai faire tout le travail.

Il me soulève pour m'asseoir à califourchon sur ses genoux et m'embrasse tendrement.

— Comme ça, tu pourras prendre soin de moi jusqu'à ce que je sois rétabli.

Qui aurait deviné ? Je suis une excellente infirmière, finalement.

19

Harper

Les trois semaines suivantes passent dans un brouillard de boulot, et je vois Garrett à chaque fois que j'en ai l'occasion. Je vis des montagnes russes d'émotion comme je n'en ai jamais connu. Je suis grisée quand je suis avec lui, et irritable quand on est séparés. Ce doit être l'amour… à la fois épuisant et vivifiant.

Je finis de tourner *Living Gold* le vendredi, notre avant-dernier tournage, et je me traîne jusqu'à ma caravane pour m'étendre sur le canapé. Je devrais rentrer chez moi, mais j'ai d'abord besoin de me reposer un peu. Je ne me souviens pas m'être déjà sentie aussi épuisée de ma vie. Ce doit être une fatigue résiduelle après la grippe intestinale, combinée au fait d'être amoureuse pour la première fois. Les autres fois, je n'ai fait que me persuader que je l'étais. Cette fois, c'est réel.

On frappe à la porte de ma caravane.

— Entrez, lancé-je.

Joe est dehors, il a dû autoriser la personne à venir.

La porte s'ouvre et Josie entre.

— Tu vas bien ? Tu es moins énergique, en ce moment.

Je me redresse.

— C'est vrai, mais ça va s'arranger. C'est juste une fatigue résiduelle à cause de la grippe intestinale. Ça m'a pas mal vidée, et il va me falloir du temps pour retrouver toutes mes forces. Je n'ai même pas encore repris ma routine d'exercices complète.

Elle s'assoit à côté de moi et m'étreint le bras.

— Tu devrais peut-être aller voir un médecin. Et si tu avais quelque chose de plus sérieux ?

— Garrett a eu la même chose et il va bien. Le week-end dernier, il a couru sur dix kilomètres. Juste pour le plaisir.

Elle secoue la tête.

— Quel frimeur. Il t'a dit que c'était pour le plaisir ?

— Oui.

— Ce sont de tels athlètes, ses frères et lui. Ils ont besoin de bander leurs muscles de temps en temps. Évidemment, ton homme soulève des poids tout le temps. Je parie qu'il pourrait nous soulever toutes les deux, une dans chaque main.

J'éclate de rire.

— Comme dans un spectacle de cirque.

— Ouais, hein ? rit-elle, avant de reprendre son sérieux. Tu as entendu quoi que ce soit concernant le renouvellement de la série ?

— Pas pour l'instant. Tout ce que je sais, c'est que les audiences ne grimpent pas comme ils l'espéraient.

Elle se tord les mains.

— Je me sens responsable. C'est la première fois que je joue un rôle principal. Je ne suis peut-être pas assez charismatique.

— Josie, ce n'est pas ta faute. Tu es fantastique. Vraiment. Qui sait pourquoi une série va trouver son public et pas une autre ? On ne peut rien y faire.

Elle hoche la tête, l'air sombre.

— Qu'est-ce que tu feras si elle n'est pas renouvelée ?

— Je refuse de penser à ça tant que je ne serais sûre de rien.

Elle pousse un soupir.

— Mon agent m'a envoyé une pile de scripts à étudier. Je pense que c'est mauvais signe.

— Pas nécessairement. Elle cherche peut-être à te trouver du boulot pendant la pause.

— Tu veux que je parle de toi à Claire ? Tu as dit que tu aimerais réaliser quelque chose pour elle.

— J'ai ses coordonnées, je prendrai contact avec elle le moment venu.

— Tu es si calme à propos de tout ça.

— Eh bien, j'ai deux avantages. D'abord, c'est ma quatrième série, alors je sais qu'elles ne durent jamais éternellement. Et ensuite, je ne peux pas m'imaginer partir bosser ailleurs. Tout se passe si bien avec Garrett.

Les larmes me montent aux yeux. Je deviens si émotive chaque fois que son nom est évoqué.

— Il va passer plus tard pour me préparer à dîner.

Elle applaudit et me serre dans ses bras.

— Je suis si heureuse pour vous ! Ne le dis pas aux autres, mais Garrett est mon préféré, parmi les frères de Sean. Il a si bon cœur, tu sais ?

Je hoche la tête et une larme s'échappe de mon œil.

— Oh, non ! Pourquoi tu pleures ? C'était un compliment !

— Je sais, dis-je en reniflant. Je n'ai encore jamais été vraiment amoureuse, jusqu'alors.

Je prends un mouchoir et m'essuie les yeux tout en continuant :

— J'ai cru l'être par le passé, mais c'est bien plus intense, cette fois. Je suppose que quand les sentiments sont profonds, ça abaisse toutes nos défenses.

Elle sourit.

— Tu es comme Marian la bibliothécaire à la fin de *The Music Man,* quand elle est plus ouverte et heureuse parce qu'elle est amoureuse. Je devrais appeler Broadway et leur demander de te faire jouer dans un remake de ce spectacle. Tu serais parfaite.

— C'était comme ça pour toi et Sean ?

Elle prend un air songeur, les lèvres pincées de concentration.

— Pas vraiment. Je n'avais aucun mur défensif autour de

mes émotions. J'avais surtout besoin qu'il prenne mon métier au sérieux, même si c'était surtout à moi de prendre de l'assurance. À l'époque, je ne recevais que des refus. Par chance, il est du genre stable, et ses sentiments pour moi n'ont jamais vacillé. Quand il m'a *enfin* admis en avoir.

Son téléphone vibre et elle regarde l'écran.

— En parlant de mon chéri. Je dois y aller. Profite bien de ton dîner ce soir. Qu'est-ce qu'il va te préparer ?

— Un risotto, je crois.

— Oh, j'ai envie de venir avec toi. J'ai déjà goûté à son risotto. Tu savais qu'à chaque fois qu'il garde notre maison, il nous laisse à dîner pour le soir de notre retour ?

— Je ne savais pas, mais ça ne me surprend pas du tout, dis-je, avant d'hésiter. Vous êtes les bienvenus si vous voulez vous joindre à nous, Sean et toi.

— Ah, merci. Je sens bien que tu veux ton chéri pour toi toute seule.

— Il m'a manqué, cette semaine.

— C'est si mignon !

Elle se lève et s'étreint tout en se balançant de droite à gauche.

— Je me souviens de cette sensation délicieuse, quand on tombe amoureux l'un de l'autre. Aujourd'hui, c'est plutôt « je t'aime, maintenant déshabille-toi », dit-elle en imitant la voix bourrue de Sean.

Elle se plaque une main sur la bouche.

— Oups ! Trop de détails. J'y vais !

Je ris et l'accompagne jusqu'à la porte. Puis je sors, Joe sur les talons, pour retrouver mon amour.

Garrett

Je frappe à la porte de mon amour. Je viens de prendre une douche et j'ai deux sacs de courses à la main. Elle ouvre.

— Je t'aime.

J'affiche un large sourire.

— Je t'aime aussi, mon cœur.

Je dépose les sacs sur le comptoir de la cuisine et me tourne face à elle. Elle se jette dans mes bras.

— Je veux dire, je t'aime vraiment. Tu me manques terriblement quand on est séparés, et je suis heureuse dès que je revois ton visage.

Elle parsème mon visage de baisers.

C'est la bonne. Je l'ai enfin trouvée. Je fais la seule chose logique. Je la soulève, blottie dans mes bras, et la porte jusqu'à la chambre.

— Le dîner peut attendre.

— J'ai tellement envie de toi.

Je la déshabille dès qu'on arrive dans sa chambre, puis elle m'aide à ôter mes vêtements. Nous entrons en collision l'un avec l'autre avec frénésie tandis qu'un brasier s'allume entre nous. Puis nous nous écroulons au lit dans un entremêlement de bras et de jambes.

Je la recouvre, soutenant mon poids sur mes avant-bras.

Elle glisse les doigts le long de ma nuque.

— Quoi qu'il arrive, n'oublions jamais ce moment.

Je me fige.

— Qu'est-ce qui pourrait arriver ?

— Des circonstances échappant à notre contrôle. Je ne sais pas. Prends-moi.

Elle referme les mains sur mes fesses et m'attire à elle.

Je m'enfonce profondément en elle. C'est si agréable, sans le préservatif. Elle est la seule femme que j'aie jamais pénétrée comme ça. Sa confiance en moi était présente depuis le début. Elle avait juste besoin de temps pour remonter à la surface, au-delà de l'aspect purement physique.

Je vais et viens lentement, les yeux rivés aux siens.

— Je n'oublierai jamais une seule seconde.

— Moi non plus, murmure-t-elle, les yeux brillants de larmes.

Quelque chose de profond passe entre nous. Nos émotions nous lient l'un à l'autre. Rien ne sera jamais mieux que ça.

— Encore, demande-t-elle.

Je lui donne ce dont elle a besoin, glissant une main sous sa hanche pour l'incliner et la prenant profondément. Comme on en a tous deux besoin.

Ses doux gémissements de plaisir nourrissent le mien. Je me balance contre elle de plus en plus vite, de plus en plus fort, jusqu'à ce qu'on soit tous deux haletants. Elle rejette la tête en arrière et jouit en poussant un cri. Je lâche prise avec un cri rauque, le plaisir me submergeant. C'est si bon. Je m'écroule contre elle et elle m'étreint. Elle n'a pas envie de me laisser partir. Moi non plus.

Un long moment plus tard, elle relâche son étreinte et je roule à côté d'elle. Elle s'essuie les joues.

— Qu'est-ce qui ne va pas ? demandé-je en me hissant sur un coude.

— Rien, répond-elle en riant. Je ressens tout très profondément, ces derniers temps, c'est tout. C'est ta faute, j'en suis sûre. Tu me fais t'aimer tellement.

— Tu es sûre que c'est tout ?

Josie m'a dit qu'ils étaient tous nerveux concernant les audiences de la série. Si elle est annulée, plus d'une centaine de personnes se retrouveront sans emploi. Y compris mon amour. Je n'ai pas envie qu'elle parte à l'autre bout du monde pour bosser, mais d'un autre côté, jamais je ne la retiendrais. On trouvera une solution.

— Ouais. Je veux dire, ma situation professionnelle est incertaine, mais c'est la vie que j'ai choisie. Et je n'ai pas envie de jouer le même personnage pour le restant de ma vie, de toute façon. Je finirais par me lasser.

Je l'embrasse.

— Tu as faim ?

Elle se presse contre moi.

— Serre-moi dans tes bras un peu plus longtemps.

Ça ne lui ressemble pas. C'est moi, celui qui aime les câlins, d'habitude. Je passe un bras autour d'elle, inquiet.

— Si tu trouves un nouveau boulot à Los Angeles, ou je ne sais où, on pourra avoir une relation à longue distance. Tu finirais par revenir, hein ? Josie a trouvé plus de boulot qu'elle ne le pensait, à New York.

Maintenant que je reprends la place de Jack en tant que chef d'équipe, je suis coincé ici. Je peux encore faire du mannequinat ou jouer dans des pubs au niveau local. C'est un énorme avantage, de bosser pour sa famille. Ils sont flexibles et ça ne les dérange pas que je prenne une journée de congé de temps en temps.

— Ne pensons pas à ça pour l'instant. J'ai juste envie de savourer l'instant présent.

J'aimerais pouvoir, mais ses larmes me mettent sur les nerfs.

— Ça te dérange que la presse t'ait surnommée Princesse Harper ?

Les paparazzi ont pris des photos de nous devant son immeuble quand on sortait. Ils nous surnomment le duo royal. On dirait presque qu'on est des superhéros, alors ça ne me dérange pas.

— C'est toujours mieux que quand les gens pensent que je suis la garce dure à cuire que j'ai joué à la télé. La moitié du temps, on m'appelle Amanda. Princesse Harper, ça a quelque chose de majestueux, et de plus doux, aussi.

— OK, mais je suis tout ouïe si quelque chose te tracasse. Je ne me souviens pas t'avoir jamais vue aussi larmoyante.

Elle soupire.

— Je suis épuisée, pour être honnête, entre le boulot et le fait de ne pas être encore totalement rétablie de ma grippe intestinale.

Je fronce les sourcils.

— C'était il y a trois semaines. Je croyais que tu t'étais remise, comme moi.

— C'est peut-être le stress à l'idée de bientôt savoir si notre série va être annulée. On tourne notre dernier épisode vendredi prochain. Tu seras là pour le tournage et la fête de fin de saison ?

— Bien sûr, dis-je en lui caressant la joue et en l'embrassant.

Elle m'étreint la taille.

— Ce sera assez sobre, vu qu'on ne sait pas si c'est un adieu ou juste un au revoir jusqu'à la saison prochaine.

— Pas grave. Tant que ce ne sont pas des adieux pour *nous*
Elle écarquille les yeux.

— Qu'est-ce qui te fait dire ça ?

— Eh bien, je n'ai pas envie de te dire au revoir.

— Moi non plus.

— Tant mieux.

— Parfait, dit-elle en roulant sur le dos. J'ai juste eu l'impression que tu sous-entendais quelque chose.

— Tu es si susceptible, ces derniers temps.

Je m'apprête à lui demander si c'est un syndrome prémenstruel, avant de m'en réfréner. On m'a déjà arraché la tête pour ce genre de question. Au lieu de ça, je la blottis contre moi. Elle enfouit son visage contre ma poitrine et soupire.

Harper

Living Gold a été annulé hier. J'ai fait mon deuil, pleurant toutes les larmes de mon corps et me plaignant à Josie et Garrett, et maintenant j'essaie de m'en remettre. Ça fait vingt-quatre heures et mon agent tâte le terrain pour me trouver un autre boulot. Je ne suis pas seulement en colère parce que la série s'est terminée au bout d'une seule saison, mais parce que je crains ce que cela voudra dire pour mon avenir avec Garrett. Je devrais contacter Claire pour cette histoire de réalisation, même si ce ne sera pas forcément dans le coin. La plupart des tournages se font encore à Los Angeles. Je n'arrive pas à éprouver de l'enthousiasme pour quoi que ce soit. Je ne suis pas moi-même – je suis nerveuse, agitée, et rien ne me fait envie, qu'il s'agisse de nourriture, de livres ou de la télé. Je suis une boule de nerfs.

Garrett doit passer ce soir. Il était là hier soir aussi, pour me réconforter après l'annulation de la série.

Dès qu'il arrive, je comprends qu'il se passe quelque chose. Il déborde d'énergie et sautille intérieurement sur place, m'étreignant et m'embrassant sur la bouche.

— Qu'est-ce qui se passe ? l'interrogé-je.

Il a peut-être trouvé une maison qui lui plaît. Après ses deux rôles dans des pubs, il peut s'en payer une.

— Devine, dit-il en sautillant un peu sur place.

— Tu as acheté une maison ?

Il étire un coin de ses lèvres.

— Non, mon cœur, je te demanderais ton avis avant de faire ça.

Mon cœur se comprime et ma gorge se serre. Il parle comme si notre avenir ensemble était assuré. J'aimerais bien.

— Tu as obtenu un rôle dans une autre pub ?

— Mieux encore. Mon agent m'a décroché un rôle dans un préquel de *Voyage dans la galaxie*, annonce-t-il en se frottant les mains. Quelqu'un a annulé et il m'a fait entrer comme remplaçant. Tu te rends compte ? Je vais jouer le père de Drake dans un flash-back. Moi, dans la franchise *Voyage dans la galaxie* !

J'entrouvre les lèvres, momentanément sans voix. C'est une *énorme* franchise cinématographique. Après seulement deux mois de cours de comédie et deux pubs. Je sais que rien n'est juste, dans ce métier, je sais que les belles gueules ont un avantage, mais je suis quand même… sous le choc. Ses yeux pétillent de bonheur.

— Dis quelque chose.

— Et ton boulot ?

— Je ne resterai absent que six semaines. Je pars ce dimanche et je serai de retour à temps pour Noël, explique-t-il avec un large sourire. Mes frères sont prêts à prendre le relais pendant mon absence. Ils sont excités pour moi. On est tous de grands fans de *Voyage dans la galaxie*.

— Félicitations, m'obligé-je à dire.

Il reprend son sérieux.

— Tu es en colère ?

Mes pensées sont embrouillées à cause de tout ce que je

ressens. Il s'en va. Il m'a surpassée. Je viens de perdre mon emploi, je me sens minable tout le temps, et il est sur le toit du monde. Toutes les craintes et les angoisses que j'avais réprimées remontent à la surface.

— J'ai du mal à me remettre de la facilité avec laquelle tu obtiens des boulots, expliqué-je en conservant un ton égal. J'ai fait mes preuves. Pas toi.

— Qui sait, c'est peut-être le bout du chemin, pour moi. Je ne prétends pas avoir ton talent. Tu es une vraie artiste. Mais je suis prêt à travailler dur pour en arriver là aussi.

J'essaie de me convaincre de ravaler mon amertume, mais ce qui sort de ma bouche exprime parfaitement ce que je ressens.

— Tout ça a l'air génial, mais le fait est que tout a été si facile, pour toi. Et c'est grâce à moi. Tu n'aurais jamais été introduit dans ce métier si je ne t'avais pas placé sous les projecteurs. Ma grand-mère m'a prévenue que tu te servirais de moi et que tu me surpasserais. Bon sang, ce n'est pas comme si ce n'était encore jamais arrivé, alors à quoi je m'attendais, hein ? Pourquoi est-ce que je me retrouve encore prise au dépourvu parce celui que je croyais m'aimer, mais qui ne fait que m'enjamber pour atteindre une vie meilleure ?

Quand il garde le silence, je lève les mains au ciel.

— Tu vois, c'est la vérité ! Tu n'as rien à répondre à ça.

Il crispe la mâchoire.

— Je n'arrive pas à croire que tu penses ça de moi. Je ne suis *pas* comme tes ex profiteurs.

J'incline la tête.

— Excuse-moi, tu avais déjà tourné dans une pub avant que la presse devienne dingue en nous voyant marcher sur le tapis rouge ensemble ?

— J'aurais pu y arriver sans toi.

— Mais tu ne l'as jamais fait. Tu n'étais qu'adjacent à ce métier. Tu connaissais des gens dans ce domaine, avec ta mère mannequin et le métier d'actrice de Josie, mais ce n'est que lorsque tu m'as rencontrée que tu t'es lancé. Parce que ma célébrité t'a aussi mis en lumière. Maintenant, je suis sans emploi et il n'y en a plus que pour toi.

Ma voix se brise sur les derniers mots.

— Tu sais, Harp. Je n'aime pas beaucoup ce ton.

Je redresse le dos.

— Oh, je suis tellement désolée pour mon ton.

— N'ai-je pas toujours été bienveillant avec toi ? lâche-t-il en me pointant du doigt.

Je croise les bras sur ma poitrine. J'ai la gorge si serrée que j'arrive à peine à parler.

— C'est bien ce qui fait le plus mal. Je t'ai laissé entrer dans mon cœur. Je t'ai fait confiance. Tu ne m'en as même pas parlé avec de décider d'accepter ce boulot à Los Angeles. Tu me le dis après-coup. Les couples sont censés parler avant de prendre des décisions, si leur relation est ce qui compte le plus. De toute évidence, ce n'est pas le cas pour toi.

— Parce que je pensais que c'était une évidence, répond-il, sourcils froncés. Je ne m'attendais pas à ce que tu m'en veuilles d'avoir accepté l'opportunité d'une vie. Rien que d'être sur le tournage serait un honneur, mais jouer le père de Drake ? C'est incroyable. Je ne peux pas refuser. Je me suis engagé et ils ont besoin de moi.

J'ai besoin de toi aussi. Je garde ces mots pour moi. J'aurais l'air faible. Je suis forte et je peux me débrouiller toute seule. Je n'ai jamais rien demandé à personne. Je n'ai pas été élevée comme ça.

Il plaque les mains sur les hanches et laisse échapper un long soupir, comme s'il était en colère contre moi. C'est à moi d'être en colère. Je nous ai fait passer en premier, j'ai envisagé chaque nouvelle étape en nous gardant à l'esprit, et il fait ça. Mes yeux deviennent brûlants.

— Tu veux que je t'obtienne un rôle ? demande-t-il. Il y en a peut-être un qui pourrait te convenir.

— N'essaie pas de me rendre service, rétorqué-je en essuyant mes larmes.

Il se rapproche et prend un ton plus doux.

— Je suis sûr que tu trouveras quelque chose bientôt. Eh,

et si tu venais avec moi, puisque tu ne travailles pas en ce moment ?

— Le script et le tournage sont toujours interdits au public, à cause de l'énorme fan base. Ça veut dire que tu passeras tout ton temps sur un tournage fermé, expliqué-je, mes entrailles se tordant et une nausée me remontant dans la gorge. Tu n'auras pas de temps pour moi. Et puis, j'ai dit à ma grand-mère que je rentrerai pour Thanksgiving et Noël. Alors fais ce que tu as à faire. Amuse-toi.

— Tu ne veux pas que j'accepte ce boulot ? aboie-t-il.

Je sursaute et porte une main à ma gorge.

— Je suis censé choisir de rester ici avec toi et refuser l'opportunité qui me fera partir ? Je t'ai dit que tu pouvais venir avec moi !

J'ai vraiment l'impression que je vais vomir.

— Je ne viendrai pas.

— Et ça ne te dérange pas que j'accepte ce boulot ?

Je prends une grande inspiration, m'efforçant de repousser ma nausée.

— Garrett, tu leur as déjà dit oui. Peu importe ce que je pense. Tu as obtenu la fabuleuse carrière d'acteur que tu voulais. Profites-en.

Il se renfrogne.

— Tu sais quoi ? Je croyais qu'on avait dépassé ces conneries. Je croyais que tu me faisais confiance. Je croyais que tu m'aimais.

Je prends une brusque inspiration.

— Bien sûr que je t'aime.

— Non, réplique-t-il. Si tu m'aimais vraiment, tu me soutiendrais. Tu serais heureuse quand je le suis et tu m'encouragerais.

Il lève une main en l'air.

— Tu es trop accaparée par ton égo et ton ambition pour m'accorder ça. Tu m'en voudras toujours parce que je possède quelque chose que la caméra aime, qu'un public aimera.

— Tu es en train de retourner la situation. C'est toi qui m'abandonnes pour trouver mieux ailleurs. Comme tous les autres dans ma vie, lâché-je en me détournant. Je ne sais pas pourquoi j'ai cru que tu serais différent.

Il se déplace pour se placer devant moi.

— J'ai peut-être de la chance, d'avoir l'apparence qu'il faut, d'avoir été au bon endroit au bon moment, mais je sais que j'ai aussi de l'instinct. Tout le monde dit que j'ai un énorme potentiel.

Je pince les lèvres, réprimant mes larmes, et hoche la tête.

— Tout le monde sauf toi, ajoute-t-il en secouant la tête. La vie est déjà bien assez dure sans que la personne dont on est censé être le plus proche vous en veuille pour votre succès.

— Je ne t'en veux pas. Je suis blessée.

— Ouais, eh bien, moi aussi, répond-il en faisant un pas en arrière. Je n'ai pas envie d'être avec quelqu'un d'incapable de me soutenir. Au revoir, Harper.

— Quoi ? hoqueté-je.

— C'est terminé.

Je reste sans voix. Je suis sous le choc.

Il se détourne et sort de l'appartement.

Je retourne vers le canapé en titubant, relève les genoux et fonds en larmes. Seigneur, la situation pourrait-elle encore empirer ? Je m'inquiétais pour mes prochaines perspectives d'emploi et je me demandais comment le conserver dans ma vie, et voilà que c'est lui qui me quitte pour un boulot. Et ça a été si facile, pour lui. Il n'a pas hésité, il est juste parti. Un autre sanglot déchirant m'échappe. Tout ce qui me retenait de m'investir pleinement dans une relation a été balayé par sa chaleur et son affection, et il vient de tout reprendre.

Je l'ai perdu.

Oh Seigneur. Pourquoi ai-je dit toutes ces choses blessantes ? J'aurais dû garder mon calme. Mais je n'ai pas pu. Encore maintenant, mes émotions me submergent, me faisant me sentir malade et tremblante.

Je me plaque une main sur la bouche et cours à la salle de bain pour vomir mes tripes. Bon Dieu, en plus de tout le reste – ma perte d'emploi, ma relation qui s'effondre – il faut aussi que je sois malade ? Je suis en train de flancher physiquement et émotionnellement, et je n'ai pas la force d'affronter tout ça. Je suis si fatiguée. Je me nettoie et me dirige vers mon lit en titubant, avant de m'y laisser tomber.

Qu'est-ce qui cloche, chez moi ? J'ai toujours été sensible, mes émotions près de la surface, mais je ne me suis jamais sentie autant en perte de contrôle. Je ne crois même pas vraiment qu'il s'est servi de moi. Plus maintenant. J'ai laissé parler toutes ces vieilles peurs, alors que j'aurais dû le serrer contre moi. Tout ce que je voulais, c'était qu'il reste près de moi. Qu'il nous fasse passer en premier comme j'essayais de le faire.

Je me blottis sur le flanc et laisse couler les larmes. La meilleure partie de ma vie vient de passer la porte, et je n'ai aucune idée de comment le récupérer.

20

Harper

C'est Thanksgiving et je suis de retour à Summerdale, chez ma grand-mère. J'ai essayé d'entrer en contact avec Garrett, mais il refuse de répondre à mes coups de fil ou à mes messages. Il m'ignore, à moins qu'il soit trop occupé par son nouveau boulot excitant, mais il devra me faire face quand il reviendra pour Noël, parce que…

Je suis enceinte.

Je l'ai découvert il y a deux semaines. J'ai fini par aller voir un médecin, parce que je n'avais pas l'air d'aller mieux, et c'est à ce moment-là que j'ai appris la nouvelle. À bien y réfléchir, tous les symptômes étaient là, mais j'ai été dupée par le test de grossesse précoce que j'avais fait, et qui était négatif. J'avais remarqué que j'avais trois jours de retard, et que je ne m'étais toujours pas remise de la grippe intestinale. Compte tenu de ce résultat négatif, j'ai pensé que mon cycle avait juste été perturbé par ma maladie.

Il s'avère que ma grippe intestinale a bien perturbé les choses. J'ai oublié de prendre ma pilule le jour où je suis tombée malade. Le lendemain soir, je l'ai prise avant de la régurgiter quelques minutes plus tard quand Garrett a vomi. Ces deux soirs sans pilule ont donné à mon corps une brève fenêtre d'opportunité pour concevoir. J'étais si absorbée par ces montagnes russes d'émotion, avec l'annulation de la série, puis ma rupture avec Garrett, sans parler des hormones... en bref, j'ai eu du mal à réfléchir clairement pendant un certain temps.

Mais je me suis ressaisie. Je vais garder ce bébé, et je suis déjà amoureuse de la vie qui grandit en moi. J'ai vingt-huit ans et les moyens de m'occuper d'un enfant. Je ferai tout mon possible pour que Garrett fasse partie de la vie du bébé, même s'il n'a pas envie de faire partie de la mienne. Je compte le lui annoncer en personne à son retour.

Je ne l'ai encore dit à personne. Ma joie secrète est mêlée de honte et de peur. J'ai été une grossesse accidentelle, moi aussi. Je me suis jurée de ne jamais faire ça à mon enfant. Ma grand-mère n'a jamais pris la peine de cacher sa déception envers ma mère. Comment lui annoncer que j'ai fait la même chose ? Elle va me juger, peut-être même me dire de ne jamais revenir, comme avec ma mère.

Je serai à nouveau une déception, pour ma grand-mère. La seule mère que j'aie jamais connue.

Je réfrène mes larmes tout en badigeonnant le petit poulet de Cornouailles dans le four. Grand-mère est trop pragmatique pour gaspiller une grosse dinde rien que pour nous deux. Je romps un morceau de pain et le mâche. La nourriture fade est devenue mon amie, parce qu'elle maintient la nausée à distance. Je jette un coup d'œil là où elle est assise, à la petite table en formica de la cuisine, occupée à éplucher des pommes de terre.

— Comment va ton Gary ? m'interroge-t-elle. Je m'attendais à ce qu'il vienne avec toi, aujourd'hui.

Je me retourne, la mâchoire serrée.

— C'est Garrett.

Elle hoche la tête.

— C'était une référence à Gary Cooper.

— Il est à Los Angeles, en train de tourner un film.

Elle épluche plus furieusement encore.

— Je vois.

— Il a rompu avec moi, avoué-je en la rejoignant à table. Je n'étais pas très contente qu'il me quitte pour aller trouver mieux, et j'ai dit des choses que je regrette. Maintenant, il refuse de m'adresser la parole.

— Ne t'ai-je donc rien appris ?

— Je sais. La vie est injuste.

Elle me lance un regard en coin.

— Si tu regrettes ce que tu as dit, tu devrais aller le voir et le lui dire. Garde la tête haute. Serre-toi de cette force que je t'ai inculquée.

— Je voulais être là pour passer Thanksgiving avec toi.

— Foutaises, lâche-t-elle en prenant une autre pomme de terre pour l'éplucher avec des gestes efficaces.

— C'est vrai. Tu ne rajeunis pas.

Elle me scrute.

— Tu lui en veux.

Je soupire.

— Non. Plus maintenant. C'était sur le moment, et je ne savais pas…

Je m'interromps et me lève, pas prête à lui annoncer la grande nouvelle.

— Il se passait beaucoup de choses, à l'époque.

Elle me prend fermement le bras.

— Je croyais qu'il était plus qu'un profiteur.

— Vraiment ?

Elle lève les yeux vers moi.

— Combien de jeunes hommes font les corvées de la grand-mère de leur petite amie ? Aucun de tes anciens petits amis ne se souciait de moi, sans parler de me proposer un coup de main.

Des larmes me brûlent les yeux.

— Je ne sais pas quoi te dire. Il ne veut pas être avec moi. Il est parti, et je n'ai plus eu de nouvelle de lui depuis. Il ne répond pas à mes messages ou mes appels.

— Alors va le rejoindre.

— Tu ne comprends pas. C'est un tournage clos. Il n'aurait pas de temps à me consacrer.

Et je ne suis pas prête. Je me dégage et sors les canneberges pour les rincer à l'évier. Elle ne prononce pas un mot de plus. Mes pensées se bousculent, et je me remémore la dernière fois où j'ai vu Garrett. Toutes mes angoisses et mes peurs pour l'avenir et mon bébé. Je peux me débrouiller toute seule s'il le faut. Je sais que je peux. Mais ce ne sera pas facile. Je dois le lui dire, et à ma grand-mère aussi. Personne d'autre n'a besoin de connaître les détails.

Une fois qu'on est installés pour le dîner de Thanksgiving, ma grand-mère m'interroge sur mes prochaines perspectives de carrière.

— Je ne sais pas. J'ai peut-être une piste pour de la réalisation.

Je dois encore prendre rendez-vous avec Claire Jordan. Avec un peu de chance, ça mènera quelque part. J'ai du mal à penser à autre chose qu'à ma grossesse, en ce moment. Ça a été un tel choc. Et maintenant, c'est une joie secrète.

— Pourquoi pas des films ? Je sais que tu as envie d'en tourner.

— Mon agent s'en occupe. Si quelque chose se présente qui puisse me convenir, il me le fera savoir.

Elle pose sa fourchette et s'essuie la bouche avec une serviette.

— Alors plus de Princesse Harper, hein ?

— Non, dis-je, les yeux fixés sur la table.

— Ça ne t'allait pas, de toute façon. Tu es bien plus forte qu'une princesse nunuche exhibant ses robes ridicules.

Je ne suis pas si forte que ça. J'ai peur de te parler du bébé. Mes yeux me brûlent et je mobilise toute ma volonté pour ne pas pleurer. Grand-mère n'a jamais supporté les larmes.

— S'il te manque à ce point, appelle-le, lance-t-elle en pointant du doigt le téléphone au mur. Vas-y, prend mon téléphone. Je paierai pour l'appel longue distance.

Elle doit sentir que je suis à deux doigts de pleurer, si elle est prête à couvrir cette dépense. J'ai envie de rire et de pleurer en même temps. Comme si tout pouvait être résolu d'un simple coup de fil. Il répondrait sûrement, en pensant que c'est ma grand-mère, pour ensuite me raccrocher au nez.

Je sais que notre prochaine conversation doit se faire en face à face.

— C'est compliqué.

— Ça n'a pas à l'être, s'agace-t-elle. Dis-lui la vérité. Tu veux le récupérer. Vous pouvez être acteurs tous les deux. Le monde est assez grand pour vous deux.

Je prends une grande inspiration et lâche :

— Nous trois.

— Quoi ?

Je baisse les yeux sur mon ventre.

— Je suis enceinte.

Je risque un coup d'œil vers elle, m'attendant à lire le jugement dans ses yeux. Au lieu de ça, elle a l'air stupéfaite, une main plaquée sur la bouche.

Mes entrailles se tordent.

— Je sais que ma mère t'a annoncé la même nouvelle de la même manière stupide et accidentelle…

— Ça n'a rien à voir avec ta mère, répond-elle en laissant retomber sa main. C'était une ado rebelle. Tu ne lui ressembles en rien.

Elle me prend la main et continue :

— Je t'aiderai à élever le bébé. Tu vas rester ici.

Des larmes coulent sur mes joues.

— Je croyais que tu serais en colère ou déçue.

— Ma chérie, la situation est très différente. Tu es une adulte, et tu as la tête sur les épaules. Tu peux t'en sortir. Ta mère, eh bien, c'était ma faute. Je n'ai pas été là pour elle.

— Quoi ?

Elle secoue la tête et grimace.

— Elle était la dernière de mes quatre enfants, un bébé-surprise à quarante ans, et ma seule fille. Je l'ai pourrie gâtée, on l'a tous fait. Elle est devenue ingrate et se croyait tout permis. Et à l'adolescence, elle est aussi devenue rebelle. On lui a laissé croire qu'elle ne pourrait jamais faire d'erreur. Mais c'est ce qu'elle a fait. Elle s'est mise avec un homme plus âgé qu'elle avait rencontré dans un bar, où elle était entrée avec une fausse carte d'identité.

Elle pousse un brusque soupir.

— Quand je pense à ce qui aurait pu se passer, pendant qu'elle écumait les bars. Il s'est avéré qu'elle faisait ça depuis qu'elle avait dix-sept ans. Quoi qu'on fasse, ton grand-père et moi, on n'a jamais réussi à la maîtriser. Quant à ton père, il n'a jamais été au courant de ton existence. J'ai essayé plusieurs fois, au fil des années, de le retrouver en me basant sur les infos qu'elle m'avait données, et j'ai fini par découvrir qu'il était mort quand tu avais cinq ans. C'est aussi l'année où ton grand-père est décédé, et j'étais trop noyée dans mon chagrin pour te dire quoi que ce soit. Pour finir, j'ai décidé qu'il valait mieux que tu penses qu'il avait une autre famille et que c'était pour ça que tu ne pouvais pas faire partie de sa vie.

J'en reste bouche bée.

— Mon père n'a jamais été au courant de mon existence ?

C'est tellement plus rassurant que de penser qu'il n'en avait rien à faire. Même si ça n'a plus grande importance, puisqu'il est mort.

— Je suis désolée, Harper. J'ai fait ce que je croyais être le mieux à l'époque. J'aurais dû te dire la vérité.

Ça me fait me demander si elle m'a aussi menti à propos de ma mère.

— Tu as toujours dit que ma mère m'avait déposée ici après l'accouchement et qu'elle était partie. C'est vrai ? Pourquoi n'est-elle jamais revenue me rendre visite ? Tu lui as demandé de ne pas le faire ?

Elle ferme les yeux un instant, une expression peinée sur le visage.

— Elle comptait te faire adopter. Quand je l'ai découvert, j'ai insisté pour avoir les détails. Elle voulait te laisser devant la porte d'un couple sans enfant de la ville. Comme un cadeau. Il était hors de question que je la laisse faire. Tu es ma petite-fille. Je lui ai dit que je t'adopterais, et que c'était non négociable. J'avais cinquante-neuf ans, à l'époque, et mon unique objectif était de rester en vie assez longtemps pour te voir voler de tes propres ailes. Et voilà où nous en sommes. Qui aurait cru que je vivrais aussi longtemps ?

Je la regarde, les pensées tourbillonnant dans ma tête à toutes ces nouvelles inattendues. Tout est si différent que ce que je croyais quand j'étais petite.

— Je ne lui ai jamais demandé de ne pas te rendre visite, ajoute-t-elle. C'était son choix.

Je hoche la tête, la gorge serrée. Après avoir brièvement rencontré ma mère biologique quand elle m'a demandé de l'argent, je ne peux pas dire que j'ai raté grand-chose. Elle ne m'a jamais aimée, contrairement à ma grand-mère.

Je lui adresse un sourire larmoyant.

— J'ai du mal à t'imaginer gâtant ta fille. Tu as toujours été si stricte.

Elle me prend la main et l'étreint.

— Avec toi, c'était seulement parce que j'essayais de ne pas refaire la même erreur qu'avec elle. J'étais dure parce que je voulais que tu sois forte et sûre de toi. Je voulais que tu saches te débrouiller. Tout le monde était trop indulgent avec elle. Ça l'a rendue faible et vulnérable aux autres.

Je pince les lèvres.

— Tu as été trop dure avec moi.

— Parce que je t'aimais, ma chérie, répond-elle, des larmes dans les yeux.

Et c'est à mon tour de me mettre à pleurer.

— J'ai toujours eu le sentiment que je n'arriverais jamais à être à la hauteur de tes attentes. Je ne suis pas endurcie par nature. Je suis quelqu'un de sensible.

— Je l'ai vu, et j'ai tenté de te rendre plus forte, de te protéger. On dirait que j'ai merdé avec mes deux filles.

Je ris à travers mes larmes.

— Oui. Mais je ne crois pas pouvoir faire le métier que je fais aujourd'hui sans cette force et cette cuirasse, alors je suppose que je dois te remercier pour ça.

Elle me fait signe d'approcher et me serre dans ses bras.

— Je suis désolée d'avoir été aussi dure avec toi. Je t'aime. Je sais que je ne le dis pas souvent, mais c'est la vérité.

J'embrasse sa joue aussi fine que du papier.

— Je t'aime aussi.

— Mange, maintenant, ordonne-t-elle en me repoussant. Tu dois conserver tes forces pour le bébé. Je vais t'acheter des vitamines prénatales, et je veux que tu prennes un rendez-vous avec un médecin tout de suite.

Je renifle et me rassois.

— Je prends des vitamines, et j'ai déjà trouvé un médecin.

— Bonne fille, répond-elle en me tapotant la main. Tu dois le lui dire, tu sais.

— Je sais, mais pas encore. Je le ferai à son retour, en face à face.

— Fais ce que tu crois bon.

Je coupe un morceau de poulet, sentant revenir mon appétit.

— Toujours.

Elle rit.

— Tu me ressembles bien plus que tu le réalises. On est toutes les deux des foutues dures à cuire.

Je lève vivement la tête.

— Grand-mère !

Elle n'emploie jamais de grossièreté.

— Sois-en fière, insiste-t-elle.

Je ris.

— Toujours.

Garrett

Je suis de retour à Los Angeles après six semaines et trois jours, et je suis assez courageux pour l'admettre : couper les ponts avec Harper était une énorme erreur. Je n'ai pas pu m'amuser, à Los Angeles, parce qu'elle me manquait trop. Je comprends qu'elle a peur qu'on se serve d'elle pour sa célébrité, et j'aurais dû tenir bon. Au lieu de ça, ma propre sensibilité a pris le dessus, je me suis mis sur la défensive et j'ai coupé les ponts. Tout ça pour quoi ? Qui sait si j'obtiendrai un autre boulot dans l'industrie du cinéma un jour. Tout dépend si le film marche, et si les directeurs de casting ont aimé ce qu'ils ont vu. De tant de facteurs n'étant pas sous mon contrôle.

Je ne me fais pas d'illusion, je n'ai pas autant de talent qu'Harper, même si mon coach de comédie est content de mes progrès et dit que si je continue de travailler, je pourrai passer au niveau pro. Pour l'instant, voyons les choses en face, je suis surtout agréable à regarder, en plus d'avoir du sang royal. Le public aime ça. Je suis une attraction curieuse au zoo, et ce n'est pas le genre de truc sur lequel on bâtit une carrière. Je suppose que c'est mon égo qui a pris le dessus, cette fois.

Ma fierté m'a empêchée de prendre contact avec elle. C'est stupide, je sais. Maintenant que je suis de retour, j'éprouve un besoin urgent de la voir. C'est le Réveillon de Noël. Elle n'est pas chez elle et ne répond pas à mes messages. Mes appels passent directement sur sa boîte vocale. J'espère qu'elle est chez sa grand-mère. Je veux passer Noël avec elle. Ma famille est repartie à Villroy pour célébrer les fêtes, et j'ai dû rater ça à cause de mon emploi du temps. Tout le monde me manque, mais surtout Harper. Il n'y a qu'une manière de découvrir où elle est. J'appelle sa grand-mère. Elle m'a contactée le lendemain de Thanksgiving pour me demander quand je reviendrai, parce qu'elle avait besoin de sortir quelques cartons du grenier. Puis elle m'a donné son numéro pour que je la tienne au courant. Elle doit vraiment m'apprécier. Harper m'a dit qu'elle avait un homme à tout faire sous contrat pour tous les petits boulots dont elle aurait besoin. Ce n'est pas comme si j'étais la seule personne à même de l'aider à déplacer ses cartons.

Le téléphone sonne cinq fois avant qu'elle décroche.

— Allô ?

— Bonjour, Madame Ellis. C'est Garrett. Je suis de retour en ville. Harper est-elle chez vous ?

— Oui, répond-elle.

Elle doit poser la main sur le combiné, parce qu'il entend le reste de manière étouffée.

— Harper ! Va voir si on a du courrier. J'attends des cartes de vœux pour m'assurer que mes cousins n'ont pas passé l'arme à gauche.

J'entends Harper marmonner quelque chose en arrière-plan. *Mon amour.*

— Madame…, commencé-je.

— Tss, fait-elle, avant d'ajouter une minute plus tard : Elle est partie chercher le courrier. Quand est-ce que tu peux arriver ici ?

L'espoir m'envahit.

— Dans une heure et demie, deux tout au plus.

— OK, je sais qu'elle est pressée de rendre visite à ses amies, mais je vais la maintenir ici pour toi. Elle a quelque chose à te dire.

Les pensées se bousculent dans ma tête. *A-t-elle rencontré quelqu'un d'autre ? Va-t-elle déménager à Los Angeles pour un boulot ? À Londres ?*

— Quoi ?

— Ce n'est pas à moi de te l'annoncer. Maintenant dépêche-toi de venir ici. Je sais comment la tenir occupée.

— Je n'en doute pas. Merci, madame.

— On se voit bientôt, mais pas trop. Au revoir.

Par chance, la route est dégagée tandis que je me dirige vers la maison de sa grand-mère sur ma Harley. C'était trop compliqué de louer une voiture à la dernière minute et pendant les fêtes, et je n'aime pas prendre ma moto quand il y a du verglas. Je prends ça comme un bon signe. J'étais destiné à la rejoindre aujourd'hui. J'espère vraiment que ce n'est pas une mauvaise nouvelle. Si elle a rencontré quelqu'un je n'aurai qu'à la reconquérir. Si elle part travailler à des milliers de kilomètres d'ici, je lui rendrai visite. Tant qu'on n'a pas à se séparer pour de bon.

Quand je tourne dans sa rue, je réalise que j'aurais dû leur acheter un cadeau, à sa grand-mère et elle. C'est Noël. J'étais si concentré sur le fait de voir Harper que j'ai complètement oublié. Je fais demi-tour et vais de l'autre côté du lac, en direction de la petite épicerie que j'ai dépassée en chemin. C'est l'après-midi du Réveillon de Noël, j'espère donc qu'elle est toujours ouverte.

Je me gare et me dirige vers la porte au moment où un homme lève la pancarte « fermé ». Ils ferment à seize heures le jour du Réveillon de Noël.

— Attendez ! lancé-je à travers la porte vitrée. Je peux acheter juste deux trucs ?

Je le dévisage un instant, frappé par la ressemblance de l'employé de l'épicerie avec le Père Noël. Il a les cheveux blancs et ondulés, une longue barbe blanche et des bretelles noires par-dessus une chemise rouge recouvrant un ventre rond.

— C'est le Réveillon de Noël, répond-il. On est fermés.

— Monsieur, j'ai besoin d'un cadeau pour ma copine et sa grand-mère. Je dois la reconquérir. Vous avez des fleurs, des bonbons ou des biscuits de Noël ? N'importe quoi à même d'aider un imbécile à revenir dans les bonnes grâces de la seule femme qu'il ait jamais aimé ?

Je n'ai pas peur de montrer mes sentiments, et je n'ai rien à perdre. C'est tout moi.

Il déverrouille la porte.

— Qui sont la fille et la grand-mère ?

— Harper et Joan Ellis.

— Joan Ellis, hein ? J'ai peut-être quelque chose qui lui plaira.

Il fait un clin d'œil et se retourne, me faisant signe de le suivre.

— C'est une coriace, mais si quelque chose peut l'amadouer, c'est ça.

Je le suis dans le rayon des fêtes. Il me pointe du doigt un casse-noisette en forme de soldat en bois rouge.

— Ça te semble approprié, fils ?

Je secoue la tête. Je ne comprends pas. Je suppose qu'elle est dure avec tout le monde. Je prends deux peluches, un renne et un Père Noël. Au moins, ils sont mignons.

— Vous avez des fleurs ou des bonbons ?

— Pas de fleurs à cette époque de l'année. Les bonbons sont au niveau du comptoir.

J'emmène mes cadeaux devant la caisse et étudie les sucreries. Il n'y a que des barres chocolatées et des chewing-gums. Je pousse mes cadeaux en peluche sur le tapis et sors mon portefeuille.

— Ça devrait suffire. Merci beaucoup.

— Vous êtes l'un des amis d'Hollywood d'Harper ? m'interroge-t-il.

— Non. Ma belle-sœur est actrice. On s'est rencontrés à travers elle.

— Eh bien, dit-il en scannant les peluches, on l'a toujours encouragée, ici, en ville. Faites-lui savoir que je regarde *Living Gold* chaque semaine.

— Je suis sûre que ça lui fera plaisir. Je n'ai pas retenu votre nom.

— Nicholas.

St Nicholas ? Je m'abstiens d'exprimer ma petite blague à voix haute.

— Merci pour votre aide aujourd'hui, Nicholas.

Je paie mes achats, les range dans ma veste en cuir et continue ma route. Je me gare dans la rue devant chez sa grand-mère et remarque un pick-up Ford bleu foncé dans l'allée. Vu que j'ai du mal à imaginer Mme Ellis conduisant ce gros véhicule, j'espère que c'est Harper qui l'a loué. Mais mes entrailles se tordent, me soufflant que c'est un pick-up d'homme. Tout mon optimisme s'évanouit. Voilà ce qu'Harper voulait me dire – elle a rencontré quelqu'un. Mais pourquoi Mme Ellis m'aurait-elle dit de passer, dans ce cas ? Pour forcer une confrontation ? Je sais qu'elle n'est pas du genre câline, comme grand-mère, mais je ne l'aurais jamais cru délibérément cruelle. Je sonne à la porte, laissant mes cadeaux cachés sous ma veste. Ça donne l'impression que j'ai pris vingt kilos, mais je ne vais pas me retrouver face à son nouveau petit ami avec un renne et un Père Noël en peluche dans les mains.

C'est Harper qui ouvre la porte.

— Garrett ! Je ne m'attendais pas à ce que tu viennes.

Elle est magnifique, les yeux brillants et la peau étincelante. Elle porte un pull rouge ample au col en V, un legging noir et des bottes noires. J'ai juste envie de la prendre dans mes bras et de m'enfuir avec elle.

— Je t'ai appelé et envoyé un message aujourd'hui, mais tu n'as pas répondu. Je suis désolé d'avoir mis aussi longtemps à te contacter.

Son regard s'adoucit.

— J'ai éteint mon téléphone, à l'insistance de ma grand-mère. Elle voulait que je sois entièrement concentrée pour l'aider à décorer le sapin. Entre.

J'entre dans la maison. Un homme d'environ mon âge se trouve dans le salon, vêtu d'une chemise en coton bleue à manches longues, d'un jean et de baskets. Bon sang, il est séduisant. *Un acteur ?*

Mme Ellis se lève de sa chaise.

— Garrett, voici Drew, un ami d'Harper. Elle le connaît depuis toute petite et sait qu'elle peut compter sur lui. Il est fort et capable de subvenir aux besoins de sa famille.

Elle lui sourit, puis se tourne vers Harper.

— Il fait partie des forces spéciales dans l'armée, alors il pourra aussi te protéger.

Une jalousie brûlante m'envahit, et je serre les poings.

21

Garrett

— Alors c'est ton nouveau mec ? demandé-je à Harper. Tu as attendu qu'on ait rompu, ou tu l'as appelé aussitôt ?

Harper hoquette et se tourne vers ma grand-mère.

— Tu essaies d'insinuer quelque chose ?

Le type se frotte la nuque.

— Je croyais que votre chauffage ne marchait plus. J'ai l'impression qu'il fait bien assez chaud, ici.

— Ouais, ta présence n'est pas requise, lâché-je. Tu ferais mieux de partir.

Je fais un signe de tête vers la porte.

Il se rapproche et m'étudie en plissant les yeux.

— Vous feriez mieux d'aller dehors, pour ça, lance Mme Ellis.

— Qui es-tu ? demande le type en m'étudiant de haut en bas.

Je me mets en position de combat, jambes écartées et poings prêts à frapper.

— Je suis celui qui restera avec Harper sur le long terme.

Il secoue la tête.

— Ça me convient très bien. Je suis juste là pour réparer le chauffage.

— Je peux m'en charger, assuré-je.

— Il n'y a aucun problème avec le chauffage, intervient Harper.

Mme Ellis plaque les mains sur les hanches.

— Bon, si vous ne comptez pas vous battre, on ferait mieux de prendre un chocolat chaud avec des biscuits pour discuter.

Harper se rapproche de moi.

— Drew, je suis désolée qu'elle t'ait fait venir ici pour rien.

Ses lèvres tressaillent.

— J'aurais dû me douter qu'elle manigançait quelque chose.

Il se penche derrière elle pour s'adresser à Mme Ellis.

— Merci pour le chocolat chaud, mais ma famille m'attend pour célébrer le Réveillon de Noël.

— Merci d'être passé, lance-t-elle tout en se rasseyant. Joyeux Noël.

— Vous aussi, répond-il avant de sortir.

Dès qu'il est parti, Harper lance un regard renfrogné à sa grand-mère.

— Qu'est-ce que tu fabriques ? Pourquoi avoir traîné Drew jusqu'ici pour une fausse raison le jour du Réveillon de Noël ?

Elle affiche un sourire serein.

— Je voulais voir si Garrett réagirait. Jaloux ? Oui. Assez brave pour affronter un soldat de l'armée ? Oui. Les hommes doivent se comporter en homme. Dieu merci, tu en as trouvé un vrai, cette fois.

Harper lève les mains au ciel.

— On a rompu, Grand-mère, tu le sais.

— Retire ta veste, me dit Mme Ellis. Reste un peu.

Je retire ma veste et sors les peluches de renne et de Père Noël, qui paraissent ridicules compte tenu du trouble qui me traverse à cet instant. Je ne peux attendre une minute de plus avant de dire ce que j'ai à dire.

— Harper, il faut qu'on parle. On peut sortir ?

— Il gèle, dehors, remarque Mme Ellis. Parlez ici.

Harper se tourne vers elle.

— J'aimerais avoir un peu d'intimité pour lui parler, s'il te plaît, dit-elle d'une voix égale.

Mme Ellis laisse échapper un gros soupir et se lève de sa chaise avec difficulté.

— Je vais à l'étage, mais ne faites rien d'inapproprié sur mon canapé.

— On va essayer de se restreindre, répond Harper d'une voix plate.

Mme Ellis se dirige lentement vers son monte-escalier, et je sais que ça va prendre bien trop longtemps avant qu'on puisse se retrouver, Harper et moi.

Je la suis.

— Madame, je peux vous porter à l'étage ? Vous avez l'air de peser quarante-cinq kilos toute mouillée. Ce n'est pas un problème.

Je tends les bras vers elle. Elle rougit et lance à Harper.

— Ton homme est ridicule.

Puis elle se tourne vers moi et reprend :

— Non merci, je peux me débrouiller toute seule.

Je fais un clin d'œil.

— Un jour, je vous prendrai dans mes bras, Reine Joan.

— Ridicule, lâche-t-elle, mais je ne manque pas de remarquer l'éclat de ses yeux.

Je rejoins Harper sur le canapé et nous attendons que le monte-escalier grimpe lentement à l'étage en bourdonnant.

— Vous pouvez commencer à parler, maintenant, dit Mme Ellis. Je n'entends rien du tout, par-dessus le boucan que fait cet engin.

— On t'entend, nous, remarque Harper en élevant la voix.

— Harper a quelque chose à te dire, dit Mme Ellis.

— J'ai quelque chose à te dire aussi, dis-je.

— Eh bien, qu'est-ce que tu attends, demande Mme Ellis.

Harper se tourne vers moi avec un sourire contrit.

— Désolée. Faisons semblant de parler jusqu'à ce qu'elle soit dans sa chambre.

— Tu as rencontré quelqu'un d'autre ? Dis-le-moi, si c'est le cas. Je peux le supporter.

— Garrett, il n'y a personne d'autre. Drew est juste un ami.

Je me détends. Tout le reste peut s'arranger. J'espère.

Pour finir, Mme Ellis rejoint une chambre à l'étage et ferme la porte. Harper pousse un gros soupir.

— J'ai cru qu'elle n'arriverait jamais en haut.

— Harp, tu m'as manqué.

Je fais mine de l'étreindre, mais elle me repousse.

— Attends. Il faut que je te dise quelque chose, et je veux que tu saches que je n'attends rien de toi. D'accord ?

— Tu vas repartir à Los Angeles ?

— Non. Arrête d'essayer de deviner. Contente-toi de m'écouter.

— OK.

Je me prépare, priant pour que ce ne soit pas trop grave. J'ai tellement envie d'être avec elle.

— Je suis enceinte.

Tout l'air s'échappe de mes poumons et ma tête se met à tourner.

— Garrett, tu vas bien ?

Je prends une inspiration.

— Ouais. Je vais bien. Tu m'as pris par surprise. Je croyais que tu prenais la pilule. C'est le mien, hein ?

— Bien sûr que c'est le tien. Je n'ai été qu'avec toi.

— OK, désolé, dis-je en me passant une main dans les cheveux. Je suis si surpris. Comment c'est arrivé ?

— J'ai oublié de prendre ma pilule quand j'ai eu cette grippe intestinale, et le soir suivant, je l'ai vomie quand tu es tombé malade, il y a donc eu une fenêtre d'opportunité. Au début, je n'étais pas sûre, parce que le test de grossesse était négatif, mais je suis allée voir un médecin, et c'était positif.

— Tu as su quand ?

— Quatre jours après ton départ. J'ai essayé de t'appeler et de t'envoyer des messages, mais tu ne répondais pas.

Je lâche un grognement à ma propre stupidité.

— J'étais en colère. Je voulais être heureux sans toi, et je n'ai pas réussi. Seigneur, je n'arrive pas à croire que je n'ai rien su pendant tout ce temps.

— Ce n'est rien. Je savais que tu reviendrais, et on devait avoir cette conversation en face à face.

Elle sourit et ajoute :

— Je suis heureuse d'être enceinte.

— Moi aussi.

— Vraiment ? demande-t-elle en scrutant mon visage.

Je prends ses mains dans les miennes.

— Bien sûr.

— Au début, j'avais tellement honte, renifle-t-elle. J'étais une grossesse non désirée, et je ne voulais pas suivre les traces de ma mère. Et puis, on a rompu. Je ne me serais jamais attendu à ce que ça arrive de cette manière. Je me suis juré que mon enfant naîtrait dans une famille à deux parents, comme je l'ai toujours voulu étant enfant. Maintenant, tout ce qui compte, c'est que le bébé soit en bonne santé.

Je me penche, les coudes sur les genoux, encore sous le choc.

— J'étais une grossesse non désirée aussi. Mes parents m'ont surnommé l'accident heureux. D'après la légende familiale, Connor était censé être le dernier, le quatrième, mais c'était un tel petit ange qu'ils ont décidé de faire un autre enfant, et ils ont été stupéfaits quand Brendan s'est révélé un petit diable malicieux. J'étais un accident, et mon père s'est fait opérer juste après, affirmant que six enfants, c'est bien assez.

— Je n'étais pas un accident heureux, c'est une certitude.

— Ce bébé, si, affirmé-je en me redressant.

Je regarde son ventre couvert sous son pull ample. Il semble plat.

— Je comptais t'appeler demain pour te proposer qu'on se voie pendant les vacances, mais je suis si contente que tu sois ici.

Je ne peux détourner les yeux de son ventre. Ma fille ou mon fils est là-dedans.

— Est-ce que... il va bien ?

— Oui. Je suis enceinte de huit semaines, et je dois accoucher en juin prochain. Je veux que tu fasses partie de la vie du bébé, mais je n'ai pas envie que tu te sentes obligé de te remettre avec moi pour lui.

Je replace une mèche de cheveux derrière son oreille.

— Je suis ravi de devenir père. Je veux faire partie de la vie de cet enfant de toutes les manières nécessaires. Et j'espère qu'on élèvera ce bébé ensemble, en tant que couple. Et je ne dis pas ça à cause du bébé. Je suis venu ici aujourd'hui pour te dire que je t'aime, et que me séparer de toi pour tourner un film ne valait pas le coup de te perdre. Je ferai tout ce qu'il faudra pour m'assurer qu'on se remette ensemble. Je te parlerai de tous mes projets avant d'accepter. Tu avais raison à ce sujet. Les couples doivent prendre ce genre de décisions ensemble, parce que ça nous affecte tous les deux. Et si tu veux bien me reprendre, j'espère que tu feras la même chose, parce qu'on est plus importants que n'importe quel boulot.

Elle passe les bras autour de mon cou.

— Je suis désolée de t'avoir dit tous ces mots blessants la dernière fois qu'on s'est vus. J'ai merdé. Tout ce que je voulais, c'était te garder auprès de moi. Ça ne me dérange pas que tu aies une carrière d'acteur. Je suis prête à accepter tout ce que tu auras envie de faire. Je te soutiens à fond.

Je m'écarte et prends son visage entre mes mains. Sa lèvre inférieure tremble, les larmes menaçant de couler. Mes yeux me brûlent aussi.

— Je pense qu'on a un avenir ensemble, Harper. J'ai attendu la bonne pendant longtemps. Ma vie a pris un nouveau tournant quand on s'est rencontrés, un tournant positif.

— Oh, Garrett.

Elle m'embrasse et me serre contre elle pendant un long moment.

— Et maintenant, tu m'offres ce cadeau, reprends-je, ma voix s'étranglant.

Elle s'écarte et me caresse la joue.

— Un enfant. C'est le plus beau cadeau que tu aurais pu m'offrir.

Je fais un geste vers les peluches de renne et de Père Noël, perchées sur la table basse.

— Beaucoup mieux que mes cadeaux à moi.

Elle rit à travers ses larmes.

— Lequel est pour moi ?

— Celui que tu veux.

Je prends sa mâchoire entre mes doigts et l'embrasse. Puis je regarde son ventre.

— Je peux le toucher ?

— Bien sûr. Le bébé est protégé, là-dedans. Tu peux le toucher.

Elle soulève son pull, et je découvre un léger arrondi qui n'était pas là avant. Je pose la main dessus, la gorge serrée d'émotion.

— Je ne sens aucun mouvement. Tu es sûre qu'il va bien ?

— Il est trop minuscule pour qu'on le sente pour l'instant. Bientôt.

— Tu es mon âme sœur, tu sais. Je veux t'épouser.

Elle détourne les yeux.

— On n'est pas obligés de se marier parce que je suis enceinte.

Je prends sa mâchoire en coupe et lui fait tourner à nouveau la tête vers moi.

— Tu ne comprends pas à quel point je tiens à toi ? Je ne veux plus jamais qu'on se sépare. Je le savais déjà avant que tu m'annonces l'existence de ce bébé.

Elle se mordille la lèvre inférieure.

— On devrait peut-être attendre la naissance du bébé. Tu changeras peut-être d'avis.

— Ne doute jamais de ma parole. Je resterai avec toi et Garrett Junior pour le restant de mes jours.

— Garrett Junior ? sourit-elle. Et si c'est une fille ?

— Joan ?

Elle en reste bouche bée.

— Non, arrête.

— Quoi ? Ta grand-mère serait ravie.

— Tu l'aimes bien, hein ? dit-elle avec un tendre sourire.

— Comment ne pas l'aimer ? Elle a élevé ma future femme, la mère de tous mes futurs enfants.

Des larmes s'échappent de mes yeux et je l'attire contre moi pour l'étreindre.

Au bout d'un moment, elle lève la tête, essuie ses larmes et renifle. Je lui récupère un mouchoir sur la table basse de sa grand-mère.

— Merci, dit-elle. Et en ce qui concerne le boulot, je vais réaliser quelques épisodes d'une nouvelle série en passant par l'agence de production de Claire Jordan. Le tournage est à New York. J'ai eu un rendez-vous intéressant avec elle, et on a parlé de ma future carrière. J'aimerais travailler plus dans les coulisses, et ça me permettrait de rester dans le coin. À l'époque, je pensais à tes visites au bébé, mais maintenant, c'est encore plus important. Le plus excitant, c'est qu'elle m'a demandé de lui proposer des idées de série. J'aime bien l'idée de scénariser une série, parce que ça me donne le contrôle créatif, y compris de l'endroit où on tourne. Ce qui veut dire que je vais travailler main dans la main avec elle, et près de toi. Qu'est-ce que tu en penses ?

— Je pense que c'est le plus beau Noël que j'aie jamais eu. Mon amour a trouvé le moyen de rester avec moi et nous a fondé une famille.

Elle sourit et m'embrasse.

— Eh bien, tu m'as un peu aidé.

— Oh que oui.

Je fronce les sourcils, songeant à mon rôle dans tout ça et à nos relations futures.

— Le médecin a dit qu'on pouvait... faire l'amour ? demandé-je en baissant la voix sur les derniers mots, ne faisant pas confiance à Mme Ellis.

Elle rit.

— Oui, c'est sans danger. Mais quand mon ventre s'arrondira, il deviendra difficile de contourner le renflement.

— Je suis fort. Je surmonterai l'obstacle.

Elle me regarde d'un air rayonnant et ma poitrine me fait mal tant mes sentiments pour elle sont forts, ainsi que pour cet enfant. Je ne m'attendais pas à devenir père, mais je suis aux anges. Et j'ai l'acompte suffisant pour acheter une maison pour ma nouvelle famille, maintenant. Je suis impatient d'annoncer à mes parents qu'ils vont à nouveau être grands-parents, mais il est trop tard pour les appeler à Villroy. Ils doivent être au lit.

— On peut lui dire de redescendre, maintenant ? demande Harper.

— Oui, on peut.

Soudain, je comprends pourquoi Mme Ellis n'arrêtait pas de dire qu'Harper avait quelque chose à me dire.

— Elle est au courant pour le bébé, hein ? Je suis surpris qu'elle ne m'ait pas fait fuir à coups de bâton.

— Ah ah ! Ça n'aurait servi à rien. Tu aurais transformé ce bâton en canne pour l'aider, avec tes compétences incroyables, avant de proposer de lui en fabriquer une autre. Tu es si gentil.

— Je vois au-delà de son masque irascible. C'est quelqu'un de bien.

— C'est vrai. Je vais la chercher.

Elle monte à l'étage. Je me renfonce sur le canapé, la housse en plastique crissant sous mon poids. Je n'ai plus qu'à convaincre Harper de m'épouser, et je pourrai me détendre. Je veux que ce bébé porte mon nom, pour qu'il n'y ait jamais aucun doute sur l'identité de son père. Je veux des bases solides pour lui, ou elle. Je suis impatient de découvrir si c'est une fille ou un garçon.

Quelques minutes plus tard, le monte-escalier descend lentement. Harper me sourit depuis le palier, attendant que sa grand-mère soit arrivée en bas.

— On dirait qu'on va devenir de la même famille, annonce Mme Ellis. Dès que tu l'auras épousée.

Je me dirige vers le bas des marches et hausse la voix par-dessus le bourdonnement du moteur du monte-escalier.

— C'est le plan, Reine Joan. Harper deviendra une princesse, elle aussi.

Je fais un clin d'œil à Harper, pensant qu'elle va trouver ça drôle, mais elle a l'air vraiment enthousiaste.

— Ça te plairait ?

— J'ai *tellement* envie de visiter le palais, lance Harper.

Mme Ellis renifle.

— Ça ne me dérangerait pas d'y jeter un œil, à moi non plus.

— Vous êtes toutes les deux invitées. Ma famille va là-bas tous les Noëls en prenant le jet royal. Que diriez-vous qu'on s'y rende à Noël prochain ? Le bébé sera né, et il pourra rencontrer sa famille étendue.

— Ou elle, précise Harper d'un ton joyeux.

Je lui souris. Puis je surprends l'air renfrogné de Mme Ellis.

— Non ? demandé-je.

— J'ai quatre-vingt-sept ans, jeune homme. Tu crois que je peux attendre un an ? J'irai à l'été prochain, quand la météo sera assez agréable pour profiter de l'île.

Harper rit.

— Apparemment, ma grand-mère a fait des recherches sur tes origines royales après ta première visite ici.

Mme Ellis pince les lèvres.

— C'est mon boulot de me renseigner sur les hommes auprès de qui tu t'engages, répond-elle, avant de me sourire. Je savais qu'il fallait le garder, celui-là.

— Merci, madame, dis-je, surpris.

Elle se lève de son monte-escalier au bas des marches et me fait signe d'approcher. Je me penche et elle me tapote la joue.

— Tu es un homme bien, Garrett.

Je l'embrasse sur la joue.

— Et vous êtes une femme bien. J'honorerai et respecterai toujours celle qui a élevé ma merveilleuse femme.

Je fais un geste vers Harper, qui descend les marches, souriante et des larmes dans les yeux.

— OK, lance Mme Ellis en s'essuyant les yeux. Assez de mièvreries. Je dois aller préparer le chocolat chaud.

Je ne peux m'empêcher de la taquiner pour tout à l'heure.

— Vous êtes sûre de ne pas vouloir attendre qu'un rival arrive pour prouver que je suis prêt à relever le défi, avant ça ?

Elle ricane tout en se dirigeant d'un pas lent vers la cuisine.

— Il faut bien que je te garde en haleine.

Harper passe les bras autour de mon cou et m'embrasse tendrement.

— Je t'aime, mon homme merveilleux. Je n'ai jamais été aussi heureuse de toute ma vie.

— Je t'aime aussi. Tellement. Ça paraît presque trop beau pour être vrai. Je ne savais pas du tout comment ça se passerait, aujourd'hui, et maintenant, c'est comme si…

— Comme si l'univers nous souriait.

— C'est toi, dis-je en l'embrassant à nouveau, submergé d'émotions. Toujours toi.

Elle m'étreint et se met sur la pointe des pieds pour me murmurer à l'oreille :

— Elle va se coucher à dix-neuf heures. Après ça, on pourra retourner chez moi pour célébrer à notre manière. Tu vois ce que je veux dire ?

Elle me pince les fesses.

— Je ne suis pas sûr, dis-je en inclinant la tête. Tu vas devoir t'expliquer mieux que ça.

Elle glisse la main jusqu'à mon sexe, qui se dresse aussitôt.

— Tu aimes les marshmallows, Garrett ? lance Mme Ellis depuis la cuisine.

Je m'écarte d'Harper d'un bond, les oreilles brûlantes.

Harper éclate de rire.

— Elle a un radar pour les « galipettes », dit-elle en mimant des guillemets.

— Bien sûr, je veux bien des marshmallows, merci, dis-je.

— Je vais devoir te demander d'aller en chercher au magasin, dit Mme Ellis.

— Je peux m'en passer.

Harper pouffe de rire.

Mme Ellis passe la tête dans la pièce, un sourire malicieux sur les lèvres.

Je sais très bien ce qu'elle fait. C'est sa manière de dire « garde les mains dans tes poches, mon petit monsieur ». Sauf que c'était sa petite-fille qui avait eu les mains baladeuses !

— On se mariera dès que j'aurai réussi à la convaincre.

Elle plisse les yeux.

— Avant la naissance du bébé.

— Un mariage à la Saint-Valentin ? proposé-je en me tournant vers Harper. Sean et Josie l'ont fait et c'était génial. On a encore l'arche couverte de fleurs en soie. En fait, elle a même été utilisée pour la reconstitution du mariage de mon autre frère, qui avait fait une cérémonie à la mairie. Passer en troisième nous portera chance.

— Il faut que je rencontre ta famille, remarque Mme Ellis.

Je souris.

— Ils sont cinglés, mais de la meilleure des manières. Je suis sûr qu'ils vous adoreront.

Elle se tapote les cheveux, le rouge lui montant aux joues.

— Oui, eh bien…, commence-t-elle, avant de retourner à la cuisine.

Harper enroule les bras autour de ma taille.

— Si tu n'es pas prudent, elle va tomber amoureuse de toi, elle aussi. Je n'ai vraiment pas envie d'être en rivalité avec ma grand-mère pour mon homme.

J'éclate de rire, avant d'en revenir au plus important.

— Alors, la Saint-Valentin ? Des cœurs, des cupidons et tout le chocolat noir à la cerise que tu désires. Attends.

Je me mets à genou et reprends :

— Harper Ellis, veux-tu m'épouser ?

— Oui !

— Oui ! s'exclame Mme Ellis une seconde plus tard, rayonnante.

J'enlace Harper et souris à Mme Ellis, qui agite son torchon vers moi avant de retourner à la cuisine.

Harper me lance un regard lumineux.

— Je suis impatiente de devenir ta femme.

— Moi aussi.

Je l'embrasse tendrement, mais une chaleur m'envahit bien vite, effrénée et hors de contrôle. Seigneur, ce qu'elle m'a manqué.

— Le chocolat chaud est presque prêt, annonce Mme Ellis.

Nous nous séparons en souriant. Le temps passe vite, quand on roule des pelles à sa future femme dans le salon de sa grand-mère.

Nous rejoignons Mme Ellis, rassemblés autour de la petite table de cuisine, et planifions tous les trois le mariage de la Saint-Valentin, ainsi que nos vacances d'été ensemble.

Nous laissons Mme Ellis en dehors de nos projets de lune de miel.

~

Harper

Ma grand-mère a insisté pour qu'on prenne sa vieille Toyota pour rentrer en ville plutôt que de me laisser monter à l'arrière de la moto de Garrett, vu que je suis enceinte. J'ai le pressentiment qu'elle espère secrètement que Garrett va revenir le jour de Noël pour récupérer sa moto, ce qui lui permettrait de le revoir. En vérité, la manière dont il traitait ma grand-mère grincheuse est sûrement ce qui m'a fait tomber autant amoureuse de lui au départ.

Dès qu'on arrive dans mon appartement, je me jette dans ses bras.

— Tu m'as tellement manqué !

Baiser. Baiser encore plus long.

— Je suis impatiente de me mettre…

Baiser.

— Toute nue.

Il me soulève et me porte jusqu'à la chambre, un large sourire aux lèvres.

— Tu m'as repoussé, chez ta grand-mère.

— Tu te fiches de moi ? Je ne pouvais pas me jeter sur toi là-bas. Et elle écoute toujours. Son ouïe est encore parfaitement fonctionnelle, malheureusement.

— Ce n'était pas très gentil, ça, mon cœur.

— Oh, Garrett, tu as tant à apprendre.

Il me repose à côté du lit et fait passer mon pull par-dessus ma tête. Il regarde ma poitrine.

— Tes seins ont grossi, non ?

Je baisse les yeux sur ma poitrine devenue généreuse.

— Ouais. Un effet secondaire de la grossesse.

— Sympa, dit-il.

Il fait glisser les bretelles de mon soutien-gorge, ses grandes mains courant sur mes épaules au passage. Il retire le soutien-gorge et caresse mes seins à deux mains.

— J'aime beaucoup cet effet de la grossesse.

— Tu peux le dire. Ils étaient trop petits, avant.

Il m'embrasse.

— Ils étaient parfaits. Tu es parfaite en tous points.

Il sourit, s'assoit sur le lit et m'attire vers lui. Sa bouche se referme sur mon sein et le suce. C'est une décharge de pur plaisir, qui me fait vibrer de désir. Je glisse les doigts dans les cheveux sur sa nuque et le maintiens contre moi. Ses mains errent sur mes fesses et les pincent.

Je soupire de pur bonheur. Il se déplace pour octroyer la même attention à mon autre sein, me faisant gémir. Mes genoux faiblissent.

— Garrett, murmuré-je.

— Trop de vêtements, dit-il en me retirant mon legging et ma culotte.

Je les écarte et l'aide à se déshabiller, puis nous nous admirons l'un l'autre comme si c'était la première fois qu'on se voyait. Ça fait trop longtemps. On entre en collision l'un avec l'autre dès qu'on est nus, et on s'embrasse passionnément. Ses mains sont partout à la fois, puis il me soulève. Il rompt le baiser et me dépose au centre du lit.

Je lui ouvre les bras et il me rejoint, soutenant son poids sur ses avant-bras. Il repousse mes cheveux en arrière.

— Tu es sûre que c'est sans danger pour le bébé ?

— Oui, assuré-je, souriant devant son inquiétude.

Il s'enfonce lentement en moi, observant mon expression tout du long, les sourcils froncés de concentration. J'aime cet homme.

J'enroule les bras et les jambes autour de lui.

— Je te promets que tout ira bien. Fais ce que tu veux.

Il s'enfonce lentement et profondément, et baisse la tête pour fourrer son nez contre mon cou. Je caresse son dos large. Tous ces muscles et cette puissance, et pourtant il se retient, me traitant avec délicatesse. Des larmes me montent aux yeux.

Il lève la tête et s'immobilise.

— Qu'est-ce qui ne va pas ?

— Comment tu as su que je pleurais ?

— Tu avais l'air distante.

Je le dévisage.

— Comment tu peux sentir ça ?

— Je ne sais pas, Harp. On est liés. Qu'est-ce qui ne va pas ?

— Je t'aime tellement, c'est tout. Tu es si tendre avec moi.

— Bien sûr que je suis tendre. Je t'aime.

Je hoche la tête.

— Tout va bien. Je vais mieux, maintenant. Embrasse-moi.

Il s'exécute. Je le sens se retenir, cette fois, et réalise qu'il a raison : on est liés. Cette prise de conscience me convainc de me détendre totalement et de lâcher prise. Il réagit aussitôt, la bouche avide et ses coups de reins de plus en plus rapides et puissants. Le plaisir cascade en moi par vagues, de plus en plus grand.

Il rompt le baiser et me regarde dans les yeux. Tout est là : le plaisir intense, l'amour, les précautions qu'il prend avec moi. Il se déplace, prenant exactement le bon angle, et j'explose, le plaisir me submergeant tandis que je me balance contre lui. Il prend son propre plaisir, s'enfonçant profondément encore et encore, puis rejette la tête en arrière, extatique et les muscles de son cou saillants.

Je lui caresse le cou et il m'attrape la main pour l'embrasser.

— Tu vas bien ? demande-t-il. Tout va bien du côté du bébé ?

— On va bien tous les deux, dis-je, rayonnante.

Il se retire et roule à côté de moi.

— Dieu merci. Je ne crois pas que j'aurais été capable de me réfréner de te toucher pendant plusieurs mois.

Je me blottis contre son flanc et lui caresse la poitrine.

— Joyeux Noël, Garrett.

Il m'embrasse et me serre contre lui.

— Joyeux Noël, le premier d'un tas d'autres.

— Tu sais que ma grand-mère espère te voir revenir demain pour récupérer ta moto, pour pouvoir te voir à Noël.

— C'est prévu. Et puis, toute ma famille est à Villroy. J'ai tout le temps pour passer Noël avec ma nouvelle famille.

Mon cœur se serre. Je grimpe sur lui et parsème son visage de baisers.

— Tu es un homme si merveilleux.

Il entrelace les doigts et les place sous sa tête, un sourire suffisant sur son beau visage.

— C'est vrai.

Je lui mordille la lèvre inférieure.

— Espèce de fauve.

Il arque les sourcils.

— Tu t'en rends enfin compte, hein ? C'est comme ça que me surnomment mes frères, à cause de tous ces muscles.

Il lève les bras et bande les muscles pour moi.

— Je suis un fauve à l'intérieur.

— Tu es prêt pour la deuxième manche, c'est ça ? C'est ce que je comprends quand j'écoute tes bavardages aguicheurs.

Il roule sur moi et me mordille le cou.

J'éclate de rire et le serre contre moi. Il est à moi pour toujours, et j'ai tellement de chance d'avoir un avenir avec lui. Mon fauve, mon ours en peluche, mon amour.

ÉPILOGUE

Garrett

Deux jours avant le Nouvel An, j'amène Harper chez mes parents. J'attendais leur retour de Villroy pour leur annoncer la grande nouvelle en personne. Harper me prend la main tandis qu'on avance vers le porche. Joe est derrière nous. Il reste avec nous quand Harper sort en public, mais ici, il n'a pas besoin de passer devant pour repérer les lieux.

— Tu es nerveuse ? l'interrogé-je.

Elle lève nos mains jointes.

— C'est ma façon de serrer ta main comme dans un étau qui m'a trahie ?

— Eh, si la Reine Joan est contente, le Roi Daniel le sera aussi. C'est lui qu'il faudra surveiller. Ma mère adore les bébés. Elle se concentrera juste là-dessus.

— Oh, super, dit comme ça.

Je sonne à la porte.

Harper prend une inspiration bien audible.

— Détends-toi, lui dis-je.

— Garrett, c'est une grande…

— Bonjour ! s'exclame ma mère en ouvrant la porte. Entrez. Ça fait tellement plaisir de vous revoir tous les deux. Salut, Joe.

Elle fait un pas en arrière. Mon père est dans l'entrée pour nous accueillir.

— Tu nous as manqué, à Noël, dit-il.

— Je sais, dis-je. Je ne pouvais pas faire autrement, cette année. Peut-être la prochaine.

— Peut-être ? répète-t-il. C'est certain. Tu es invitée aussi, Harper, bien sûr.

— Rejoignez-nous au salon, propose ma mère. On est rentrés hier et on est encore un peu perturbé par le changement de fuseaux horaires.

— C'est l'heure du dîner, pour nous, intervient mon père.

On était venus pour le déjeuner.

— Ça vous dérange si je vais jeter un coup d'œil à la table de billard au sous-sol ? demande Joe à ma mère. Je ne suis en service que durant les trajets, aujourd'hui.

— Si vous voulez, répond-elle, l'air surprise.

J'ai appris la nouvelle à Joe et lui ai expliqué la raison de notre venue ici aujourd'hui. Je lui ai aussi dit qu'il pourrait aller se balader ou jouer au billard pendant qu'on annoncerait la grande nouvelle. Il descend au sous-sol.

Tout le monde s'installe au salon. L'hideuse peinture que je leur ai donnée et qui venait d'une blague de Jack a été remplacée par un beau paysage de Villroy. Je fais un geste vers le tableau.

— Cette peinture est tellement plus belle que les gribouillis.

— Merci, répond ma mère avec un coup d'œil vers elle. Elle a été commandée par le roi et la reine en guise de cadeau de Noël pour nous.

— Oh, waouh, dit Harper en l'examinant. Villroy est un si bel endroit. Je distingue le palais, tout en haut de la colline. On dirait un conte de fées.

— Ça fait plaisir d'avoir un rappel de la maison, dit mon père. Alors, peut-on vous offrir un verre ?

Ma mère bondit sur ses pieds.

— Je m'en occupe, maman, intervins-je.

Elle m'adresse son sourire aimant.

— Merci, mon doux ours en peluche.

Mes oreilles me brûlent.

— Maman, s'il te plaît.

— C'est exactement ce qu'il est, dit Harper en s'appuyant contre moi. Je peux t'appeler comme ça aussi ?

— Non, dis-je en lui tapotant le nez.

Je vais à la cuisine et ouvre le frigo.

— On dirait qu'il y a de l'eau en bouteille et des bières. Qu'est-ce que vous voulez ?

— De l'eau, s'il te plaît, dit Harper.

Tout le monde dit comme elle. Je suppose qu'il est encore tôt pour une bière, même si soudain, j'ai très envie d'en boire une. Je n'ai jamais eu à annoncer une aussi grande nouvelle à mes parents, jusqu'alors, et s'ils ne réagissent pas bien au bébé-surprise, je sais qu'Harper en sera perturbée. Je suis trop heureux pour me soucier de la réaction de qui que ce soit. Quoi qu'il en soit, je ferais mieux de leur annoncer la nouvelle en douceur.

Une fois que j'ai distribué les verres d'eau, je m'assois sur la causeuse à côté d'Harper. Mes parents sont sur le canapé en face de nous.

— Harper et moi avons quelque chose à vous annoncer.

Mes parents nous regardent, attendant la suite.

— Alors, commencé-je, jetant un coup d'œil à Harper.

Elle est si tendue qu'elle ne cligne même pas des paupières. Je lui prends la main, qui est glacée.

— Nous nous sommes fiancés.

— Oh ! s'exclame ma mère en levant les mains. C'est une merveilleuse nouvelle ! Je suis si heureuse pour vous deux.

Elle se précipite pour étreindre et embrasser Harper, puis moi.

Mon père la rejoint, me donne une tape sur l'épaule et embrasse Harper sur la joue.

— Bienvenue dans la famille, Harper.

Ma mère se couvre les joues et me sourit.

— Mon bébé, mon dernier fils, va se marier.

Elle baisse les yeux sur la main de Garrett et son sourire disparaît.

— Pas de bague, Garrett.

— On en achètera une plus tard, promets-je. Ça ne fait qu'une semaine.

— Comment a-t-il fait sa demande, demande ma mère à Harper.

— Il s'est mis à genou devant moi le jour du Réveillon de Noël, répond-elle.

Ma mère pousse un soupir ravi.

Je prends une grande inspiration et annonce le reste d'un ton précipité.

— Il y a une autre bonne nouvelle. Harper est enceinte. Le bébé est prévu pour juin.

Mon père hausse les sourcils.

Ma mère regarde le ventre d'Harper.

— Vous ne vous mariez pas seulement pour ça, hein ?

— Non, assuré-je en prenant la main de mon amour et en entrelaçant nos doigts. Elle est mon âme sœur. Tu sais comme tu m'as toujours dit l'avoir su tout de suite, avec papa ? Et papa, tu m'as dit la même chose. Tu savais qu'elle était faite pour toi. C'est la même chose pour moi et Harper.

— Je l'aime tellement, dit Harper d'une voix étranglée d'émotion.

Ses yeux s'emplissent de larmes et elle balaie une larme. Elle est particulièrement sensible à cause des hormones de grossesse.

— Oooh ! s'exclame ma mère en se précipitant pour serrer Harper dans ses bras.

Elle s'assoit sur l'accoudoir de la causeuse à côté d'elle.

— Je vois bien que c'est vrai, ma chérie. Je suis si heureuse pour vous deux.

Elle se penche derrière Harper pour m'étreindre l'épaule.

— Félicitations, dit mon père d'une voix raide. Même si je croyais avoir eu une discussion avec toi quant à l'ordre des choses, fils.

— Parfois, il y a des accidents heureux, dis-je d'un ton entendu.

Mon père approche et m'embrasse sur la tête.

— Plutôt des cadeaux.

— Tu as tellement de chance d'avoir des parents aussi aimants, remarque Harper.

— À quel genre de parents es-tu habituée ? s'étonne ma mère, l'air sincèrement inquiète.

Je m'empresse d'intervenir pour tout expliquer, parce que la lèvre inférieure d'Harper tremble.

— Elle a été élevée par sa grand-mère. Elle te plairait, papa, elle possède ce flegme coriace qu'ont toutes les reines. Je la surnomme Reine Joan.

— Et moi le Général, ajoute Harper en riant.

— Nous aimerions beaucoup l'inviter à la maison, dit ma mère en passant un bras autour d'Harper. Nous sommes ta famille aussi, maintenant, alors tu auras tout un tas de gens aimants autour de toi. Du genre royal et enquiquinant, et du genre attentionné. C'est moi, si tu n'avais pas saisi.

— C'est une bonne chose d'avoir un équilibre dans le style d'éducation parentale, proteste mon père.

— C'est vrai, lui sourit ma mère.

Ils se rassoient sur le canapé en face de nous. Ma mère tire son téléphone.

— Ça te dérange si j'annonce la nouvelle à quelques personnes ?

— On essaie de garder ça secret, sachant qu'Harper est une figure publique, expliqué-je.

— Ça restera dans la famille, c'est promis, assure ma mère.

— Pas de problème, assure Harper.

Mon père sort son téléphone aussi et ils se mettent tous deux à pianoter frénétiquement sur leur clavier. J'échange un regard amusé avec Harper.

Mon père repose son téléphone et se tourne vers ma mère.

— On va avoir besoin de plus de nourriture.

Elle hoche la tête.

— Je vais en commander.

Il se lève.

— Je vais aller à côté voir si les Bianchi veulent se joindre à nous. Ils ont toujours un frigo bien rempli.

— Excellente idée ! s'exclame-t-elle en bondissant sur ses pieds.

Il prend sa veste et sort. Ma mère se précipite à la cuisine pour sortir un menu de plats à emporter.

— Qu'est-ce qui se passe ? m'interroge Harper. Tout le monde va venir ?

— On dirait bien. Je les ai prévenus qu'on avait une grande nouvelle à annoncer avant notre arrivée. Ils espéraient peut-être des fiançailles et ont prévenu mes frères qu'on aurait peut-être quelque chose à fêter. Le bébé était un bonus.

Elle écarquille les yeux.

— Ils étaient si certains qu'on s'était fiancés ?

— Ce n'est qu'une supposition, mais…

On frappe à la porte.

— C'était rapide, remarque Harper.

— Tu peux aller ouvrir ? me demande ma mère.

— Bien sûr.

Je me dirige vers la porte et l'ouvre. Mon frère aîné, Dylan, se tient devant moi, ma nièce Olivia dans les bras. Elle a un bouquet de ballons à la main, sur lesquels est écrit « félicitations ». Sa femme, Ariana, est derrière lui, avec une double poussette pour les jumeaux.

— C'est ici, la fête ? demande-t-il.

Je ris et le laisse entrer.

— Qu'est-ce que maman et papa t'ont dit ?

— Maman m'a dit que tu étais fou d'Harper et qu'elle était certaine que des fiançailles se préparaient. Alors on est venus pour la fête de fiançailles. On était à côté. Donne-lui les ballons, Olivia.

Elle les tend vers moi et je les prends.

— Merci.

Il la dépose au sol et elle court droit vers ma mère à la cuisine.

— Je reviens tout de suite, dit-il. Je dois aider Ariana avec les jumelles et tout l'équipement. Félicitations, Harper.

— On va avoir un bébé aussi ! s'exclame Harper d'un ton joyeux.

Il affiche un large sourire.

— Double félicitations, alors. Vous allez adorer avoir des enfants. C'est notre cas.

Puis il va aider sa femme.

— Vous pouvez surveiller Olivia ? Nous demande ma mère. Je vais au sous-sol chercher des décorations.

— Maman, comment tu as su ?

Elle se tapote le cœur.

— Mon radar de maman marche toujours aussi bien ! Je te connais, Garrett, et quand je vous ai vu tous les deux pour la fête de grande sœur d'Olivia, j'ai su que ce n'était qu'une question de temps.

Le visage rayonnant, elle se précipite vers moi pour m'enlacer, puis fait pareil avec Harper.

— Harper, si tu as la moindre question concernant ta grossesse ou l'accouchement, je serais ravie d'en discuter avec toi. J'ai eu six garçons en bonne santé.

— Avec plaisir, répond Harper. Merci, Madame Rourke.

— Tu peux m'appeler Maman, si tu veux, ou Tara.

— Merci, Maman.

— Oooh !

Elle étreint à nouveau Harper et l'embrasse sur la joue.

— Quelle merveilleuse manière de débuter la nouvelle année ! Une nouvelle fille ! Bon sang, je croyais que je n'en aurais jamais.

Elle descend ensuite au sous-sol.

En un rien de temps, la maison est pleine à craquer. Tous mes frères sont ici avec leurs femmes, même Brendan, qui vit au Massachusetts. Il est resté dans le coin pour les fêtes. Mon père est revenu avec les Bianchi – nos voisins et les beaux-parents de Dylan, puisqu'il a épousé la fille d'à côté.

Josie et Harper parlent avec enthousiasme de notre nouvelle maison juste en face de la leur, à Park Slope. Sean nous a fait savoir qu'elle allait être mise en vente, on a donc fait une offre hier, et avons découvert aujourd'hui qu'elle était à nous. Nous sommes ravis. Le bébé aura sa tante et son oncle juste de l'autre côté de la rue, et nous pourrons garder la maison l'un de l'autre quand quelqu'un devra s'absenter pour le boulot. Tout est en train de s'accorder parfaitement, dans ma vie. Une nouvelle maison, une femme, un bébé. Je vais devenir mari et papa, ce que j'ai toujours voulu, avec la plus incroyable des femmes.

Je les rejoins et passe un bras autour de ma future femme.

Elle me sourit.

— Josie dit qu'il y a beaucoup de jeunes mamans dans le quartier.

— C'est super. Notre enfant aura des cousins et des amis avec qui jouer dans le voisinage.

— Je suis si excitée pour vous deux, lance Josie. Je savais dès le début que vous étiez fait pour être ensemble.

Elle tourne la tête vers la cuisine et s'exclame :

— Hein, Sean ?

— Quoi ? demande-t-il.

— J'avais dit qu'ils iraient bien ensemble, répète-t-elle.

— C'est vrai, acquiesce-t-il. Elle voulait désespérément faire entrer Harper dans la famille.

— Ce n'était pas la seule raison, proteste Josie en agitant un doigt vers lui. Je pensais qu'ils seraient parfaits ensemble.

Il rit.

— Content que vous vous installiez de l'autre côté de la rue.

— Merci, frérot, dis-je. On pourra compter sur vous pour faire du baby-sitting ?

— Avec plaisir, répond Josie à sa place d'une voix surexcitée.

— On passe en premier, intervient ma mère.

— Je suis là si vous avez besoin de moi, renchérit Mme Bianchi.

Elle n'est même pas la grand-mère de notre enfant !

— Merci, Madame Bianchi. Nous vous en sommes très reconnaissants.

Elle affiche un air rayonnant, approche et me tapote la joue.

— On est une famille. Et puis, je m'y connais bien s'agissant d'élever les filles au fort caractère.

— Et moi, je sais comment élever des fils costauds, ajoute ma mère en nous rejoignant.

Leur regard se croise et elles éclatent de rire.

— C'est sûr, Tara, approuve Mme Bianchi.

— Oh, toi aussi, Donna, toi aussi, répond ma mère. Je suis si reconnaissante d'avoir Ariana dans nos vies. Et toi aussi, bien sûr.

Elles s'enlacent, puis se séparent et sourient.

— D'autres volontaires pour jouer les baby-sitters ? demandé-je d'un ton amusé.

Un chœur de réponses enthousiastes résonne dans la pièce. Waouh, je ne m'attendais pas à autant d'offres. Même Jack et Riley, avec leur fils de deux mois, Aiden, se joignent aux autres. Tout le monde sauf Dylan.

— Non ? l'interrogé-je, feignant d'être offensé.

Il hausse les épaules.

— J'ai déjà trois enfants de moins de deux ans. On espérait plutôt que ce soit vous qui nous aidiez.

— Avec plaisir, dit Harper. Olivia est un amour, et je suis sûre que les jumelles seront tout aussi merveilleuses.

C'est à ce moment-là que les jumelles se mettent à pleurer, se réveillant de leur sieste dans leur poussette.

Olivia plaque les mains sur les oreilles.

— Reprenez-les ! Reprenez-les !

Dylan secoue la tête tandis qu'Ariana et Mme Bianchi soulèvent les jumelles de leur siège de poussette.

— Olivia n'arrête pas de nous demander de les ramener au magasin. Elle dit qu'elles sont trop bruyantes.

— Viens par ici, Olivia, dit ma mère. J'ai un travail spécial à te confier.

Olivia court vers elle et ma mère la hisse sur sa hanche, lui parlant tout en récupérant des serviettes dans un placard.

Harper se tourne vers moi.

— Ça va être une sacrée aventure, d'avoir un bébé. Tu es sûr d'être prêt pour ça ?

— Totalement.

Elle grimace.

— Mes nouvelles belles-sœurs m'ont parlé franchement de ce à quoi ressemblerait l'accouchement. Ce n'est pas joli à voir. J'essaie de ne pas paniquer.

— Eh, dis-je en passant un bras autour de ses épaules, si je peux supporter de regarder, tu peux supporter de le faire.

Elle rit.

— La bonne nouvelle, c'est qu'elles ont dit qu'elle me donnerait tous les équipements pour bébé dont elles n'avaient plus besoin.

Elle se met sur la pointe des pieds et murmure :

— Elles doivent savoir que je peux me permettre d'acheter tout moi-même, mais elles sont si généreuses.

— Tu sais, je commence à comprendre ce que voulait dire Josie quand elle a affirmé que tu étais comme Marian la bibliothécaire, qui se révèle plus heureuse et confiante à la fin.

— Je suis heureuse, affirme-t-elle en passant les bras autour de mon cou pour m'embrasser. Si, si heureuse.

— Beurk, dit une petite voix. Maman et Papa s'embrassent.

Je baisse les yeux sur Olivia. Elle me tend une serviette serrée dans son poing.

— C'est vrai. Ça veut dire qu'on est heureux, comme ta maman et ton papa.

Elle tire la langue comme si elle allait vomir et s'enfuit.

— Où en étions-nous ? demandé-je en attirant Harper vers moi.

Elle sourit contre mes lèvres.

— Maman et Papa s'embrassent. *Beurk.*

— C'est ça.

Je l'embrasse à nouveau et souris.

Nous rejoignons toute la famille rassemblée dans la cuisine pour célébrer. Je regarde tous mes frères avec leur femme, mes nièces et mon neveu, et je réalise soudain toute la chance qu'aura notre enfant. Notre bébé grandira avec un tas d'oncles, de tantes et de cousins, deux grand-parents fantastiques, des grands-parents honoraires (merci, Mme Bianchi !), une arrière-grand-mère unique en son genre, et nous, deux parents aimants. J'étais le dernier né, et je suis passé en dernier pour tout, mais je suis celui qui amène la pièce la plus importante du puzzle. Quand moi et Harper seront mariés, la famille Rourke sera enfin au complet.

Et dire que tout a commencé quand ce fauve a enfin rencontré sa belle, lors d'un quiproquo qui s'est avéré être le destin.

Chers lecteurs,

J'espère que vous avez aimé l'histoire de Harper et Garrett. N'oubliez pas de découvrir ma série *Club de Lecture Happy End*, les histoires des irrésistibles frères Campbell (et une sœur garçon manqué) qui trouvent l'amour avec l'aide de l'entremetteuse en chef du Club de Lecture Happy End. Commencez par le tome 1, *Hollywood incognito*. Intégrez le club et plongez-vous dans une lecture légère !

Elle est au sommet...

Lorsque la star Claire Jordan se documente pour son rôle dans les films de la Trilogie Féroce, elle ne s'attend pas au lien qu'elle va former avec l'auteur et son cercle de lecture de romances, le Club de Lecture Happy End. Claire leur confesse bientôt son désir secret pour un type normal – elle ne veut plus de play-boys riches et égocentriques – et tout le club est ravi de l'aider. Déguisée en fille normale, elle est prête pour un rendez-vous avec Josh Campbell, approuvé par le club de lecture.

Il est au sommet...

Le PDG milliardaire de l'informatique Jake Campbell se méfie des croqueuses de diamants, en particulier de celles qui sont superficielles et glamour. Lorsque Josh, son frère jumeau, lui demande de le remplacer pour un rendez-vous galant, Jake se dit que l'une des jolies filles ordinaires qui sortent en général avec son frère pourrait être exactement ce dont il a besoin. Après une nuit de passion avec l'adorable fille d'à côté, Jake ne veut pas s'arrêter là, sauf qu'elle semble avoir disparu.

Parfois le *happy end* n'est que le début.

Inscrivez-vous à ma newsletter afin de ne rater aucune de mes nouvelles publications: Kyliegilmore.com/FRnewsletter

AUTRES LIVRES DE KYLIE GILMORE

La série du Club de Lecture Happy End << quand la famille Campbell et un club de lectrices de romance se rencontrent !

Hollywood incognito (Tome 1)

Au-devant des ennuis (Tome 2)

Même pas cap (Tome 3)

Entente formelle (Tome 4)

Erreur sur le bad boy (Tome 5)

Joue avec moi (Tome 6)

Résister au destin (Tome 7)

Une chance de romance (Tome 8)

Un séducteur diabolique (Tome 9)

Un plan désagréable (Tome 10)

Un mariage Happy End (Tome 11)

Les Rourke de Villroy << des princes à se damner et des héroïnes qui ne s'en laissent pas compter !

Royal Catch - Version française (Tome 1)

Royal Hottie - Version française (Tome 2)

Royal Darling - Version française (Tome 3)

Royal Charmer - Version française (Tome 4)

Royal Player - Version française (Tome 5)

Royal Shark - Version française (Tome 6)

Les Rourke de New York

Rogue Prince - Version française (Tome 1)

Rogue Gentleman - Version française (Tome 2)

Rogue Rascal - Version française (Tome 3)

Rogue Angel - Version française (Tome 4)

Rogue Devil - Version française (Tome 5)

Rogue Beast - Version française (Tome 6)

AU SUJET DE L'AUTEUR

Kylie Gilmore est auteur de best-sellers sur la liste de USA Today tels que la série du Club de Lecture Happy End, la série Rourkes, la série Clover Park et la série Clover Park Charmeurs. Elle écrit des romances comiques qui vous feront rire, vous feront pleurer et vous donneront un coup de chaud.

Kylie vit à New York avec sa famille, ses deux chats et un chien complètement fou. Quand elle n'est pas en train d'écrire, de courir après ses enfants ou de prendre des notes lors de conférences sur l'écriture, vous la trouverez sur la pointe des pieds, cherchant à atteindre sa cachette secrète de chocolat tout en haut du placard.

Cliquez ici pour vous inscrire à la newsletter de Kylie afin de recevoir des informations concernant les sorties de nouveaux livres, les promotions et les cadeaux réservés aux abonnés. https://www.kyliegilmore.com/FRnewsletter

Pour d'autres bonus sympas, allez voir le site de Kylie https://www.kyliegilmore.com.